AF459010

REGINE

ROMAN ILLUSTRÉ

(INÉDIT.)

PAR M. JULES DE SAINT-FÉLIX.

PRIX : 70 CENTIMES.

PARIS:

A L'ADMINISTRATION, RUE SAINTE-ANNE, 55, ET CHEZ TOUS LES LIBRAIRES

DE FRANCE ET DE L'ÉTRANGER.

1852

RÉGINE

Par Jules DE SAINT-FÉLIX.

—

1er VOLUME.

—

AVANT-PROPOS.

J'ignore la destinée de ce roman; je ne puis même rien prévoir à ce sujet. Aura-t-il, n'aura-t-i pas le succès que j'espère? C'est une question qui sera résolue pour le *Mercure de France* et pour moi dans six semaines.

Mais si l'avenir de ce livre est encore incertain, son *passé* m'a laissé de singuliers souvenirs. Expliquons-nous ; peut-être ce que nous allons dire ne sera-t-il pas sans intérêt pour nos lecteurs.

Le manuscrit de Régine fut terminé en 1847. Fort épris de mon œuvre (qui ne l'est pas des siennes!), je portai ce roman à la *Revue des Deux-Mondes*, où j'ai l'honneur d'avoir des amis. Le roman fut lu fort attentivement. Au bout de quelques jours, j'allai savoir ce qu'on en pensait. On me le rendit avec toute l'urbanité possible, on voulut bien même louer beaucoup cet ouvrage, mais on regrettait de ne pouvoir le publier dans la *Revue*, parce qu'il y avait dans mon livre *trop de dialogue*.

J'allai tout droit à la direction d'un journal très en vogue et où je comptais aussi beaucoup d'amis. Mon manuscrit fut reçu avec grand intérêt ; mais on me le rendit en regrettant infiniment de ne pouvoir le publier, parce qu'il avait *trop peu de dialogue*.

C'était embarrassant. En 1849, je me rendis chez un éditeur qui faisait, disait-il, beaucoup de cas de mes œuvres (excellent homme !). Je lui parlai de mon roman. Il le refusa, par la raison que les livres ne se vendaient plus, *la librairie étant sacrifiée au feuilleton des journaux quotidiens.*

Par les soins obligeans de cet éditeur (homme excellent !) le roman de Régine fut apporté à la direction d'un très-honorable journal. On y reçut mon manuscrit avec tous les égards du monde. Quelques mois après, voulant en avoir des nouvelles, j'allai moi-même au journal. On me répondit avec une expression très-vive de regret que la publication de mon roman dans le feuilleton était impossible (loi Riancey sur le timbre), attendu que le *feuilleton des journaux quotidiens était sacrifié à la librairie.*

Cependant, je ne repris pas ce jour-là mon manuscrit, voulant aller me promener pour rêver en liberté sur les agrémens de la vie littéraire et les facilités extrêmes que trouvait chez MM. les journalistes et les libraires un écrivain de quelque valeur, pour arriver à un succès, dans la ville la plus spirituelle, la plus lettrée et la plus civilisée de l'univers.

Un ou deux mois après, je me rendis à la direction du très-honorable journal, dépositaire de mon manuscrit. Je le réclamai. Cette fois ce fut mieux ; la question était tranchée. Le manuscrit de Régine n'existait plus au journal. Perdu ! impossible de le retrouver ! Plusieurs mois s'écoulèrent encore. Rien ! Adieu Régine ; après tant de pérégrinations, elle devait avoir perdu la tête probablement, et elle s'était égarée.

En pareille occasion, que faire avec le chagrin ? Ou il faut vivre avec lui, ou il faut le chasser. Cependant, je ne pris aucun de ces deux partis. Je gardai ma peine en cherchant à l'adoucir. Ceci vaut mieux ; je conseille ce procédé à tous les affligés. Chasser violemment un chagrin, c'est le provoquer à revenir ; l'accepter lâchement, se livrer à lui sans réserve, c'est vous exposer à ce qu'il vous dévore.

Vivez avec votre peine, mais de manière à la dominer. — Comment?... — Ma foi, je ne donne pas ici une leçon de morale. Je cours après Régine, c'est bien assez !

Il y a trois mois, le *Mercure de France* fut fondé par un de mes amis. Le comité de rédaction me demanda un roman inédit. Je répondis que j'en avais un qui faisait ma joie et ma douleur, car, après les meilleurs complimens reçus à son sujet, ce roman s'était mis à courir le monde. Je nommai Régine en faisant son historique. Le comité de rédaction insista. — Vous n'avez pas de copie de votre œuvre, me dit-il, mais vous possédez à merveille votre sujet. Ecrivez votre roman de Régine une seconde fois, sur de nouveaux frais, et remettez-nous ce manuscrit.

A cette proposition, je frissonnai.

— Vous remettre mon manuscrit ! répondis-je, jamais ! J'aimerais mieux l'envoyer à l'empereur de la Chine ; je serais peut-être plus sûr, alors, de voir ce livre paraître à Paris, soit dans une revue, soit dans un journal, soit chez un libraire.

— Faites mieux, me répondit le bienveillant comité. Ne nous remettez pas votre manuscrit, mais, dès que vous l'aurez terminé, lisez-le nous vous-même, en le tenant des deux mains, et s'il nous convient (ce que nous espérons), portez-le vous-même encore, et escorté de deux gendarmes, si vous voulez, à l'imprimerie du *Mercure de France*.

Que répondre à cela ? Rien. S'incliner et serrer la main à nos nouveaux et bons amis. C'est ce que je fis de grand cœur.

I.

L'AUBERGE DU FAISAN ROYAL.

Vers le coucher du soleil d'une belle journée du mois de mars, deux cavaliers, suivis de leurs domestiques à cheval, arrivaient par la route de Paris en Provence, à la hauteur du Pont-Saint-Esprit, en Languedoc. A l'entrée du pont ils furent arrêtés par un poste de la maréchaussée qui leur demanda leurs papiers. Les cavaliers appartenaient à la maison militaire du roi. Ils se firent connaître à l'officier du poste, et ils s'avancèrent sur le pont suivi de leur escorte. Un quart d'heure après ils entraient dans la cour de l'auberge du Faisan royal, située au centre de la ville, et ils s'établissaient dans le logement le meilleur de la maison.

Les deux cavaliers ayant remis leurs papiers à l'autorité du lieu, nous n'hésiterons pas à faire connaître à notre lecteur leurs noms et qualités. L'un d'eux, âgé de vingt-huit ans environ, était le vicomte de Chalux, servant aux chevau-légers du roi ; l'autre, plus jeune de quatre ou cinq ans, était le marquis de Pampelone, mousquetaire de S. M. Ces messieurs arrivaient de Paris, ou plutôt de Versailles. Ils avaient voyagé en chaise de poste jusqu'à la petite ville de Montélimart ; mais là ils avaient trouvé leurs gens qui les avaient devancés de quelques jours, leur intention étant d'arriver à cheval, et sur leurs propres chevaux, à la ville de Pont-Saint-Esprit. Cette façon militaire et galante de faire leur entrée était dans leur goût, probablement. Nous n'avons ni à critiquer ni à louer une telle manière de voyager.

Vers les neuf heures du soir, dans la salle à manger de l'auberge du Faisan Royal, vingt convives fort bruyans étaient assis à une longue table chargée de grosses viandes et de nombreuses bouteilles d'un vin capiteux, le *vin du Rhône*, selon l'expression consacrée et sans arrière-pensée aucune. Le vin du Rhône, ou plutôt des côteaux du Rhône, est tout simplement ce généreux grenache de Tavel, et ces vins excellens de Lanerthe et de Château-Neuf, nommés également vins du pape, probablement parce que les buveurs sont assurés, en fêtant ces vignes du Seigneur, que les bénédictions apostoliques tomberont sur eux. Pieuses croyances d'ivrognes qu'il faut respecter comme toute croyance sincère.

La salle à manger était spacieuse, mais assez mal éclairée par quatre de ces lampes de fer suspendues à la voûte et fort en usage dans le Midi de la France aujourd'hui encore. Cependant, comme complément d'illumination, six chandelles brûlaient et fumaient sur la table des convives. C'était l'heure du souper.

Dans tous les cas, si l'éclairage de la salle était douteux, la cuisine voisine resplendissait d'une flamme ardente qui montait jusqu'à la crémaillère de la haute cheminée. Ce feu là était allumé en l'honneur d'un tournebroche très-richement garni. Dindon aux truffes, sarcelles et pluviers composaient le personnel appétissant de cette embrochée. Le cuisinier en chef du Faisan Royal était l'hôtelier lui-même, et chacun dans la ville et aux environs connaissait M. Gaspard Bonnafous pour le plus habile rôtisseur de la contrée. Cependant, deux jeunes servantes, en jupon court, en tablier blanc, et la tête parée du joli *coiffon* provençal, allaient et venaient de la cuisine à la salle, et certes ce n'était pas des vingt convives qu'elles s'occupaient dans ce moment-là. Une table ronde, élégante, couverte d'une belle argenterie, avait été dressée par elles dans un angle du salon à manger, à six pas de la grande table. C'était là le quartier aristocratique. Il était évident aux yeux des convives vulgaires, des voyageurs sans nom et sans éclat, il était prouvé que MM[lles] Josette et Madelon, nièces de M. Bonnafous, mettaient tant de coquetterie et de recherches à servir cette table privilégiée, par la belle et bonne raison qu'il était arrivé ce soir-là de *la noblesse* au Faisan Royal. Quelques convives d'humeur joviale questionnaient fort allégrement les jolies servantes ; d'autres, chez qui le vin du Rhône fermentait moins agréablement, se l*vraient à des récriminations fort ardentes sur les priviléges et les privilégiés ; quelques-uns, taciturnes et buveurs sérieux, se regardaient d'un air renfrogné. Ceux-là, pour la plupart, étaient de gros marchands du pays, courant les foires à bestiaux. Parmi ces derniers, un homme d'environ quarante ans, trapu, l'œil fauve et étincelant, le visage large, coloré, était remarquable par le mordant de ses paroles, très-laconiques, du reste. Il était vêtu d'un large habit de drap gris et coiffé d'un feutre rond (chapeau assez rare encore), mais d'un feutre garni d'une toile cirée, comme le porte en général tout gros marchand voyageant à cheval. Nous retrouverons ailleurs ce convive probablement.

Les deux servantes, Madelon et Josette, finirent par apporter sur la table, qu'elles avaient parée de linge damassé, quatre chandeliers d'argent garnis de bougies. Ce fut un cri général à la table des vingt convives.

— Eh! eh! dit un loustic de l'Ardèche à qui le vin du pape donnait des idées incroyables, eh! eh! les petites fillettes, vous attendez donc vos amoureux?

— Je gagerais, *lou troun dé diou*, reprenait un marchand de mules venu d'Orgon, je gagerais, *lou troun dé l'air*, que ces demoiselles attendent le roi de France et son épouse.

— Moi, dit un musicien ambulant, je suis sûr que les deux convives attendus sont deux princesses d'Opéra, et je m'y connais.

— Taisez-vous, joli garçon, répliqua un marchand de cochons du Quercy, taisez-vous, ma biche. Ces deux couverts sont pour monsieur le prieur de l'endroit et pour demoiselle sa nièce.

Le propos plut à la majorité de l'assemblée, majorité très-voltairienne à table d'hôte comme ailleurs en 1789, et comme bien d'autres majorités depuis lors.

Cependant, deux jeunes gentilshommes entrèrent dans la salle à manger. Ils portaient l'habit de chasse adopté pour les chasses royales, et qu'ils avaient choisi pour voyager. Ces messieurs, par une habitude de politesse traditionnelle, mirent le chapeau à la main et s'avancèrent vers la table qui leur était destinée. Leurs domestques, ou piqueurs, se mirent en devoir de les servir. Un silence profond s'était établi à leur entrée. Bientôt quelques mots à voix basse furent échangés à la grande table dont les convives, fort étonnés d'abord, finirent par demander du vin. Les cordiaux, dans ces occasions-là, donnent de la hardiesse aux gens qui peuvent en manquer.

MM. de Chalux et de Pampelone avaient réparé le désordre de leur toilette. Ils étaient charmans à voir, avec leur chevelure poudrée, leur habit vert aux paremens de velours amarante, leurs bottes hautes et éperonnées, leur veste blanche pinçant la taille et ouverte sur la poitrine, leurs manchettes et leur jabot plaqué par une épingle d'or. Ils livrèrent leur chapeau gancé et galonné aux piqueurs, et se mirent à table, l'un en face de l'autre, avec cette aisance qui distingue les hommes de bonne compagnie.

La grande table recommençait à boire copieusement et à causer d'une façon plus rassurée, lorsque M. Bonnafous, l'honnête hôtelier, entra dans la salle, le bonnet blanc à la main, et alla droit à la table des deux gentilshommes. Là, saluant fort respectueusement :

— Ces messieurs, dit-il, veulent-ils m'accorder la permission de mettre un troisième couvert à leur table? il m'est arrivé quelqu'un qui certainement ne sera pas déplacé dans l'honorable compagnie de ces messieurs...

— Oui, monsieur Bonnafous, dit le marquis de Pampelone; mais à une condition, c'est que ce *quelqu'un* sera une jolie femme.

— Ma foi! reprit le vicomte de Chalux, si l'étrangère est aussi charmante que les deux nièces de M. Bonnafous...

— Permettez, permettez, messieurs, répliqua l'hôtelier; la personne en question n'est pas une femme. Mais...

— Mais quoi?... L'alternative n'est pas permise, votre convive est forcément un homme, à moins que ce ne soit le diable.

— Doucement, mon cher marquis, répondit Chalux; nous avons aussi la chance d'avoir un ange.

— Précisément, messieurs, répondit naïvement l'hôtelier.

— Un ange! dit M. de Pampelone. Merci, monsieur l'hôte, pour votre angélique souper. Je suis un peu positif, moi.

La grande table avait ri avec assez de sans-façon; les deux convives tournèrent la tête de ce côté, et la grande table se mit à boire sans rire.

— Quand je dis que le convive est un ange, reprit M. Bonnafous, j'entends la chose au figuré.

— Voyons votre figure, votre trope, monsieur Bonnafous, repartit Pampelone.

— Je m'explique: Le gentilhomme qui vient d'arriver, messieurs, et qui désire avoir l'honneur de souper avec vous, est connu dans tout ce pays-ci par son grand mérite, je dirai même ses vertus.

— Bien! dit M. de Chalux. C'est un sage?

— Un Caton? ajouta Pampelone.

— C'est un abbé, messieurs, ou à peu près.

— Comment! à peu près? dirent les convives. Il l'est ou il ne l'est pas.

— Il le sera, messieurs.

— C'est un séminariste! Mon cher monsieur Bonnafous, reprit le marquis, vous nous croyez plus fort que nous ne le sommes; il nous serait impossible de donner à votre ange la moindre leçon de théologie.

— Messieurs, ajouta l'hôtelier, vous regretterez peut-être de n'avoir pas accueilli ma demande. C'est un homme charmant que le comte-abbé.

— Allons bon! voilà maintenant l'abbé qui devient comte. Dites-nous tout de suite que c'est un évêque, et priez-le d'entrer.

— On est abbé et on est comte, répondit M. de Chalux.

— Précisément, dit l'hôtelier; dans ce pays-ci, pour désigner M. le comte d'Ambert, qui se destine à l'état ecclésiastique, on dit tout simplement le *comte-abbé*.

— M. d'Ambert? demanda Chalux. Je connais ce nom-là! Dans tous les cas, c'est un gentilhomme.

— Fort bien, dit Pampelone. Mais s'il a quatorze ans, comment causer devant lui?

— Monsieur le comte d'Ambert a près de trente ans, répondit l'hôtelier.

Un homme de fort bonne mine parut sur le seuil de la porte et s'avança vers les deux convives, qu'il salua très-courtoisement. MM. de Chalux et de Pampelone se levèrent, tenant leur serviette à la main et demandant une chaise à leurs gens pour le nouveau-venu. Un couvert fut apporté. M. d'Ambert se mit à souper avec les deux voyageurs qu'il ne connaissait pas, mais avec lesquels il fut bien vite en parfaite intelligence. M. Bonnafous retourna à ses fourneaux et à son tourne-broche avec la douce satisfaction et l'orgueil bien placé d'un diplomate qui vient de négocier le plus heureusement du monde un traité d'alliance entre deux grandes puissances.

La conversation, d'abord indécise et n'effleurant que des sujets vagues et des lieux communs, devint peu à peu plus franche et plus directe. Au mois de mars de l'année 1789, la France tout entière était vivement préoccupée d'un événement prochain et de la plus haute importance; la réunion des Etats-Généraux fixée au 4 mai. Comme de nos jours, hélas! la politique était alors la panacée quotidienne dont se nourrissait ce bon et spirituel peuple français, si obstiné depuis près d'un siècle à se croire un grand philosophe et un grand homme d'état.

M. de Pampelone, par exemple, ne donnait pas trop, pour sa part, dans ces prétentions exorbitantes. Il rêvait d'autre chose, le charmant mousquetaire, et M. de Chalux, quoiqu'un peu plus âgé, faisait écho de très-bonne grâce aux brillantes improvisations de son ami.

— Croyez-moi, monsieur d'Ambert, disait le marquis au comte-abbé, les choses iront toujours en France pour le mieux tant qu'il nous restera une jolie femme à adorer. J'en demande bien pardon à votre titre, mais comme par votre costume et vos manières vous n'avez pas l'air d'un abbé, je me permets de vous dire franchement mon opinion. Le culte de la beauté est indestructible en France; c'est cet amour pour la beauté qui sauvera le pays. Quant à moi, je suis convaincu que Messieurs des Etats-Généraux, en voyant seulement une fois la reine, tomberont tous aux pieds de cette adorable Majesté, et qu'ils ne se relèveront que pour signer un traité de paix à jamais inviolable entre la royauté, la noblesse, le clergé et le tiers-état; telle est ma politique, je souhaite qu'elle soit de votre goût.

— Parfaitement! dit avec beaucoup de grâce M. d'Ambert.

— Parfaitement! répéta d'une grosse voix un écho dans le fond de la salle.

Les trois convives se regardèrent entre eux. M. de Chalux dit un mot à son domestique qui sortit aussitôt.

— Ah! reprit M. de Pampelone d'un air assez dégagé et après avoir avalé un verre de vin de Tavel, il y a de l'écho ici! c'est malheureux pour ceux qui débitent des sottises; quant à ceux qui parlent sensément, l'écho ne leur nuit jamais.

— Monsieur, ajouta M. d'Ambert, je suis convaincu que notre conversation n'est censurée par personne ici. On ne rencontre au Faisan-Royal que des gens bien élevés.

La grande table parut adhérer à ces paroles par un murmure approbateur.

— Monsieur d'Ambert, dit le vicomte de Chalux pour faire diversion, n'aurait-il pas servi dans les pages du roi?..

— J'avais un frère dans les pages, monsieur le vicomte, répondit le comte-abbé; il est mort depuis plusieurs années au service, dans le Canada.

— Serait-il indiscret, Monsieur, demanda Pampelone, de vous demander si vous-même avez servi? Il me semble, Monsieur le comte, permettez-moi de vous le dire, que vous appartenez plutôt à la caste militaire qu'à l'église.

— Je ne suis pas encore dans les ordres, répondit M. d'Ambert avec beaucoup de sérénité, mais mon intention est d'y entrer bientôt. Quant à mon costume, c'est un costume de chasse, moins élégant que le vôtre, Messieurs; mais fort commode et adopte dans ce pays pour monter à cheval.

— Vous habitez votre terre, près d'ici? demanda M. de Chalux.

— Oui, Monsieur, dans les bois, à cinq lieues environ de cette petite ville.

— Et vous vivez là comme un ermite? dit Pampelone. Ah! monsieur d'Ambert, vous! avec vos distinctions! vous qui êtes fait pour parvenir à tout!...

— Eh bien! dit M. de Chalux, en entrant dans l'église, Monsieur aura le cardinalat en perspective.

— Doucement, Monsieur, reprit le comte-abbé, en entrant dans les ordres je n'ai d'autre ambition que d'être un bon religieux.

— Miséricorde! ajouta Pampelone, vous choisissez le clergé régulier!

M. d'Ambert s'inclina et fit un geste comme pour prier ses convives de changer de conversation. Ceux-ci, fort surpris de ce qu'ils venaient d'entendre, échangèrent entre eux quelques regards d'intelligence et qui pouvaient se traduire par ces mots: Cette vocation est-elle sérieuse? Monsieur le comte d'Ambert n'est-il pas un rusé diplomate qui joue dans ce pays-ci quelque bonne comédie au profit d'une belle et bonne passion cachée quelque part?

Le comte-abbé était en effet un homme des plus distingués non-seulement par son nom, mais surtout par ses mérites personnels. Sa physionomie belle, franche, spirituelle, mais un peu mélancolique, était l'image de son caractère. M. d'Ambert avait à trente ans une grande instruction et une expérience qu'il devait beaucoup plus à ses réflexions qu'aux accidens de sa vie. Avec une imagination vive, un cœur chaleureux, M. d'Ambert prenait un soin extrême de prouver que le calme et la sérénité étaient pour lui une seconde nature. Sa parole était persuasive, colorée, quelquefois animée, mais aussitôt tempérée par réflexion. On entrevoyait chez lui un parti pris, quelque chose qui ressemblait à un renoncement énergique à ses instincts naturels. Du reste, rêveur et aimant surtout la solitude, M. d'Ambert n'attirait ni ne repoussait les sympathies du monde, tout en prouvant qu'il pouvait s'en passer. Ses goûts dominans étaient la lecture, l'étude des sciences, les occupations agricoles auxquelles il paraissait se vouer, l'exercice de la chasse et surtout celui du cheval, exercice dans lequel il excellait. Sa fortune était belle; il avait les goûts simples; il passait pour un sage et pour l'homme le plus rangé du pays. Nous arrêterons là notre biographie, devant rencontrer souvent M. d'Ambert dans les aventures diverses de notre récit.

Le souper avançait et les vins les meilleurs de la contrée avaient été apportés sur la table. M. de Pampelone, très-franc buveur, fêtait en vrai mousquetaire ce *Bacchus méridional* qu'il était venu visiter, disait-il, comme on se rend à l'invitation d'une agréable connaissance. M. de Chalux tenait tête à son compagnon de voyage, entremêlant ses propos bachiques de quelques citations d'Horace et d'Anacréon, ce qui paraissait amuser beaucoup sinon impatienter son jeune ami le marquis. Quant à M. d'Ambert, sans refuser jamais un défi à boire, il conservait toute sa tête et une modération de langage qui prouvait une forte raison et un énergique tempérament.

— Que diable, mon cher comte-abbé s'écria tout à coup Pampelone, devenu expansif, grâce à Bacchus, il est donc impossible de vous griser! Seriez-vous amoureux, par hasard? L'amour, dit Horace, éteint ses feux dans le vin.

Après cette belle citation, le marquis regarda M. de Chalux qui partit d'un grand éclat de rire.

— Eh! où diable avez-vous lu cela dans Horace? s'écria le vicomte.

— Ah! voilà! répliqua M. de Pampelone. M. de Chalux est jaloux; il porte envie à mon érudition. Tel que vous me voyez, mon cher comte-abbé, je suis bourré de latin et frotté d'un vernis grec de la tête aux pieds; ce qui fait de moi un très-joli garçon, avouez-le.

— Je nie la citation, répéta M. de Chaluz. Elle est de vous, marquis?

— En est-elle plus mauvaise, vicomte?

— Elle est de vous. J'y tiens.

— Pardieu! et moi aussi; on aime ses enfans. Du reste, monsieur de Chalux, vous n'êtes pas au bout. L'air vif du Rhône a fait crever mon outre gonflée d'érudition. Attendez-vous à cinquante proverbes et maximes par quart d'heure. Je vous rendrai en une seule séance tout le latin dont vous m'avez fait l'honneur de me bourrer depuis deux ans. Dame! on ne paie ses dettes qu'une fois.

— Merci, dit Chalux; en attendant buvez en bon Français, et tout en buvant soyez discret, c'est l'essentiel. *Prudentia humaniter...*

— Un moment, un moment! s'écria Pampelone. Ceci me paraît du latin de cuisine; restituez-le à M. Bonnafous. J'aime mieux le mien. Tenez, mon cher comte-abbé, jugez-en: *In vino veritas*; *bonum vinum lætificat...*

M. de Pampelone s'arrêta tout court.

— Allez donc! s'écriait Chalux. Comment, diable, vous restez le pied en l'air? Achevez, M. d'Ambert attend.

— Bah! dit Pampelone, Virgile n'a pas pris la peine de finir tous ses vers.

— Vraiment, dit enfin le comte-abbé, monsieur est d'une vaste érudition!

— Pardieu! quand je vous dis que monsieur de Chalux est jaloux. Ah! s'il ne l'était que de sa muse latine et de sa piéride grecque, on pourrait lui passer ces deux charmantes pécores. Mais monsieur le vicomte est jaloux d'une bien autre étourdissante beauté. Admettons que je n'aie rien dit et buvons; je me meurs de soif.

M. de Chalux voulut prendre un air sérieux.

— Allons donc, dit le marquis, ne vous composez pas une figure, cher ami. J'*aime*, tu *aimes*, nous *aimons*. Je vais vous conjuguer le verbe *amo*; en attendant que nous puissions conjuguer le verbe *amor*, je suis aimé.

— C'est qu'il est très-fort, monsieur de Pampelone! reprit le comte-abbé. Comment donc! mais il se trouve ici comme Ovide chez les Barbares, chez les Scythes; et il peut s'écrier avec le poète:

Hic ego Barbarus sum qui non intelligor illis.

— Admirable! s'écria Chalux ivre de joie. Monsieur de Pampelone ayez la bonté de nous traduire cela.

— Ne vous hâtez pas de triompher, répondit le marquis. Il y a du *barbare* dans la citation de monsieur d'Ambert, et cela rentre assez bien dans notre situation à nous, monsieur de Chalux. Ne courons-nous pas, vous et moi, après la plus barbare et la plus séduisante femme de l'univers?

Pour la seconde fois, M. le vicomte devint sérieux. Décidément les indiscretions de M. de Pampelone commençaient à éventer le secret que ces deux bons amis et rivaux peut-être s'étaient promis de garder sur le but de leur voyage. M. d'Ambert acquit la preuve qu'il s'agissait entre eux d'une affaire d'amour. Sa perspicacité naturelle entrevit certaines choses qui lui paraissaient importantes à connaître à fond. Mais, en vrai diplomate, il donna à sa physionomie une apparence d'insouciance tout en se promettant de sonder le terrain. M. d'Ambert était la prudence même.

— Messieurs, dit-il, ou vous avez trop parlé, ou bien vous n'avez pas assez parlé. Dans les deux cas, ma présence ici pourrait vous gêner, et je suis bien tenté de me retirer.

— Non, certainement, vous ne nous ferez pas cette injure, dit M. de Chalux. Restez, monsieur le comte. Un homme de votre mérite est toujours d'un très-bon conseil; et puisque monsieur de Pampelone a brisé le premier un traité, je ne vois pas pourquoi je me gênerais plus que lui.

— D'autant plus, mon cher comte-abbé, reprit le marquis, que vous habitez le pays, et que vous pouvez nous donner les meilleurs renseignemens.

— Sur quoi, messieurs? demanda d'Ambert d'un air dégagé.

— Oh! pardieu! ce n'est ni sur la situation des esprits, ni sur la prospérité du pays, dit Chalux.

— Que les pommes de terre de Parmentier fleurissent et que la garance soit d'une belle poussée, cela m'importe assez peu, ajouta Pampelone.

— Alors, messieurs, sur qui des renseignemens? reprit M. d'Ambert en buvant un verre de vin de Lunel.

— A vous, monsieur de Chalux, dit le marquis.

— Non pas, monsieur, répliqua le vicomte; vous avez fait un accroc au traité, continuez.

— Moi! dit Pampelone, jamais, je suis homme de parole. Si

un mot m'est échappé, je le reprends, comme disent au parlement de Paris ces bavards d'avocats. Seulement, puisque monsieur d'Ambert a débouché le nectar de Lunel, qu'il me soit permis de boire à ma divinité.

— Je vous ferai raison, répliqua Chalux en remplissant les verres.

— Allons, messieurs, buvons à la belle inconnue, dit le comte-abbé. A celle que vous poursuivez tous deux d'une façon si chevaleresque. Recevez mes vœux... je voudrais pouvoir dire mes complimens.

— Eh ! eh ! répliqua Pampelone en levant son verre... cela pourrait venir pour mon fait, avec la permission de monsieur de Chalux qui est mon ami intime et mon rival détesté.

— Je ne renonce à aucun espoir pour mon compte, répliqua le vicomte, à moins que monsieur de Pampelone ne me prouve qu'il est préféré.

— Et si l'un de vous deux l'emporte, messieurs ? demanda M. d'Ambert en remplissant de nouveau les verres, comme un traître qu'il était en ce moment.

— Si l'un de nous l'emporte, dit Pampelone, la chose devient très-simple : l'évincé offre le combat au préféré qui l'accepte et nous nous coupons la gorge.

Vraiment ! dit M. d'Ambert... telles sont les conditions du traité? il est assez joli. Et vous venez de Versailles tout exprès dans ce pays-ci pour jouer cette partie? Il me semble qu'il était plus simple encore de se battre dans un carrefour des bois de Trianon ou de Satory. Le vaincu serait resté pour se faire enterrer et le vainqueur serait venu plus commodément conquérir le cœur de la belle enchanteresse et cruelle princesse.

— Du tout, dit Chalux, nous sommes plus courtois que cela. Amis comme Euryale et Nisus, nous sommes rivaux comme Grec et Troyen, et nous avons juré de marcher de front à notre conquête, chacun pour son compte, sauf à nous tirer du sang après.

— Jusqu'à ce que l'un de nous reste sur le terrain, dit Pampelone en buvant comme un héros d'Homère.

— C'est un traité signé, reprit M. d'Ambert. Il n'y a plus à revenir là-dessus. Eh bien ! messieurs, allez. Je ne vois pas cependant en quoi je pourrais vous être agréable.

— Nous vous dirons cela plus tard, répondit Chalux, assez prudent encore malgré le vin.

— Oui, cher comte, oui, illustre abbé, ajouta Pampelone devenu très-tendre. En attendant, buvons, je crève de soif. Buvons à la grâce même, à la dignité, à la pureté, à la majesté...

— Buvons à la noblesse de l'âme et au plus beau visage du monde, *mens blanda in corpore blando*.

— Toujours du latin, monsieur de Chalux, dit le marquis. buvons à sa magnifique chevelure, à ses yeux si doux et si fiers...

— A sa taille de nymphe.

— A ses mains de déesse, à ses pieds de sultane...

— Buvons à son sourire qui trouble, à sa voix qui enchante...

— Ma foi, s'écria Pampelone, buvons à toutes les perfections, buvons à Régine !

— Pas un mot de plus, monsieur, dit Chalux.

— Pas un mot de moins, monsieur, reprit Pampelone.

— Ou bien, battons-nous tout à l'heure pour que l'un cède la place à l'autre, comme le disait tantôt M. d'Ambert.

— A vos ordres, monsieur le vicomte, dit le marquis en voulant se lever, mais retombant sur sa chaise.

— Là ! là ! messieurs, reprit M. d'Ambert, comme vous y allez ! On ne se bat pas à la lanterne. Attendez le soleil. Vous le rencontrerez demain matin sur les glacis de la citadelle.

— Va pour les glacis !

— Soit. A demain matin, répondit Chalux, le verre haut et la parole aussi.

Cependant, le nom de Régine avait résonné dans le fond du cœur de M. d'Ambert comme un coup de cloche d'alarme. Très-sérieusement préoccupé, il ne chercha plus qu'à s'éloigner de la salle à manger et à dire un adieu éternel, s'il était possible, à ses deux convives.

Or, les voyageurs de la grande table étaient partis, il ne restait que quelques buveurs incorrigibles et obstinés. Parmi ces convives, un homme seul avait conservé toute sa tête. Cet homme était celui que nous avons déjà remarqué, cet étranger à large carrure, trapu, d'une figure triviale et colorée, une grosse tête bourrée de cheveux noirs, un homme commun, portant un habit gris, un feutre ciré et des guêtres de peau. Cet homme avait, lui aussi, entendu prononcer le nom de Régine. Il s'était levé brusquement, avait roulé et noué rapidement sa serviette, et il avait jeté ce tampon sur la grande table qu'il quittait, mais d'un bras si vigoureux que le coup retentit comme un bruit sourd de canon à une grande distance. M. d'Ambert, qui était debout, se retourna vivement ; les deux gentilshommes, ses convives, malgré leur demi-ivresse, ne purent se défendre d'une certaine surprise. L'homme trapu, enfonçant son chapeau d'une main ferme, passa près de la table ronde, frôla presque le coude de M. de Pampelone, et jeta sur lui et sur M. de Chalux un regard brûlant de haine.

— Le sort en est jeté, dit-il entre ses dents. Nous verrons bien, messieurs les privilégiés.

M. d'Ambert voulut saisir le bras de cet homme ; mais nerveux et alerte, il se dégagea et sortit avec l'impétuosité d'un bison. Bien lui en prit, car M. de Chalux armait déjà un des deux pistolets que son domestique lui avait apportés une demi-heure auparavant, lorsque quelques hostilités étaient sur le point de s'engager entre la table générale et la table particulière, le tiers-état et le privilége.

Quant à M. de Pampelone, ne se rendant pas bien compte de ce qui se passait, il accompagna d'un grand éclat de rire la sortie du buffle en colère. Mais M. d'Ambert, lui, ne riait pas. Appelant les gens, il les engagea à demi-voix à prendre soin de leurs maîtres, et à les emmener le plus tôt possible dans leur appartement, leur recommandant de venir le chercher en cas d'alerte. M. d'Ambert se retira quelques instans après, contenant avec énergie une grande agitation. Un nom prononcé par un étourdi à moitié ivre avait suffi pour soulever tout cet orage dans l'âme de celui qui passait pour un sage et qui peut-être avait dans la tête et le cœur plus de folie que les deux incroyables convives qu'il venait de quitter.

II.

SARZANE

Le lendemain, au point du jour, après une nuit très-paisible, les deux amis se rencontraient dans le salon qui séparait leurs appartemens. Chacun avait donné à sa toilette un soin extrême ce jour-là ; chacun avait redoublé d'élégance et de bon goût. Comme émerveillés l'un de l'autre, ils s'abordèrent en souriant, commencèrent par se saluer et finirent par se tendre la main. Les scènes de la veille s'étaient évaporées dans les brouillards lumineux de l'ivresse et des rêves. On ne se rappelait que confusément un souper d'auberge, un aimable étranger qui avait pris part à ce repas et à la conversation, une querelle sans cause, une soirée sans résultat. Quant au cartel accepté et devant avoir lieu sur les glacis de la citadelle, MM. de Pampelone et de Chalux n'en avaient même pas le moindre souvenir.

— Or çà, dit le marquis en se faisant attacher ses éperons d'argent, il me semble que nous avons fait connaissance avec un charmant gentilhomme. Vous rappelez-vous son nom, monsieur de Chalux?

— Mon piqueur vient de me dire que notre ami intime d'hier au soir se nommait le comte d'Ambert, répondit le vicomte en bouclant le ceinturon de son couteau de chasse.

— Ah ! c'est cela ; le comte-abbé, reprit Pampelone. Sera-t-il des nôtres, ce matin?

M. Bonnafous entrait dans le salon et venait complimenter ses hôtes. Il dit que M. d'Ambert s'était levé avant le jour, qu'il s'était informé des nouvelles de ces messieurs, et qu'il avait demandé son cheval.

— Parti ! dit Chalux.

— Nous avoir fait jaser toute la soirée et nous avoir planté là comme deux perruches. Ah ! monsieur d'Ambert ! ajouta Pampelone.

— M. d'Ambert est toujours très-pressé, répondit l'hôtelier. Personne n'a plus d'activité que lui. Il ne serait resté que dans un seul cas : si, par exemple, ces messieurs avaient tenu à se battre ce matin, comme ils l'annonçaient hier au soir.

— Et comment diable M. d'Ambert a-t-il pu savoir si nous renoncerions...

— Le comte-abbé, reprit M. Bonnafous, est un esprit très-fin ; il a un coup-d'œil !... Avant de monter à cheval, il m'a dit : Je pars, ma présence est ici inutile ; ces deux messieurs, si animés hier au soir et si déterminés à tirer l'épée, se toucheront la main en se revoyant ce matin.

Le marquis de Pampelone regarda le vicomte de Chalux, qui lui rendit son coup d'œil, et tous deux se prirent à sourire.

on apporta du café. Ces messieurs, bottés et éperonnés, la cravache sous le bras et le couteau de chasse au côté, prirent debout le *parfait moka* de M. Bonnafous. C'était le coup de l'étrier.

— Avons-nous un guide? demanda M. de Chalux.

— Ces messieurs seront précédés par un garçon fort leste et intelligent, répondit l'hôtelier.

— En combien de temps ferons-nous le trajet au pas de nos chevaux, car je ne vais qu'au pas, sauf à revenir au galop, dit M. de Pampelone. Je n'aurais qu'à chiffonner mes dentelles...

— Et moi, altérer ma neige, ajouta M. de Chalux.

— D'ici au but de la promenade de ces messieurs, il faut bien trois heures, dit l'hôtelier.

— C'est bien, partons, et si vous rencontrez M. d'Ambert, dites-lui qu'il est un méchant homme.

M. Bonnafous s'inclina en souriant.

— Un homme sans aucune espèce d'éducation, ajouta Pampelone.

L'hôtelier sourit de nouveau en secouant la tête d'un air d'incrédulité.

— A qui nous chercherons querelle avant qu'il devienne cardinal, dit M. de Chalux.

Arrivés dans la cour, ces messieurs trouvèrent leurs quatre chevaux de selle parfaitement harnachés, en grande tenue, comme pour une parade. Ils montèrent avec toute l'élégance imaginable et recommandèrent leurs bagages à M. Bonnafous, le prévenant encore qu'ils avaient choisi le Faisan-Royal pour leur quartier général. Puis, précédés d'un jeune drôle de seize ans, brun et svelte comme un Catalan, ils sortirent de l'auberge suivis de leurs piqueurs, traversèrent la ville de Pont-Saint-Esprit qui s'éveillait à peine, gagnèrent la route sud-est, celle qui menait dans les montagnes boisées de chênes verts, et, toujours au pas de promenade, ils rencontrèrent l'aurore sur la colline, à une demi-lieue de là.

Où allaient-ils ces charmans officiers? Quelle jeune Andromède allaient-ils délivrer? quelle Ariane allaient-ils consoler? quelles pommes d'or allaient-ils conquérir?

Nous serions bien tenté de le dire ici à nos lecteurs. Mais les lois qui régissent un plan dramatique et une action romanesque nous le défendent absolument. Ainsi nous laisserons chevaucher nos cavaliers à travers les vertes collines de la rive droite du Rhône, et du sommet desquelles on découvrait le cours majestueux du fleuve, enserrant dans ses eaux, comme des corbeilles de fleurs, les belles îles et les îlots situés entre la jolie ville de Roquemaure et le comtat Vénaissin. Douces montagnes ceinturées à leurs flancs de guirlandes de vignes et d'oliviers, et couronnées d'yeuses à leur sommet, comme d'un diadème d'émeraude.

O noble et folle jeunesse du dernier siècle, comme vous couriez au-devant de vos séduisantes illusions! quelle enivrante brise d'avenir soufflait dans votre chevelure, et comme vous aspiriez à longs traits cette brise rieuse et fraîche venant des régions inconnues? Hélas! à cette époque de 1789, à la veille des États-Généraux, tout ce qui était jeune en France sentait battre son cœur d'une indicible émotion. Le rêve était beau, l'illusion généreuse. Oui, mais en ouvrant l'avenir, ne savait-on pas qu'il fallait renoncer au passé? Pourquoi donc, ô folle jeunesse dorée! vous précipiter dans les voies nouvelles et dangereuses, avec cette même insouciance ou ces mêmes témérités que vous apportiez dans vos plaisirs et vos fêtes? Pourquoi, surtout, allier à votre enthousiasme philosophique pour la régénération du peuple cet orgueil de race, ce dédain héréditaire qui gâtaient vos meilleures intentions? Pourquoi annoncer tant de largesse et ne renoncer à rien? Pourquoi prêcher la morale et courtiser l'orgie? Pourquoi, avant de réformer l'État, ne pas réformer votre capricieuse et désespérante nature? Ah! jeunesse aristocratique de France, vous proclamiez la raison, vous! et vous ne chassiez pas une seule passion! Vous vous faisiez législateur et vous n'étiez pas même moraliste. Sages frivoles, vous n'aviez pas même épelé le livre de la sagesse!

Cette boutade plus ou moins sensée s'adresse-t-elle à MM. de Chalux et Pampelone? doivent-ils en prendre leur part? Pourquoi non? ils y ont tous les droits possibles.

Cependant, sans chercher à attrister leur riante et aventureuse promenade, laissons-les chevaucher à travers les bois et les collines des rives du Rhône, sauf à les retrouver ensuite au but charmant qu'ils se sont proposé.

Situé au centre d'un vaste hémicycle de prairies et de terres de labours, le château de Sarzane élevait les aiguilles de ses tours du milieu de grands massifs de verdure. Son parc, largement étendu sur le versant d'une colline à pente douce, l'entourait comme un manteau ducal et l'abritait du vent du nord, si impétueux dans le midi de la France. Sarzane était une terre seigneuriale riche et considérable. Elle appartenait depuis des siècles à la famille du marquis de Valbonne, dont le dernier héritier du nom était mort il y avait cinq ans à peine à l'époque dont nous parlons. Or, le château et toutes ses dépendances, depuis la mort du vieux seigneur, étaient devenus l'héritage d'une fille unique, belle et charmante jeune femme, orpheline et veuve, vivant isolée du monde, mais adorée dans sa contrée; elle portait le nom et le titre de comtesse de Réalmont,

Mme de Réalmont, que nous désignerons souvent sous le nom de Régine, avait à peine vingt-trois ans. Sa beauté était de celles que l'on ne dépeint que très-difficilement avec des mots et des phrases, parce qu'il est des types qui, pour être révélés, demandent le crayon, qui est la ligne et la forme, et la couleur, qui est la vie. Nous dirons seulement que Régine était grande, élancée, d'une élégance suprême dans les manières, d'une régularité de traits admirable, et qui n'excluait pas la physionomie; Régine avait les plus beaux cheveux du monde, châtains clairs, laissant à découvert un front pur, fier, intelligent; elle les portait relevés à la reine et légèrement irrisés de poudre. Ses mains étaient belles, ses pieds d'une finesse qui dénotait une race aristocratique. Mais rien n'égalait l'expression du regard de Mme de Réalmont, rien ne pouvait être comparé à la douceur de ses yeux limpides et brillans que voilaient de longs cils bruns. Ce regard d'un attrait infini s'animait cependant d'une fierté imposante ou d'un enthousiasme électrique, selon l'occasion. A première vue, on aimait Régine avec respect; quand on la connaissait, on l'adorait. Mais toute exaltation l'avait trouvée, sinon dédaigneuse, du moins d'une prudente indifférence. Sans se révolter contre un hommage trop passionné, elle ne laissait aucune espérance; plaignant beaucoup ses *soupirans*, elle cherchait à les éloigner, et parvenait toujours à se dégager elle-même; libre, fière, mais compatissante, Régine dominait toujours une situation, autant par habileté que par dignité et énergie de caractère. Bien des gens l'avaient crue insensible; mais l'opinion générale s'accordait à lui reconnaître une haute sagesse.

Le marquis de Valbonne, père de Régine, avait été un grand seigneur, menant une vie fort excentrique et dissipée, à laquelle, hélas! il n'avait jamais renoncé, même à la fin de ses jours. Le marquis, veuf à l'âge de quarante ans, ne mit plus de bornes à ses folies, et lâcha la bride à ses fougueuses passions, dès lors qu'il se vit libre de la censure un peu rigide de Mme de Valbonne, sa femme, un ange de piété et de grâce s'il en fut jamais. Cette noble femme était sans fortune personnelle; mais, très-en faveur auprès de la reine de France, qui l'avait placée dans sa maison, elle avait pu donner à sa fille une éducation brillante en même temps que des principes religieux inébranlables. Au moment de mourir, Mme de Valbonne recommanda sa fille, âgée de douze ans, aux bontés de Sa Majesté, qui lui promit de veiller sur cette charmante enfant. Régine fut placée chez une de ses tantes, à Versailles, pour y achever son éducation. Mais cette parente, d'une sévérité extrême et vivant dans la solitude, était loin de remplir les intentions de la marquise, et, quant à Sa Majesté, qui souvent s'informait de Régine et demandait à la voir, pouvait-elle savoir la vérité qu'on cherchait à lui cacher. Cependant, Mlle de Valbonne, parvenue à l'âge de dix-huit ans, commençait à être connue dans le monde; elle y fit bientôt sensation par sa beauté ravissante et par tous les agrémens de son esprit. La tante, sévère, bornée et d'une dévotion outrée, n'avait pu fausser cette heureuse et splendide nature qui s'était développée comme une belle tige de lys au milieu d'un jardin abandonné aux ronces et aux chardons. Régine avait jugé d'un coup-d'œil intelligent l'esprit étroit et l'âme sèche de sa tante et tutrice; elle avait accepté ce joug nécessaire, tout en se promettant, à la manière d'un ange prisonnier, de déployer ses ailes quand l'heure sonnerait pour elle. Cette heure, cet âge fixé par la loi était dix-huit ans. D'ailleurs, les intentions de la reine étaient formelles : Mlle de Valbonne, à sa dix-huitième année, devait être appelée auprès de Sa Majesté, qui, se chargeait de pourvoir au mariage de sa protégée. Régine avait donc vécu quelque temps dans l'intimité de la reine de France, à qui elle avait voué un amour et un dévoûment qui tenaient de l'exaltation. On sait à quel point Marie-Antoinette possédait le secret de séduire et de s'attacher le cœur des personnes qui l'approchaient. Aussi, quand la reine présenta comme époux le comte de Réalmont à sa protégée, celle-ci, heureuse de plaire en tout à son idole, accepta avec joie cette position nouvelle qu'on lui faisait. Il faut ajouter que le choix de la reine ne pouvait être meilleur pour Régine. M. de Réalmont, jeune, portant un beau nom et possédant une grande fortune, était un des hommes les plus distingués et un des brillans officiers de son temps. Il épousa Mlle de Valbonne avec une exaltation de joie qui tenait du délire, et Régine, de son côté, eut bientôt pour son mari un véritable attachement.

Tout était pour le mieux, et le marquis de Valbonne, fort heureux de savoir sa fille si bien *pourvue*, selon son expression, ne songeait de son côté qu'à mener joyeuse vie; mais loin de ses enfans, respectant trop l'innocence des *lunes de miel*, disait-il, pour aller se mêler, lui, vieux libertin, à tout ce bonheur-là, si rose et si candide. Ce M. de Valbonne était un ancien marin, devenu contre-amiral au moment de sa mise en retraite, ayant servi le roi fort bravement, ayant pris l'habitude de battre l'ennemi dans toutes les parties du monde, mais n'ayant jamais voulu consentir à combattre une seule de ses passions. Là dessus, il avait tout un système philosophique à son usage particulier, prétendant, entre autres, que l'art de vivre était de savoir vivre, et que tout homme d'esprit devait comprendre qu'un *viveur* debout et en pleine santé valait mieux qu'un évêque enterré. Nous lui laisserons toute la responsabilité de ses systèmes et de ses théories. Nous ajouterons seulement que M. le marquis, lancé comme il était dans le monde libertin et charmant de Paris, avait à soixante ans mangé les deux tiers de sa fortune, et qu'à soixante-cinq ans (à l'époque où il apprit par une attaque d'apoplexie que l'art de bien vivre n'est pas l'art de vieillir), il ne lui restait plus que la terre de Sarzane pour dernier patrimoine.

Régine avait donc hérité de ce domaine seigneurial à la mort de son père, mais elle ne l'avait pas reçu en dot en se mariant. M. de Valbonne n'avait pas voulu priver Sa Majesté la reine du bonheur de donner à sa protégée un cadeau de noce de cent mille livres. Quant à lui, il s'était contenté d'enrichir sa fille d'une belle parure de diamans et de sa bénédiction. Un tel père, quoique très-peu regrettable, fut cependant longtemps pleuré par Mme de Réalmont.

Ce fut à Sarzane qu'elle vint passer la belle saison avec le mari dont elle était adorée, quelque temps après la mort du contre-amiral de Valbonne. Là, dans le château de ses pères, et sous le beau ciel du Languedoc, elle vit s'écouler une année de sa vie, limpide et calme comme ces belles sources des montagnes fuyant à travers des méandres de fleurs et de verdure.

Hélas! le bonheur va vite; les jours qu'il nous donne sont rapides; souvent, dès que nous commençons à les compter, ils ne sont plus. Quel homme heureux pourra jamais arrêter l'aiguille du temps?

Régine et M. de Réalmont, son mari, avaient à peine passé une année au château de Sarzane, qu'un ordre du ministre de la guerre rappelait le comte à la tête du régiment dont il était colonel. Ce régiment était désigné pour le Canada, où l'Angleterre nous faisait alors une rude guerre. M. de Réalmont partit, mais il voulut laisser sa femme au milieu de sa famille à lui; il amena Régine en Touraine, et il confia à sa mère et à ses sœurs ce cher trésor de son cœur. Arrivé au Canada, le colonel fit des prodiges de valeur et battit souvent les anglais. Il écrivait à Régine par tous les bâtimens qui mettaient à la voile pour l'Europe. Cependant les lettres cessèrent tout à coup d'arriver.... Mais un message du roi vint trouver la famille Réalmont, et Régine reçut même personnellement un mot de la reine. Le comte de Réalmont avait été tué dans une affaire sérieuse où les troupes du roi étaient restées maîtresses du champ de bataille; il était mort en pleine victoire à la tête de son régiment.

Régine passa près d'un an encore dans la famille de son mari. Mais un jour elle reconnut avec amertume qu'elle n'était là qu'une étrangère. Pauvre veuve à dix-neuf ans! elle était devenue une sorte d'embarras; elle n'avait pas d'enfant de son mariage; rien n'attachait à elle et les biens de son mari retournaient tous à sa famille, c'est-à-dire à deux sœurs encore filles, très-vaniteuses et rêvant chacune d'un grand établissement.

Ce fut à Versailles que se rendit Régine en quittant la Touraine. Elle revit la reine, sa seule amie en ce monde. Certes, cette amitié là pouvait suffire au cœur le plus ambitieux d'attachement. Oui, mais Régine, dont la piété s'était exaltée dans le chagrin, ne croyait pas que le séjour de la cour lui fût possible désormais. Elle était belle, séduisante, libre de sa main... Chacun venait à elle pour la déterminer à un second mariage et pour combattre ses idées de religion trop austères. Hélas! mon Dieu, la charmante reine elle-même se mit à lui conseiller de renoncer aux rigidités de la vie claustrale à laquelle Mme de Réalmont se croyait appelée. Régine ne s'inspira que de ses sentimens tendrement exaltés; elle prit congé du monde pour jamais, et d'ailleurs le souvenir de la patrie, de son château natal où elle avait tant de serviteurs dévoués, lui revint. Vive, ardente, enthousiaste, elle se hâta de prendre la route du Languedoc, et huit jours après elle arrivait à Sarzane, où elle avait passé la plus belle année de sa vie, où tout lui rappelait un époux sincèrement regretté, un père, hélas! bien-aimé malgré ses torts, et le temps fleuri de l'enfance.

Régine avait donc fixé pour jamais son existence en Languedoc; dirigeant ses affaires domestiques avec une rare supériorité, cherchant à améliorer son domaine non pour s'enrichir, mais pour répandre plus de bienfaits autour d'elle. Du reste, passant sa vie dans la solitude, les œuvres de charité, les méditations et la prière; très-décidée à transformer un jour le château de Sarzane en une communauté dont elle serait l'âme et la providence.

Trois ans s'étaient écoulés et Mme de Réalmont persévérait plus que jamais dans ses résolutions. Vers la fin de l'année 1788, au mois de décembre, la reine fit mander Régine à Versailles, en lui demandant cette visite comme un service d'amie. Régine se rendit aux ordres de la reine. Elle la revit avec un attendrissement profond; Marie-Antoinette était déjà fort éprouvée par le chagrin et les appréhensions d'un avenir menaçant. Régine résista encore aux propositions d'un beau mariage. Vers la fin de janvier de l'année 1789 elle quitta de nouveau la cour et sa royale amie pour revenir à Sarzane, résolue à s'y enfermer pour jamais.

Nous avons tenu à donner ces détails rapides; ils étaient nécessaires pour le développement de notre récit.

Maintenant reprenons cette histoire. Nous connaissons Régine; nous aimons sa mémoire.,... Tâchons d'inspirer cette même sympathie au lecteur bienveillant s'il consent à nous suivre.

III.

UN TOURNOIS DE GALANTERIE.

Il était environ deux heures de l'après-midi lorsqu'une jeune fille du château de Sarzane, portant un panier de fraises sauvages qu'elle venait de cueillir dans les bois des environs, rencontra quatre cavaliers près des hautes-futaies de chênes verts, à peu de distance de l'avenue. Très-surprise de cette apparition, et, disons-le aussi, très-satisfaite de la distinction des deux cavaliers qui marchaient les premiers, Mlle Isane, c'était le nom de la jeune personne en question, s'arrêta sous l'ombrage d'un grand arbre, et déposant le panier sur la mousse elle se prit naïvement à regarder les étrangers. Ils paraissaient vouloir prolonger leur promenade à travers ces futaies (bois très-rares dans le Midi) où les rayons d'un soleil de mars ne pénétraient qu'en filets lumineux. Une fraîcheur agréable, des chardonnerets qui gazouillaient, des merles qui sifflaient, l'odeur aromatique des lavandes et des chèvrefeuilles, l'éclat des aubépines toutes blanches d'une neige de fleurs, des lianes de pervenches et de lierres tendres qui serpentaient follement aux troncs et aux branches, toute cette grâce un peu sauvage, tout cet épanouissement de beauté et de jeunesse; les brises rieuses, les senteurs du printemps, et mille autres harmonies indéfinissables, tout cela paraissait être d'un charme infini pour les deux cavaliers si bien remarqués par Mlle Isane. Elle-même n'était pas un des moindres ornemens du paysage; jeune, svelte, belle comme sont les filles d'Arles, vêtue du costume élégant et pittoresque en usage dans la basse Provence, Isane, appuyée légèrement contre un arbre, ressemblait parfaitement à la Dryade de la forêt contemplant la grâce et la beauté de son domaine.

Un des cavaliers dirigea son cheval vers elle, mais avec une sorte de précaution, sans emportement aucun, et comme pour ne pas effaroucher la jeune fille. Ce cavalier n'était autre que M. le marquis de Pampelone, arrivant dans le bois de Sarzane, après une exploration pittoresque aux environs, en compagnie de M. de Chalux. M. de Pampelone avait une mine fière, mais dans l'occasion il savait parfaitement adoucir l'éclat de son regard et donner à ses manières toutes les séductions.

— Mademoiselle, dit-il en mettant le chapeau à la main, vous êtes bienveillante autant que vous êtes belle, vous nous

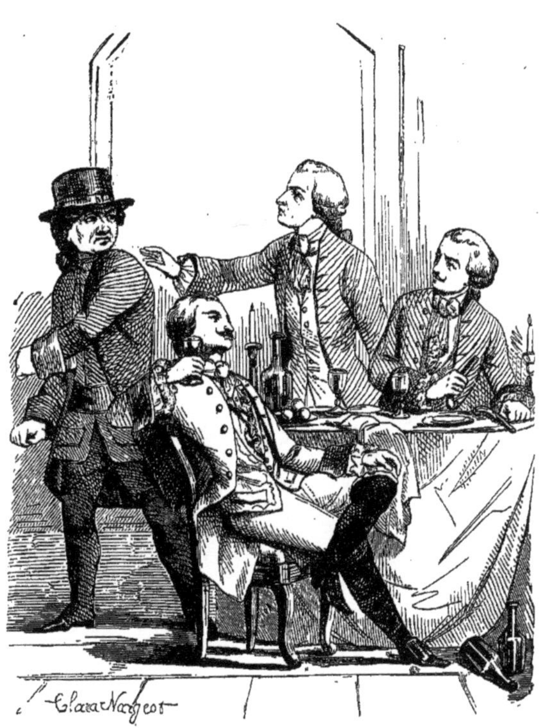

. . . L'homme trapu, enfonçant son chapeau d'une main ferme, passa près de la table ronde, frôla presque le coude de M. le comte de Pampelone, et jeta sur lui et sur M. de Chalux un regard brûlant de haine.

tirerez d'embarras. Sommes-nous ici dans le bois du château de Sarzane ?

— Oui, monsieur; répondit Isane, dont le teint brun doré rougit un peu.

— Monsieur le vicomte de Chalux, j'avais donc raison, reprit Pampelone avec une certaine affectation et comme pour se recommander par un titre à la belle inconnue.

Mais Mlle Isane était faite à la bonne compagnie, et ce titre, ce nom aristocratique, ces grandes manières ne parurent pas l'étonner le moins du monde. Au contraire, M. de Pampelone remarqua qu'elle prit aussitôt un petit air dégagé et presque insouciant, soulevant son panier de fraises et s'occupant à le garnir de feuilles, sans daigner jeter un second coup-d'œil ni sur le vicomte de Chalux annoncé, ni sur lui-même.

M. de Pampelone remit son chapeau sur la tête et s'approchant de son ami.

— Je crois notre effet manqué, dit-il. Cette séduisante fille ne m'a pas l'air de se laisser séduire du tout par notre mérite.

— C'est que vous y mettez trop d'apprêt, dit M. de Chalux.

— Bien, monsieur! Essayez à votre tour, répondit le marquis.

M. de Chalux piqua son cheval qui bondit et vint piétiner, en caracolant, à trois pas de l'arbre sous lequel Isane arrangeait toujours son panier de fraises. Le cavalier vit avec surprise qu'elle ne témoignait pas plus de crainte qu'elle ne paraissait ressentir d'admiration. Calmant alors son cheval :

— La! la! dit-il, ne faisons de mal à personne, et surtout gardons-nous de faire peur à cette charmante enfant.

Isane, plus à l'aise que jamais et penchée vers son panier, couvrait de feuilles ses fraises avec une adresse et un calme désespérant.

— Eh bien! mademoiselle, dit le vicomte, vous ne voyez donc pas que mon cheval est très-animé et qu'il peut mettre le pied dans le panier que vous arrangez si bien par terre?

— Je voudrais bien voir cela, par exemple ! répondit Isane, mais d'un accent provençal si flûté et d'un air si moqueur que M. de Pampelone lâcha un grand éclat de rire au nez de M. de Chalux.

— Ah ! vous voudriez bien voir cela ! reprit le vicomte. Et qu'est-ce que cela vous prouverait ?

— Que le cavalier de ce cheval serait un grand maladroit, riposta la jeune fille.

— Parbleu ! Monsieur le vicomte, reprit Pampelone, convenez qu'elle ne s'est pas fait trop prier pour vous dire cela.

— Vous êtes bien méchante, ma belle enfant, reprit Chalux un peu interloqué. Comment ! Quand je veux vous éviter un danger...

— Quel danger ? demanda Isane.

— Dame ! celui d'être serrée de près...

— Par votre cheval ?... reprit en riant la jeune fille. Eh ! pour Dieu ! messieurs, donnez-vous de l'air. La forêt n'est donc pas assez large pour vous contenir ?...

Qui je suis? Vous le voyez. Une chercheuse de fraises dans les bois.

— Mais c'est un hérisson que cette petite fille! ajouta M. de Chalux.

— Ma foi! reprenait Pampelone à demi-voix, hérisson, si l'on veut ; mais heureux qui se frotterait à ses piquans.

— Allez, cher ami, repartit le vicomte. Pour moi, j'y renonce.

— Mademoiselle, dit le marquis en mettant pied à terre, nous avons peut-être des excuses à vous faire. Des étrangers sont à plaindre ; ils ignorent les usages des pays qu'ils traversent et peuvent y commettre bien des fautes. Nous avons eu tort, n'est-ce pas, de vous adresser la parole. Voyons, soyez généreuse et ne nous boudez pas. Voici ma main ; donnez-moi la votre.

M. de Pampelone avait ôté son gant de peau de daim et tendait à Isane une main fine et blanche. Isane remarqua-t-elle la distinction de cette main? Qui nous le dira ? Devait-elle refuser de mettre la sienne, non moins belle mais plus brune, dans celle du charmant voyageur? Qui décidera ce cas de conscience? Isane se tira d'affaire comme l'aurait fait un diplomate habile, mais un diplomate ayant du cœur; chose plus rare.

— Monsieur, dit-elle, dans ce pays-ci les filles de mon âge ne touchent la main qu'à leur frère. Vous êtes de trop grande famille pour que je vous regarde comme un frère, mais je puis bien vous regarder comme un étranger ayant besoin de mes services. Voici de très-belles fraises, les premières de la saison; il fait très-chaud, vous voulez vous rafraîchir; vous me tendez la main pour me demander mon panier. Le voici, prenez. Tout est à votre disposition.

En même temps M. de Pampelone reçut dans la main l'anse du panier et un gracieux sourire d'Isane par-dessus le marché.

Resté à cheval et témoin de cette scène M. le vicomte de Chalux applaudit fort généreusement au succès de son rival.

— Très-bien ! très-bien! dit-il. Mademoiselle a de l'esprit, du goût, du bon sens...

— Et du cœur, monsieur, répondit Isane.

— Pardieu, ma belle enfant, je n'en doute pas, dit le vicomte, mais je voudrais bien que vous m'en fournissiez la preuve pour ce qui me regarde. Du reste, le coupable à vos yeux, c'est moi. M. le marquis est le préféré..... c'est juste ! très-bien! je tâcherai de prendre ma revanche.

— Voulez-vous des fraises, vous aussi, monsieur? dit Isane d'un ton à moitié amical.

— Cette chère enfant! reprit vivement le vicomte en sautant de cheval.

La scène devenait d'une grâce et d'un pittoresque charmans. Ces jeunes gentilshommes, après avoir livré leurs chevaux à leurs domestiques, se mirent à manger des fraises que leur offrait la brune et jolie fille de Provence, placée entre eux deux comme une élégante amadryade de la forêt. Les sourires, les douces paroles furent échangés; la douce harmonie était arrivée; le groupe était d'un effet ravissant.

Au bout de dix minutes de la plus aimable conversation, il

fut question du château de Sarzane. M. de Chalux, en vrai diplomate, hasarda une question.

— Figurez-vous, ma belle enfant, dit-il, que nous avions pris un guide à Pont-Saint-Esprit pour nous conduire à travers ces montagnes dont nous voulions visiter les sites pittoresques (nous sommes un peu peintres et botanistes) ; le drôle a reçu son salaire à notre première halte et il nous a plantés là comme un renard qui flaire de loin un poulailler. Notre bonne étoile vous a amenée sur notre chemin. On nous avait parlé de Sarzane comme d'un lieu enchanté, et nous tenons à visiter cette belle propriété. Êtes-vous du domaine? Votre famille doit habiter près d'ici.

M. de Pampelone ajouta quelques complimens aux insinuations de son ami. Mlle Isane regardait les deux interlocuteurs de ses grands yeux noirs et clairs comme du jais.

— Vous ne répondez pas? demanda Chalux en humectant ses lèvres avec une fraise qu'il tenait par la tige.

— Vous faites la discrète, mademoiselle? ajouta Pampelone en allongeant ses doigts dans le panier.

— Moi! non, répondit Isane. Seulement je réfléchis et je trouve qu'il vous sera fort difficile de visiter le château.

— Comment donc? est-ce qu'il n'est pas habité?

— Il est habité, dit Isane, par madame la comtesse. Personne n'est reçu.

— Madame la comtesse est donc une princesse enchantée et gardée à vue? demanda Pampelone.

— Qui sait? dit Chalux. Madame la comtesse est peut-être elle-même un dragon farouche.

— Un dragon de vertu, vous avez raison, répondit Isane.

— Ah! mon Dieu! dirent les cavaliers. Serait-elle laide et vieille?

— Le beau mérite alors d'être un dragon de vertu, n'est-ce pas? ajouta Isane.

— Cette enfant est ravissante! dit Chalux.

— Sérieusement, ajouta Pampelone, la comtesse est-elle âgée?

— Eh! eh! répondit Isane. Entre deux âges. De quarante à cinquante.

Les deux bons amis se regardèrent et sourirent à cette réponse inattendue. Elle ressemblait beaucoup à un système de défense adopté par la châtelaine du lieu et par ses gens.

— Qu'importe, reprit Pampelone. Je me risque.

— Et moi aussi, ajouta son compagnon. Je m'aventure les yeux fermés.

— Allez, messieurs, dit la jeune fille. La grille restera close et vous reviendrez sur vos pas, à la ville de Pont-Saint-Esprit, pour reprendre le chemin de.....

— Quel chemin reprendrons-nous, mademoiselle?

— La grande route des éconduits, répliqua Isane avec une malice cruelle.

Les deux amis fort étonnés échangèrent des regards. Ils semblaient se dire : Comment cette fille sait-elle déjà nos projets et notre but?

M. de Pampelone, dont le dépit était extrême, ajouta en se contenant beaucoup.

— Voudriez-vous vous expliquer, ma belle demoiselle?

— M'expliquer! dit Isane. Pourquoi? Cela arrangera-t-il vos affaires?

— Comment se fait-il, reprit Chalux, que vous connaissiez le but de notre voyage?

— Ah! dit la jeune fille. Vous n'êtes donc ni peintre ni herboriste, et ce que vous cherchez dans ces bois est donc autre chose qu'un sujet de tableau ou une plante à cueillir?... Adieu, messieurs, je suis votre servante.

— Oh! pour cela non, dit Chalux. Nous quitter? Jamais avant de nous avoir dit qui vous êtes.

— Qui je suis? Vous le voyez. Une chercheuse de fraises dans les bois.

— Vous nous trompez. Vous appartenez au château de Sarzane, et vous êtes du nombre des personnes attachées au service de madame la comtesse de Réalmont.

— Tiens, comme vous savez son nom! reprit Isane. Vous la connaissez donc!

— Hélas! mon Dieu! Certainement, dit Pampelone.

— Nous savons qu'elle est ravissante de jeunesse, de beauté et désespérante de vertu, ajouta Chalux.

— Très-bien! répliqua la jeune fille. Eh bien! raison de plus pour reprendre la route de Paris, messieurs. Vous êtes deux amoureux qui prétendez à la main de ma maîtresse, et qui venez ensemble (ce qui est très-joli!) tenter fortune et vous mettre sur les rangs. Vous savez la chanson :

> Deux chevaliers couraient un jour
> Après une bergère.
> Tous deux brûlaient du même amour ;
> O la flamme légère!

Deuxième couplet, reprit Isane en donnant à sa voix une mordante ironie :

> Nul ne croyait ses vœux trompés...
> On va vite à leur âge!
> Or, les beaux fils furent pipés...
> La bergère était sage!

Rire aux éclats, enlever le panier, s'élancer dans les clairières du bois, courir comme une biche et disparaître dans les profondeurs des feuillages, ce fut l'affaire de deux minutes.

Isane avait laissé les deux *chevaliers* en face l'un de l'autre, étourdis, stupéfaits, et chacun tenant encore une belle fraise au bout des doigts.

M. de Chalux prenait la chose moins philosophiquement que son compagnon. Il parlait beaucoup de donner la chasse à cette méchante daine à travers la forêt.

— Monsieur le vicomte, répondit Pampelone, nous sommes venus de Paris, et nous avons fait deux cents lieues de poste dans un autre but que celui d'attrapper des fillettes à la course. Quant à moi, je remonte à cheval et je vais résolument assiéger le château de Régine et son cœur. Fidèle à notre traité, je vous jure encore que du moment où je me reconnaîtrai battu je vous céderai la place et vous offrirai un cartel sérieux comme à mon vainqueur.

— Vous avez parfaitement raison, reprit le vicomte en sautant à cheval. A Sarzane! Et que celui de nous deux que Régine préférera accepte de son rival toutes les conditions d'un duel à mort!

— Venez, cher ami! s'écria Pampelone en partant au galop.

— Venez, très-cher ami! répéta Chalux en piquant des deux et tenant pied au galop de son compagnon.

Au bout de cinq minutes ils entraient dans la grande avenue des frênes et des platanes qui annonçait le château de Sarzane. Bientôt ils eurent en perspective les tourelles et tout le bâtiment seigneurial, mais surtout la grande et forte grille de la cour, très-énergiquement fermée.

IV.

AUDACES FORTUNA JUVAT.

Nos deux cavaliers, suivis de leurs piqueurs, étaient arrivés en face de la grille seigneuriale, et ils en considéraient la riche et très-noble ornementation. Cette grille, qui datait bien de l'époque de Louis XIII, était un vrai chef-d'œuvre de serrurerie. Elle était toute chargée à sa frise d'efflorescences dorées; un large écusson, surmonté d'une couronne de marquisat, s'écartelait fièrement au sommet. La grille était haute, armée de lances et d'artichauds de fer, hérissée de pointes, fortifiée par des arcs-boutans et close par une formidable serrure.

MM. de Chalux et de Pampelone cherchaient des yeux à qui parler à travers la grille, lorsque trois dogues énormes arrivèrent sur eux du fond de la cour, aboyant à pleine gueule et mordant les barreaux qui les séparaient des cavaliers.

— Mais c'est donc une forteresse imprenable! dit le marquis.

— *Vox triplex!* reprit le vicomte. Cerbère est ici, gardant l'entrée des Champs-Élysées.

Cependant on vit apparaître, dans la cour du château, un vieux garde-chasse portant un fouet en sautoir et chaussé de hautes guêtres de peau de daim. Cet homme s'approcha de la grille, mettant à la main son chapeau à cornes. Il s'informa très-poliment des intentions de ces messieurs. Ceux-ci se nommèrent et expliquèrent en quatre phrases comment, en parcourant les sites des environs, ils avaient appris que Mme la comtesse de Réalmont habitait Sarzane, et tout le désir qu'ils avaient d'aller mettre à ses pieds leurs hommages respectueux.

— Messieurs, dit le garde-chasse, madame ne reçoit absolument personne, et je n'ai pas reçu d'ordre contraire aujourd'hui.

— Vous êtes chargé d'ouvrir et de fermer? demanda Chalux.

— Oui, monsieur, répondit maître Pyrénée, le garde-chasse.

— Mon cher ami, reprit Chalux, vous manquerait-il une clé d'or pour votre grille ?

En même temps, du haut de son cheval, M. le vicomte tendait le bras vers le vieux Pyrénée, qui se reculait de trois pas, saluait en souriant et refusait net un beau louis de vingt-quatre livres tournois.

— Hola ! s'écria M. de Pampelone. Mais où diable la vertu va-t-elle se nicher ?

— Monsieur le garde-chasse, reprit Chalux, qui avait réfléchi, vous êtes un très-digne homme et un loyal serviteur. Maintenant que vous nous avez donné une bonne opinion de votre intégrité, veuillez, je vous prie, aller nous annoncer à madame la comtesse. Tenez, je suis sûr qu'elle ne voudra pas nous donner le chagrin de nous en retourner sans avoir eu l'honneur...

— J'obéis à vos ordres, monsieur, dit Pyrénée. Mais je n'ai aucun espoir de réussir.

Il s'éloigna, reprit le chemin du château, monta le perron et disparut.

Les dogues avaient repris de plus belle leur abominable trio. Toute la forêt en retentissait, et les chevaux des voyageurs commençaient à frissonner, dressant l'oreille, et piaffant du fer. Il y eut là dix minutes de perplexité. M. de Chalux était triste, et M. de Pampelone réfléchissait beaucoup. Enfin, le garde-chasse reparut dans la cour. Il détacha son fouet passé en sautoir, et marchant droit aux aboyeurs :

— Tout beau ! tout doux ! mes petits lapins, s'écria-t-il en leur distribuant une rouflée claquante de sa chambrière. Tout beau ! les petits amours ! Et allez rejoindre votre intéressante famille.

Les dogues reprirent en grommelant le chemin de leur loge. Ceci parut d'un assez bon augure aux cavaliers. Le garde-chasse s'approcha de la grille. Il avait une grosse clé à la main.

— Madame la comtesse, dit-il, recevra ces messieurs.

Si M. Pyrénée n'eût été incorruptible, il eût reçu en ce moment-là dix louis dans la main. La grille fut ouverte. Les quatre chevaux entrèrent dans la cour d'honneur d'un pas triomphal. Cinq minutes après, MM. de Pampelone et de Chalux étaient introduits au grand salon du rez-de-chaussée dont les fenêtres donnaient sur le parc. On les pria de vouloir bien attendre.

— Nous voilà dans la place, dit Pampelone à son compagnon. C'est toujours bien convenu entre nous : le vaincu cède la place à l'autre, sans se faire prier. Seulement le vainqueur accepte le lendemain un cartel à outrance.

— Très-bien ! répliqua M. de Chalux, en arrangeant son nœud devant une glace.

— J'aime à vous voir dans ces dispositions, répliqua le marquis, en plaquant avec précautions ses manchettes de dentelle.

— Mais que diable nous chantait donc cette poule sauvage? demandait le vicomte.

— Eh ! eh ! disait Pampelone, peut-on répondre des caprices charmans qui trottent dans la tête d'une femme ?

— Il est certain, reprenait M. le vicomte, que la grille du château doit être fermée pour bien des lourdauds, dans ce pays-ci.

— Je conviens, dit Pampelone en se coulant un regard dans l'immense trumeau placé entre deux fenêtres, je conviens que peu de figures de distinction doivent se montrer aux grillages de fer de ce manoir.

Une des portes dorées du salon s'ouvrit. Une jeune femme parut. Elle avait une de ces toilettes dites *du matin*, toilette élégante quoique d'une extrême simplicité. C'était Régine, comtesse de Réalmont.

MM. de Pampelone et de Chalux, faits aux grandes manières de Versailles, furent en cette occasion du meilleur goût. Seulement ils mentirent avec autant d'habileté que d'aplomb au sujet du but de leur voyage, parlant beaucoup d'une course d'agrément qu'ils avaient entreprise dans le midi de la France en véritables touristes, et voulant utiliser les six semaines de congé qui leur avaient été accordées par MM. les capitaines-généraux aux chevau-légers et aux mousquetaires. Régine, souriante et pleine de dignité, s'était assise sur un canapé à la duchesse, ayant à quatre pas en face d'elle, sur des chaises, les nobles visiteurs.

— Que de grâces nous vous devons, madame, dit M. de Chalux, pour avoir levé en notre faveur la plus sévère des consignes. Nous serions repartis désespérés...

— C'eût été, madame, ajouta Pampelone, la première et probablement la dernière peine venant de vous.

— Tout le monde à Versailles a gardé le souvenir des distinctions infinies de madame.

— L'exil bien volontaire de madame est encore un deuil général à la cour.

Et ainsi de suite pendant dix minutes. A toutes ces galanteries respectueuses, Régine répondait en s'inclinant légèrement et par des monosyllabes, coupant avec à propos les phrases de ces messieurs.

— En vérité, finit-elle par dire, je suis fort touchée de votre empressement. Je me croyais tout à fait oubliée !

Puis, avec une finesse bien calculée, bien perfide, elle ajouta :

— Vous m'apportez sans doute, messieurs, des nouvelles de ma bonne tante de Versailles?...

Les deux amis, ne sachant trop que répondre, balbutièrent quelques mots pris au hasard.

— Et vous n'avez pas manqué, messieurs, ajouta Régine, de voir, avant de partir, mon vieux cousin le commandeur ? Quant à Sa Majesté, je suis bien sûre que vous avez pris ses ordres pour moi, et j'attends de votre obligeance de me dire ce que me mande la meilleure, la plus adorée des reines.

Ces messieurs se préoccupaient beaucoup de leurs gants, de leurs dentelles et de la tenue qu'ils prendraient sur leur chaise pour faire diversion.

— Comment, messieurs, ajouta Régine en riant avec une expression poignante, vous faites deux cents lieues pour venir me voir, vous quittez Versailles comme deux paladins, vous vous faites annoncer ici..... et vous ne m'apportez pas un souvenir de ceux qui me sont chers?..... Allons donc? C'est impossible.

Nos deux charmans amis tombaient d'étonnement en stupéfaction. Comment ? A peine entrés au salon du château de Sarzane, et malgré toutes les précautions imaginables, les prétextes les plus adroits et les motifs les plus probables, malgré tant de diplomatie employée à déguiser leur intentions, MM. de Chalux et de Pampelone s'entendaient dire en face qu'ils arrivaient tout droit de Versailles pour rendre visite à Régine ! Mme de Réalmont connaissait donc parfaitement leur projet ! Ce secret si bien gardé, elle l'avait donc surpris ! Qui pouvait avoir trahi ces messieurs ? A moins que Régine ne fût une fée...

— Madame, dit Pampelone, voilà qui tient du merveilleux.

— C'est à douter de tout, excepté de votre grâce, madame, ajouta Chalux.

— Et quant à moi, reprit le marquis, j'ignorais jusqu'à présent que les anges étaient devins.

— Comment, messieurs ? reprit la désespérante Régine. Est-il bien difficile de deviner ce que tout le monde sait ?....

— Ah ! dit Chalux très interloqué, tout le monde sait que...

— Et chacun est averti ?... ajouta le marquis stupéfait.

— Messieurs, dit l'implacable Régine, je ne pense pas que vous veniez de si loin pour jouer ici une comédie. Pour cela, Versailles vous offrait un meilleur théâtre et plus digne de vous.

— Il n'est donc bruit que de notre arrivée? demanda Chalux en déchirant son gant.

— Et chacun dans le monde est parfaitement au fait de nos projets? dit Pampelone en accrochant une de ses dentelles à l'épingle de son jabot.

— Dame ! reprit Régine, si dans ma solitude je suis si fort au courant de vos démarches, quel énorme bruit cela doit faire ailleurs !

— Ainsi, madame, dit Chalux, vous voilà bien convaincue que nous sommes partis de la cour de France tout exprès pour avoir l'honneur de venir vous offrir nos hommages ?

— Je vous crois trop poli pour nier cette intention-là, monsieur le vicomte ; lui répondit-on.

— Ainsi, madame, ajouta Pampelone en véritable papillon qui se brûle à la bougie, ainsi, madame, vous nous tenez, monsieur de Chalux et moi, pour deux extravagans à la poursuite d'une belle chimère.

— Ah ! dit Régine, me comparer à une chimère, et faire deux cents lieues de poste pour venir me dire ces choses-là ! Convenez, monsieur de Pampelone, que vous comptez beaucoup sur ma bonté.

— Eh bien ! oui, s'écria l'étourdi hors de lui. Oui, madame. J'avoue tout, et je m'en fais gloire...

— Très-bien ! dit Régine. Et vous, monsieur de Chalux?

— Moi, madame! répondit le vicomte, je ne nierai certainement pas que j'aurais fait quatre cents lieues de plus pour avoir le bonheur de vous voir un instant.

— Oh! parfaitement! répliqua la séduisante et cruelle comtesse. Maintenant, messieurs, continuez. Eh quoi! Vous vous taisez? Et moi qui m'imaginais que vous alliez, tous les deux en même temps, et très-galamment, tomber à genoux? Ah! messieurs, vous manquez votre effet...

Se levant à ces mots, la plus élégante des femmes fit quelques pas vers la porte du salon, et là elle dit d'un air très-digne à ses deux adorateurs :

— Je connais, messieurs, les devoirs de l'hospitalité. Vous devez être un peu fatigués. Deux cents lieues à cheval! Je vais donner des ordres pour qu'on vous serve à dîner. Du reste, pour vous faire prendre patience et pour vous montrer Sarzane, si tel est votre agrément, j'aurai soin de vous envoyer un homme respectable qui a toute ma confiance; mon homme d'affaires.

Alors prenant du champ, comme elle eût fait dans le salon de la reine, Régine salua ces messieurs par les deux révérences les plus amples, les plus étoffées et en même temps les plus marquées au cachet de la distinction. Elle sortit et referma la porte.

Outrés de dépit, en proie à une agitation fiévreuse, MM. de Pampelone et Chalux se mirent à se promener en long et en large du salon, mais en sens contraire, passant et repassant près l'un de l'autre, et s'apostrophant par un dialogue animé à mesure qu'ils se croisaient.

— C'est votre faute, monsieur, j'en suis bien sûr, disait Chalux.

— Voilà le résultat de vos indiscrétions! ajouta Pampelone.

— Vous vous serez laissé tirer les vers du nez, avant de partir de Versailles, par cette petite comtesse, la femme de monsieur l'intendant des *Menus*, et elle aura écrit à Régine.

— Vous voulez dire, reprenait le marquis, qu'elle aura tout appris touchant nos projets, de cette grosse chanoinesse qui vous traite en petit cousin et dont vous adorez les belles épaules...

— C'est-à-dire, répliquait Chalux, que monsieur de Pampelone n'a pu tenir à réciter son catéchisme galant à cette pimpante abbesse de Panthemont, qui aura jasé dans ses lettres à sa protégée ici.

— Tudieu! monsieur, ajoutait le marquis, vous nous la donnez belle! Ne sait-on pas à quel point vous êtes dévot aux mains blanches de madame la surintendante de la garde-robe qui vous honore de petits soufflets et vous fait avouer tout ce qu'elle veut.

— Eh oui! encore! parlons de vous, monsieur de Pampelone! Savez-vous rien cacher à la nièce un peu mûre de M. le grand aumônier, qui, à défaut de son oncle, vous inflige des pénitences.

— Patience, monsieur! Nous verrons bien! répliquait le marquis.

— Oh! parbleu, à vos ordres! ripostait Chalux. En attendant, cette pie ensorcelée de la forêt avait raison : Nous voilà pipés!

— *Pipati!* dit Pampelone avec une affreuse ironie dirigée contre le latinisme de Chalux.

— Latin de marmiton! riposta le vicomte. Allez donc à l'école.

— Dans tous les cas ce ne sera pas vous qui m'y conduirez.

— Peut-être, monsieur!

— Essayez donc, monsieur!

Certainement, si nos deux champions n'avaient pas remis à leurs piqueurs leur couteau de chasse avant d'entrer au château, ils se seraient élancés dans le parc et auraient mis le fer au vent. On entendit des portes s'ouvrir et se fermer. Ce bruit fit diversion.

— Tenez, monsieur le vicomte, dit Pampelone, voici l'homme respectable qu'on nous envoie pour nous tenir compagnie et nous faire la leçon. Quelle ironie amère! Ah! Régine!...

— Son homme de confiance! reprit Chalux, son homme d'affaires! Un lourdaud pour tout dédommagement. Quelle cruelle plaisanterie! Ah! comtesse adorée...

La porte s'ouvrit. Un homme s'avança d'un pas grave dans le salon. Les deux rivaux poussèrent un cri et reculèrent de saisissement : ils avaient en face d'eux l'homme de *confiance* de Régine; M. le comte d'Ambert!...

— Vous, monsieur! s'écria Pampelone.

— Le comte-abbé! exclama M. de Chalux.

M. d'Ambert, très-sérieux mais non moins distingué qu'il ne s'était montré la veille au Faisan Royal, salua ces messieurs.

V.

LES TROIS ACTÉONS ET DIANE.

L'apparition si inattendue de M. le comte d'Ambert, dans le salon du château de Sarzane, avait allumé le même sentiment de colère chez MM. de Chalux et de Pampelone, et la même pensée leur traversa l'esprit. A leurs yeux, le comte-abbé était le seul révélateur de leur conduite et de leur projet. La veille, au milieu d'une demi-ivresse produite par le vin capiteux de Tavel, M. d'Ambert avait surpris leur secret comme il avait été témoin de leur folle querelle au sujet de Régine. Le comte, probablement très-épris de celle qui, en quelque sorte, était sa pupille, avait fait son profit des conversations et indiscrétions du souper; il était parti de très-grand matin du *Faisan Royal*, et, en vrai sournois, jaloux et maître de la situation, il était venu tout droit à Sarzane, où il avait tout révélé à Mme de Réalmont. Celle-ci, par conséquent, avait eu le temps de préparer ses batteries de défense. La conduite de M. d'Ambert paraissait révoltante à ces messieurs. Leur premier mouvement fut de lui chercher querelle; par réflexion et par bon goût, ajoutons-le, ils résolurent, sans se consulter autrement que du regard, de remettre leur provocation à un temps plus opportun. Au fait, on pouvait bien admettre ce raisonnement : Ou M. d'Ambert est aimé, et alors il était dans son rôle; ou M. d'Ambert n'était qu'un tuteur dévoué, et alors il avait droit de conseil.

Telle était la situation. Elle demandait à être éclaircie. Ce fut le comte-abbé qui le premier engagea la conversation.

— Messieurs, dit-il du ton le plus naturel du monde, je suis vraiment heureux de vous retrouver ici. Madame de Réalmont, qui m'honore de sa confiance, m'a chargé d'être votre *cicerone* à Sarzane, et de veiller aussi à ce que vous y trouviez une bonne hospitalité. En attendant un dîner de campagne que l'on prépare pour vous, seriez-vous bien aise de visiter le parc?

— Enchanté, monsieur le comte, dit Pampelone.

— Et vous, monsieur de Chalux!

— De tout mon cœur, répondit le vicomte.

On ouvrit une grande porte à vitres qui donnait sur un perron dans le parc, et l'on se trouva bientôt au milieu de plates-bandes parées des plus belles fleurs et dans une grande allée bordée de charmilles.

— C'est un petit Versailles, dit le marquis.

— Oui, mais un peu moins bien cultivé, répondit le comte-abbé. Ce parc est très-vaste, six à sept cents arpens; il est hors de proportion quant à son entretien avec les revenus de Sarzane. L'amiral de Valbonne, père de madame de Réalmont, faisait des folies pour ce *lieu enchanté*, selon son expression favorite.

— S'il n'avait fait que des folies d'horticulture! ajouta Chalux. On dit qu'il a mangé joyeusement les trois quarts de sa fortune.

— Joyeusement! dit M. d'Ambert. J'ai de la peine à le croire. Les joies de la ruine ont une grande amertume au fond de la coupe.

— Il y a un vers de Catulle qui dit très-bien cela, ajouta le vicomte.

— Allons, reprit Pampelone, voici monsieur de Chalux qui va piquer de latin notre conversation.

— Cela prouve une mémoire bien meublée, répondit M. d'Ambert.

— J'aime assez *meublée*, dit le marquis. Les citations sont en effet des meubles à l'usage de tout le monde.

— Eh bien! marquis, riposta le chevau-léger latiniste, pourquoi donc n'en usez-vous pas?

— Par la raison, cher ami, qu'on ne m'a jamais fouetté pour m'inoculer mes auteurs.

— Monsieur, dit Chalux, tel qui n'a pas reçu le fouet dans son enfance...

— Là! là! messieurs, reprit M. d'Ambert en intervenant. Mais en vérité vous prenez feu comme la poudre.

— Ce n'est rien, dit Pampelone. Vous voyez devant vous, monsieur, deux amis dévoués, inséparables, qui donneraient leur vie l'un pour l'autre, et qui sont à la veille de tirer l'épée l'un contre l'autre.

— Oui, pardieu! reprit Chalux. Mais vous savez peut-être fort bien cela, vous, monsieur d'Ambert.

— Il est certain, ajouta le marquis, que monsieur le comte d'Ambert nous a surpris plus d'un secret...

— Je sais messieurs, reprit celui-ci, que vous deviez vous battre ce matin à outrance ; je sais que vous êtes au contraire fort d'accord ce matin; je sais encore qu'il s'agit entre vous d'un projet un peu ambitieux ; celui de concourir, chacun pour son compte, au prix le plus inestimable...

— Ah! ah! dit Chalux. Continuez, monsieur le comte.

On arrivait en ce moment devant une belle pièce d'eau où deux cygnes voguaient, l'aile ouverte à la brise.

— Messieurs, dit le comte-abbé, admirez donc ce point de vue. Cette pièce d'eau aboutit à une percée dans les massifs. On découvre un ravissant paysage dans le lointain ; un vrai Claude Lorrain.

— Il évite la trappe, pensait Pampelone.

— Rusé *frater!* se dit Chalux.

— Ce clocher de village, s'élevant du milieu des arbres, est du meilleur effet, reprit M. d'Ambert. Ce village est Sarzane; il donne son nom au château.

— J'aime assez ce moulin à vent agitant ses bras sur la colline comme un grand niais aux abois, dit M. de Pampelone.

— Quelle poésie! ajouta Chalux. *Risum teneatis amici.*

— Ce que j'adore surtout, reprit le sardonique marquis, c'est un peu de latin saupoudrant le tableau.

En ce moment les deux cygnes, majestueux et calmes, vinrent cingler au bord du bassin à dix pas des visiteurs. M. d'Ambert les appelait de la voix et faisait un geste comme pour leur jeter quelque chose.

— Ah! monsieur le comte, dit Pampelone, vous trompez donc vos amis?

Le mot portait. Le comte-abbé en comprit le sens parfaitement, mais personne n'avait ce qu'on appelle plus d'empire sur soi-même que M. d'Ambert. Il se contenta de répondre.

— Je les attire par des promesses que je tiendrai dans l'occasion.

— Très-bien, monsieur, dit Chalux. Je vous crois très-loyal quand vous vous engagez. Nous chercherons à vous mettre dans nos intérêts. Mais en attendant nous serions très-heureux de savoir sur quel pied nous sommes avec monsieur d'Ambert.

L'insinuation était directe et provocatrice. M. de Pampelone appuyait les paroles de son ami. On marchait toujours, trois de front, le comte-abbé au milieu, dans la grande allée qui faisait face à la pièce d'eau.

— Messieurs, crut devoir répondre M. d'Ambert, vous le voyez, nous marchons tous trois sur le pied d'une parfaite égalité.

— Vous répondez au figuré, dit Chalux. C'est mal. Nous attendons mieux d'un beau caractère comme le vôtre, et puisque je suis forcé de m'expliquer, je le fais carrément. Monsieur le comte veut-il nous faire l'honneur de nous dire s'il nous aurait desservi auprès de madame de Réalmont. Je commence par déclarer que je ne le crois pas.

— Alors, monsieur, pourquoi le demander ? dit le comte.

— Cela est vrai. Que voulez-vous? Nous sommes ici dans une position très-fausse. Nous cherchons la lumière partout.

— J'ajouterai, dit Pampelône, qu'il serait digne du cœur de monsieur d'Ambert de faire cesser nos perplexités.

— C'est différent, répondit-il. Si vous provoquez mon cœur, je suis tout prêt à vous servir. Tant que vous avez bien voulu m'adresser des complimens que je ne mérite pas, je me suis renfermé dans un silence modeste. Vous voulez savoir si je vous ai desservi auprès de madame de Réalmont? Et d'abord, messieurs, quel intérêt me supposez-vous à cela? Suis-je un prétendant à sa main? Vous connaissez mes résolutions inébranlables; je me destine aux ordres sacrés. Et, en outre, comment supposez-vous, dans tous les cas, que je pourrais attirer sur moi les bienveillances d'une noble femme comme celle dont nous parlons, par des moyens bas, indignes d'un honnête homme et d'un gentilhomme? Ah! messieurs!... Mais pour qu'il ne reste aucun doute dans votre esprit, voici un mot d'explication. Ce matin je suis parti du *Faisan Royal* de très-bonne heure, ayant une affaire à traiter à Sarzane, pour les intérêts de Mme de Réalmont. Une affaire de ferme. A mon arrivée, j'ai trouvé la comtesse dans le salon du rez-de-chaussée, et m'attendant avec impatience. Elle avait à la main un papier. C'était une lettre qu'elle avait reçue la veille et datée de Versailles, de la maison de la reine. Cette lettre contenait un avis donné par ordre de Sa Majesté. Cet avis concernait le départ de deux aimables officiers attachés à la maison militaire du roi et allant conquérir en vrai paladins la main de la dame de leur pensée, chacun pour son compte bien entendu, et avec des détails très-piquans. Mme de Réalmont m'a demandé conseil. J'ai l'habitude d'être très-sincère. Je ne lui ai pas caché que j'avais recontré la veille deux *poursuivans* du meilleur goût et des plus aimables. Il est bien entendu que je ne lui ai pas dit un mot de la conversation du souper. Mais comme la comtesse, fort inquiète, tenait absolument à avoir mon avis pour savoir si elle devait oui ou non recevoir la visite de ses conquérans, je lui ai déclaré net qu'à sa place, et dans sa position, je ne les recevrais qu'autant qu'ils se feraient annoncer par une lettre explicative ou qu'ils se feraient présenter par quelqu'un de serieux et d'honorable dans ce pays-ci. Mme de Réalmont a d'abord fort approuvé ce parti-là. Nous nous sommes occupés d'affaires, elle, son fermier et moi. Je dois dire même que les paladins étaient complétement oubliés lorsque le bruit de l'arrivée de ces intrépides conquérans est venu rappeler nos souvenirs. Je me suis retiré avec le fermier. Mais Mme de Réalmont, visiblement contrariée, piquée même au vif et fort décidée même à donner une bonne leçon, m'a rappelé en me déclarant qu'elle allait faire ouvrir la grille à l'ennemi. Je me suis tu; elle a vu que je n'approuvais pas cette réception, mais son parti était pris. Je me suis retiré pour la seconde fois. Vous savez le reste, messieurs, et vous connaissez les deux paladins. Êtes-vous satisfaits de mes explications?

—Ah ! monsieur le comte ! s'écrièrent les deux amis en lui serrant les mains avec la vivacité de la jeunesse et de l'enthousiasme, monsieur le comte! Vous êtes le plus loyal des hommes. Nous vous offrons nos excuses et nous vous demandons votre amitié.

— Vous m'honorez beaucoup, dit le comte-abbé, mais à quoi pourra-t-elle vous servir cette amitié d'un solitaire qui bientôt même deviendra un pauvre religieux enfermé dans un cloître ?

— Non! non! Ce n'est pas possible! reprenaient les deux jeunes gens. Ce serait une cruauté! Ce serait un sacrifice inutile!

— Inutile! dit le comte-abbé avec une expression indéfinissable et le regard au ciel. Inutile? Non messieurs. Pour le reste du monde peut-être ; mais pour moi, pour mon âme, oh non! ce sacrifice-là, puisque vous l'appelez ainsi, ne sera pas inutile. C'est une résolution prise entre Dieu et moi

— C'est admirable! reprit Chalux qui commençait à s'attendrir.

— Vrai ! ajoutait le marquis en se frottant les yeux, j'en suis tout remué. Et, par Dieu, cela ne m'arrive pas souvent.

Tout en causant de la sorte, ils étaient parvenus à un rond-point du parc d'où l'on entendait le bruissement d'une eau jaillissante. Une source vive, sortant d'un rocher couvert de lierres rampans et de mousses veloutées, animait ce coin agreste du paysage. Ces messieurs se dirigèrent de ce côté. La source tombait par plusieurs jets dans un large bassin qui servait de lavoir aux gens du château. Mais des cris se firent entendre, et ces messieurs se trouvèrent tout à coup en face d'un groupe de jeunes filles, qui, les jambes nues, les jupons relevés jusqu'aux genoux, lavaient dans le bassin. M. de Pampelone était un peu en avant.

— Halte-là! audacieux Actéon! cria M. de Chalux. Rebroussez chemin ; les bois vont vous pousser.

> C'était vous en effet, blonde sœur d'Apollon,
> Baignant vos pieds divins dans l'eau de ce vallon.

Avec cette différence cependant que la Diane en question était brune et qu'elle portait le corsage de soie, le jupon de bazin et le coiffon serré par un large ruban de velours vert des filles de Provence. Du reste, les bras nus, le corset entre ouvert et la jupe relevée, cette chasseresse de Sarzane était ravissante, lavant son linge au milieu de ses compagnes, de jeunes nymphes comme elle.

M. de Pampelone s'était arrêté, mais Diane indignée avait déjà, par un revers du battoir qu'elle tenait à la main, lancé un flot limpide vers l'audacieux ; le coup était si vigoureux et si bien dirigé que les manchettes d'Actéon reçurent d'aplomb un long filet de la lame d'eau. Quant à Diane et à ses nymphes, elles sortirent du bassin plus lestes que des chevrettes et s'enfuirent pieds nus dans un massif.

Revenant à une réalité tout aussi poétique peut-être, nous dirons que ces messieurs, sans malice aucune, avaient surpris Mlle Isane et des jeunes filles de fermes voisines, blanchissant, les unes de la toile rousse, l'autre de la batiste la plus belle du monde. Isane pouvait être un peu folle, un peu emportée, mais elle était certainement la fille la plus sage du pays et la plus aimable, la plus aimée et la plus dévouée des *caméristes*. Une si jeune et si charmante femme de chambre était presque une amie pour sa maîtresse.

— Messieurs, dit M. d'Ambert, nous sommes tout à fait dans notre tort. Cédons la fontaine à Diane, qui est la sagesse même. Venez au soleil sécher vos dentelles, monsieur le marquis.

De fougueux éclats de rire partirent du massif où les jeunes filles s'étaient blotties, une voix claire et mordante dit même ces paroles.

— Quel malheur de ne l'avoir pas trempé tout à fait, le bel étourneau !

— Merci ! répliqua Pampelone. Vous me revaudrez cela, mademoiselle.

— C'est notre poulet sultane de la forêt, dit M. de Chalux.

— Elle-même, monsieur le vicomte, répliqua l'étourdie ; désolée ne n'avoir pu vous offrir un rafraîchissement.

M. d'Ambert vit qu'il était grand temps de rompre ce dialogue un peu vif, et cette scène qui tournait à l'intermède d'Opéra. Il prit par le bras M. le mousquetaire et par le poignet M. le chevau-léger, et, suivant un sentier à droite, il les amena sur un tertre ombragé de pins d'Italie derrière les rochers de la fontaine ; on était là à vingt pas de la grande haie servant de ceinture au parc. Cette charmille était énorme et valait un mur d'enceinte. Tout à coup un frôlement de branchage se fit entendre en dehors de la haie comme si un sanglier *débourrait* d'un fourré, et ces mots criés avec un accent étrange arrivèrent jusqu'aux promeneurs sur le monticule :

— Ah ! chiens d'aristocrates ! séducteurs de jeunes filles, vous serez tous pendus !

A ces paroles menaçantes succéda le galop d'une mule qui fuyait à toute vitesse le long de la haie, dans le large fossé même, et emportant un cavalier qui l'éperonnait vigoureusement. La mule cependant gagna la plaine. Ces messieurs reconnurent de loin que celui qui la montait était un homme assez gros, de petite taille, d'une forte carrure et portant un chapeau ciré.

— Quel est ce coquin-là ? demanda M. de Chalux.

— Ma foi, messieurs, dit le comte-abbé, ce coquin-là ne manque certainement pas d'audace. Il risque un bon coup de feu ; car ordinairement je viens ici avec un fusil de chasse pour les merles et les grives.

— Bravo ! mon cher comte-abbé, reprit Pampelone. J'aime cette énergie, et je vois que tout bénédictin que vous voulez être, vous devez joliment faire filer une balle. Mais quel est donc ce gredin-là monté sur sa mule qui a du feu sous le ventre probablement?

M. d'Ambert était soucieux. Après une ou deux minutes de réflexions, il dit à ses compagnons :

— Ne nous y trompons pas, messieurs ; les temps deviennent mauvais. Le fait qui vient de survenir a une signification précise. Je ne connais pas cet homme ; je vois seulement qu'il n'appartient pas à la classe élevée. Vous avez entendu ses menaces... Pour moi, cette voix insolente et colère partie de ce guet-apens présage un cri bien autrement formidable qui s'élèvera bientôt peut-être ; le cri d'une révolution soulevée par les passions les plus haineuses contre la société française, la royauté et la religion. Le tiers-état hurle aujourd'hui dans les bas fonds de l'ordre social ; bientôt... Mais je m'arrête, ne voulant pas, messieurs, attrister notre promenade. D'ailleurs, ajouta M. d'Ambert en levant la main vers le ciel avec une sublime sérénité, Dieu est là ; espérons en lui et adorons ses volontés.

La cloche du château se fit entendre. M. d'Ambert ramena ses deux compagnons par un chemin opposé à la direction de la fontaine.

VI.

SAINT-CERNIN.

Deux jours s'étaient écoulés depuis la visite au château de Sarzane, où MM. de Chalux et de Pampelone avaient été reçus avec la plus aimable cordialité, mais où ils auraient dû certainement renoncer à bien des rêves, s'ils avaient pu jamais renoncer à rien et si leur esprit n'avait sans cesse habité un monde chimérique. Revenus le soir même à l'auberge du *Faisan Royal*, ils n'avaient pas même agité un moment cette question si simple : « Mme de Réalmont est-elle une conquête possible pour l'un de nous deux ? »

Bah ! ces choses-là se disent entre gens de petite qualité et peu habitués aux merveilleuses aventures du monde. Ces choses-là sont des raisonnemens de bourgeois vivant dans le cercle trivial des affaires, ou de gentillâtres de province retirés dans leur terre, calculant leurs revenus, fouettant leur lièvre pour tout plaisir, et, pour toute conquête, soupirant pendant dix ans pour une fermière du voisinage. MM. des chevau-légers et des mousquetaires s'étaient fait un plan de campagne d'une savante stratégie. Turenne, Catinat, le maréchal de Saxe et bien d'autres n'avaient pas poussé plus loin l'art de l'attaque et les prévisions d'une retraite redoutable encore, selon la chance des armes. Pour ces messieurs, l'hôtel du Faisan Royal était un quartier-général fort bien choisi. De là ils pouvaient observer Sarzane, point important, et les diverses localités où la *belle des belles* avait coutume de se rendre. Nous citerons entre autres la ville d'Avignon, la Chartreuse de Villeneuve, Roquemaure, petite ville sur le Rhône, et un village fort renommé par son église privilégiée, Notre-Dame-de-Rochefort, si célèbre dans cette région du Languedoc par une statue miraculeuse de la Sainte-Vierge. D'après de bons renseignemens, Régine, dans ses diverses courses, soit à cheval, soit dans sa chaise de poste, ne sortait presque jamais de ce cercle topographique comprenant près de huit lieues de circonférence. Il était donc possible de la rencontrer sur un point ou sur un autre, dans ce pays devenu le centre de ses intérêts, de ses habitudes et même de ses affections. Quand un conquérant veut une place forte, il commence par s'assurer de tous les points environnans, il étudie son terrain et circonscrit son opération ; c'est l'art de la guerre.

Nous nous éloignerons donc pour un temps limité de ces messieurs retranchés dans leur quartier-général, et étudiant en vrais tacticiens leur plan de campagne.

Suivant une route à travers les bois, nous nous rendrons à un vieux château situé à une lieue et demie de Sarzane, au nord-est, au milieu des fertiles collines plantées de vignes et d'oliviers. Cette habitation était celle de M. le comte d'Ambert. Solitude sévère et charmante à la fois, retraite d'un sage, noble manoir où vivait depuis bien des années entre l'étude et les occupations agricoles le dernier héritier d'une race de gentilshommes aussi renommée par les distinctions du rang et de la caste que par les vertus chrétiennes et les fortes croyances.

Le château de Saint-Cernin, sans avoir l'illustration de Sarzane et les agrémens de cette belle résidence, était cependant un domaine seigneurial d'une grande valeur, relativement au pays où il était situé. C'était une vieille châtellenie armée de ses tours et de ses créneaux, ayant fossés et poterne, et ceinturée de bois de chênes qui lui servaient de parc. Deux fermes attenaient au bâtiment féodal. Les terres labourables et les plantations, toutes d'un seul tenant, entouraient l'habitation et enserraient plusieurs collines.

M. d'Ambert habitait seul le château avec quatre domestiques dévoués, ses chevaux de chasse, ses chiens et ses volières toujours fournies d'oiseaux de toute espèce. Le comte-abbé, quand il n'était pas à Sarzane, objet de sa tendre sollicitude, résidait à Saint-Cernin, et ne s'en éloignait que pour des affaires importantes. Il recevait fort peu de visites ; on connaissait dans le pays son goût pour la retraite, sa vocation sérieuse et angélique ; on l'aimait, mais on le respectait au point d'éviter presque toujours de troubler ses études et ses méditations.

Trois jours après la scène arrivée à Sarzane, M. d'Ambert était seul dans son grand cabinet du rez-de-chaussée situé dans une grosse tour ronde du château. La fenêtre était ouverte, vu le beau temps ; huit heures du soir venaient de sonner, les dernières lueurs du soleil couchant doraient encore la crête des collines. Le comte-abbé, assis devant une large table chargée de livres et de papiers, était occupé à lire les œuvres de Tertullien, lorsqu'un domestique entra dans le cabinet et annonça à son maître l'arrivée d'un cavalier venant d'Avignon.

— Cet homme est fort simplement vêtu, ajouta le domestique. Il paraît être un de ces riches marchands de troupeaux du Comtat Vénaissin.. Sa physionomie est assez grossière, mais ses manières, quoique communes, sont fort polies. Il monte un vigoureux cheval ; il se nomme M. Ducrey.

— Je ne le connais pas, dit M. d'Ambert. Mais faites-le entrer.

— Il prétend avoir une affaire importante à communiquer à monsieur le comte.

C'est bon, Michel, dit M. d'Ambert. L'heure n'est pas bien choisie ; mais faites entrer.

Le comte-abbé continua sa lecture à la lueur d'une grosse lampe à abat-jour vert qui brûlait sur la table. Michel revint suivi du voyageur.

— Michel, dit le comte, fermez la fenêtre et faites du feu ; la soirée est très-fraîche.

Puis, s'adressant à l'étranger, et lui indiquant un siége près de la haute cheminée vis-à-vis de lui, M. d'Ambert lui dit sans trop le regarder.

— Soyez le bien venu, monsieur, asseyez-vous. Vous avez à me parler?

L'étranger, après un salut profond, s'assit sur une de ces lourdes chaises à grand dossier de bois dur et garnies de damas cramoisi. Michel alluma un feu flambant et se retira.

— Monsieur, dit le comte-abbé, je suis prêt à vous écouter. Permettez-moi, avant tout, de vous demander d'où vous venez.

— Des environs d'Orange et d'Avignon, dit le voyageur.

M. d'Ambert jeta un coup-d'œil rapide sur son visiteur; mais il crut le voir pour la première fois.

— Fort bien, dit-il. A-t-on pris soin de votre cheval?

— Parfaitement, monsieur le comte, répondit le voyageur.

— Eh bien! monsieur? reprit M. d'Ambert en mettant le sinet sur une page de Tertullien.

L'étranger tourna et retourna deux ou trois fois son chapeau entre ses mains. M. d'Ambert remarqua que ce chapeau était gancé et à cornes, tel que le portaient encore les habitans des villages des montagnes du Ventour et de la chaîne des Alpines.

— Monsieur le comte, dit enfin le voyageur d'une voix peu assurée, monsieur le comte me pardonnera d'être venu le déranger à cette heure-ci. J'ai des choses importantes à lui communiquer. Je me nomme Ducrey; je fais le commerce des bêtes à cornes, et je suis même propriétaire en Provence. Aujourd'hui j'ai dû faire le voyage d'Avignon à Saint-Cernin pour entretenir monsieur d'Ambert d'une créance dont je suis titulaire en grande partie. Mes co-associés m'ont donné leur procuration.

— M. d'Ambert, fort surpris, referma Tertullien, et redressant la tête, levant les yeux à la voûte comme pour chercher à rassembler ses souvenirs :

— Monsieur, dit-il, je crois être sûr de n'avoir aucune dette... du moins importante.

Le voyageur retourna encore son chapeau entre ses mains.

— Je n'en doute nullement, reprit-il; la créance regarde un des amis de monsieur le comte.

— Ah! c'est différent, ajouta le comte-abbé. Poursuivez, M. Ducrey, ou plutôt laissez-moi vous demander si, dans cette affaire, vous venez me prendre pour arbitre?

— Précisément, dit Ducrey. La réputation honorable de monsieur le comte, ses connaissances, son esprit de justice, ses vertus bien connues de tout le pays...

— Arrêtez-vous-là, M. Ducrey, repliqua le comte-abbé, et parlons de notre affaire. D'abord, quel est cet ami dont vous venez me confier les intérêts?

Monsieur d'Ambert me permettra de ne pas le nommer encore.

— Très-bien. C'est probablement de la discrétion de votre part. Eh bien! cette créance...

— Est fort considérable, dit Ducrey. Je vais avoir l'honneur de donner quelques explications.

Tirant alors un large portefeuille d'une des poches de son habit de drap gris, M. Ducrey parut consulter des notes et se recueillit un moment.

— Voici, dit-il enfin. Il y a environ dix-huit ans, j'étais attaché à la maison d'un seigneur de la connaissance du père de M. d'Ambert et de monsieur le comte lui-même alors fort jeune. Ce gentilhomme jouissait d'une très-belle fortune. Il était marié et avait un enfant. Il devint veuf et résolut d'aller habiter Paris. Je le suivis dans la capitale, et je crois que je ne cessai pas un instant de mériter sa confiance.

— Un homme d'affaires à Paris, dit M. d'Ambert, se nomme un notaire ou un avocat, ou un procureur. Étiez-vous bien, monsieur, l'homme d'affaires du gentilhomme en question?

— J'avais toute sa confiance et je la méritais, répondit Ducrey un peu interloqué.

— Je n'en doute pas. Poursuivez.

— Ce seigneur, au bout de deux ans, cessa d'aller à la cour pour s'occuper uniquement de ses plaisirs à Paris.

— Belle occupation! dit le comte-abbé. Après.

— Les plaisirs coûtent cher, à Paris surtout, reprit Ducrey. Le gentilhomme commençait à être âgé. A cette époque de la vie, la dissipation ressemble à la folie...

— Vous avez raison, dit le comte.

— Enfin, après cinq ou six ans d'une vie plus que dérangée, le gentilhomme dont nous parlons avait englouti plus de la moitié de sa fortune.

— Et son enfant, où était-il? demanda M. d'Ambert avec une certaine émotion.

— Oh! en bon lieu, répondit Ducrey; chez une personne très-respectable et qui l'élevait parfaitement.

— Poursuivez.

— Les folies du vieux gentilhomme n'eurent plus de bornes. Dame! les amitiés séduisantes et dangereuses, les liaisons extravagantes, le luxe, les plaisirs... ah! cela va vite; et puis ces demoiselles de l'Opéra sont irrésistibles...

— Passez les détails et les commentaires, dit assez sévèrement M. d'Ambert. Au fait.

— Je donnais de bons conseils, je vous assure, monsieur le comte.

— C'était votre devoir, monsieur, répondit M. d'Ambert Ce qui m'étonne, c'est que vous ayez tant tardé à les donner vos bons conseils. Puisque vous aviez la confiance du vieux gentilhomme en question, c'était au début de ses dissipations que vous deviez l'arrêter.

— L'arrêter! répliqua Ducrey. Ah! ben oui! il m'aurait jeté à la porte. Vous ne pouvez vous faire une idée de ce caractère-là. Quand il voulait quelque chose, il aurait cassé la tête d'un coup de pistolet à quiconque lui aurait résisté; c'était une tête de fer chauffée à blanc... c'était la poudre... un vrai corsaire... un vieux coquin de corsaire...

— Halte-là! monsieur, dit très-sévèrement M. d'Ambert; n'insultez pas la mémoire de votre maître.

— Mon maître! s'écria Ducrey en froissant son chapeau dans un mouvement nerveux.

— Eh! monsieur, répliqua le comte, que signifient tous ces détours? Me prenez-vous pour dupe de votre amour-propre? Croyez-vous ensuite que je n'ai pas deviné le nom du malheureux gentilhomme dont vous me parlez! Pensez-vous que j'ignore en quelle qualité vous étiez auprès de lui? Voyons, monsieur. Votre maître est mort en vous devant de l'argent? Pourquoi avoir passé des années sans faire valoir vos droits? La somme qui vous est due, si elle vous est légitimement due... eh! bien, monsieur, on vous la paiera. Je m'en charge.

— Monsieur, reprit Ducrey, dont les yeux ronds lançaient une lueur étrange, avez-vous l'intention de m'humilier?

— Je ne cherche à humilier personne, dit M. d'Ambert avec calme; mais je sais mettre les gens dans le rôle qui leur convient. Votre maître était M. le marquis de Valbonne, seigneur de Sarzane; et vous, vous le serviez en qualité de valet-de-chambre; poursuivez, et voyons vos titres.

Ducrey se leva et s'adossant à la cheminée, croisant les bras, il osa regarder en face M. d'Ambert.

— Monsieur le comte, dit-il tout à coup d'une voix très-accentuée, mes titres sont excellens.

— Montrez-les donc, monsieur.

— Vous n'en verrez ce soir qu'une copie authentique, répliqua Ducrey; cette copie, je l'ai dans mon portefeuille : cet acte en bonne forme, c'est une vente, monsieur.

— Une vente! reprit le comte-abbé fort ému, mais affectant de sourire. Eh! que peut donc vous avoir vendu l'amiral de Valbonne, monsieur Ducrey! sa voiture, ses chevaux, son mobilier peut-être...

— Autre chose, monsieur, dit Ducrey, qui prenait une incroyable assurance.

— Autre chose à vous, son valet-de-chambre? reprit le comte.

Ducrey avait pâli; ses dents se serraient et ses yeux flamboyaient comme ceux d'un loup.

— Vous voulez que je m'explique catégoriquement, monsieur! dit-il; soit.

— Je l'exige et à l'instant même, répliqua le comte-abbé, en se levant à son tour comme pour recevoir le coup dont on le menaçait. Que vous a-t-on vendu?...

— Tout, riposta Ducrey d'une voix sifflante. Tout! le domaine de Sarzane et toutes ses dépendances.

Il y eut un moment de silence. Le comte d'Ambert se mit à marcher, d'un pas grave et mesuré, d'un bout à l'autre de son grand cabinet, le front haut, mais le regard baissé.

— Monsieur, reprit-il, l'amiral de Valbonne est mort à Paris depuis quatre ans. Si cette vente était sérieuse, légale, vous auriez fait valoir vos droits depuis longtemps. Vous m'en imposez, monsieur Ducrey.

— Ah! vous me provoquez! reprit celui-ci. Apprenez, monsieur le comte, qu'un homme comme moi est très-sérieux et surtout en affaires. J'ai l'honneur de vous dire que Sarzane m'appartient par une vente en bonne forme et conclue à beaux deniers comptans, et qu'à l'heure qu'il est, j'aurais le droit de prier Mme la comtesse de Réalmont, fille de mon vendeur, de vouloir bien sortir de chez moi.

— Vous! s'écria M. d'Ambert en sautant en avant.

Saint-Cernin.

— Moi!

Le comte d'Ambert jeta les yeux sur une panoplie d'armes qui était là adossée au mur du cabinet, comme s'il eût voulu prendre ses sûretés en face d'un brigand.

— Monsieur, reprit Ducrey, dont l'audace grandissait, vous êtes chez vous, entouré de vos gens, et moi, je suis ici comme dans un piége. Si vous voulez me tuer, vous le pouvez; mais je vous préviens que j'ai pris mes précautions.

En même temps, mettant brusquement son chapeau sur sa tête, il enfonça ses deux mains dans les vastes poches de son habit. M. d'Ambert s'arrêta à quatre pas devant lui, et à son tour croisant les bras, il jeta sur Ducrey un regard de mépris écrasant.

— Misérable usurier, dit-il avec toute l'autorité d'une âme indignée, vous vous imaginez que j'en veux à votre peau? vous pensez à prendre vos précautions, à vous munir de pistolets avant d'entrer chez moi? Holà! monsieur! depuis quand le château de Saint-Cernin est-il un repaire de bandits? Qui donc a-t-on jamais détroussé ici depuis des siècles? et veuillez me dire, en regardant les portraits de famille appendus à ces murs, veuillez me dire quel est celui de mes pères qui jamais vola un écu par la ruse, par l'usure ou par la violence? M. Ducrey, vous avez dans vos poches des armes à feu... je pourrais vous faire saisir et vous livrer à la maréchaussée comme un bandit qui s'est introduit chez moi pour un mauvais coup. Je ne le ferai pas, non parce que je vous redoute armé, car je me suis trouvé en face d'adversaires d'une bien autre valeur que la vôtre, mais parce que je suis le plus fort ici, parce que je sais respecter l'hospitalité que vous méconnaissez, vous, et parce que je suis chrétien, et qu'en cette qualité, je dois pardonner. Reprenons notre affaire; mais avant tout, veuillez ôter votre chapeau. Vous êtes ici en bonne compagnie. D'ailleurs, monsieur, vous n'avez qu'à vous retourner et voir ce qui est là, sur cette cheminée.

M. Ducrey se découvrit la tête, se retourna, et se trouva en face d'un beau crucifix d'ivoire, qu'il n'avait pas remarqué sans doute, et qui se trouvait placé sur la tablette de la cheminée entre deux magnifiques vases de fleurs.

— Oh! oh! dit-il d'un ton qu'il voulait rendre sardonique, je n'y prenais pas garde et je tournais le dos à la chapelle. Peste! il ne fait pas bon de se montrer philosophe dans cette maison.

— Paix! répliqua M. d'Ambert. Vous avez raison, du reste, il serait imprudent ici comme ailleurs et devant moi de manquer de respect aux emblèmes de la religion. Quant à ce qui m'est personnel, je vous l'ai dit, je n'en fais aucun cas. Voyons la copie de la vente en bonne forme dont vous parlez.

Ducrey sortit de sa poche une pancarte assez volumineuse et la remit à M. d'Ambert. Celui-ci reprit sa place devant la table, et à la clarté de la lampe il examina très-attentivement l'acte dont il tenait une copie. Malgré toute sa force de caractère, le comte-abbé était agité d'un léger tremblement; on le voyait aux mouvemens fébriles de ses mains sur le papier.

L'acte de vente était notarié, passé devant témoins, revêtu

M. d'Ambert, aussi prompt que la poudre, sauta sur Ducrey et d'une main vigoureuse, le prenant à la gorge, il le jeta rudement sur sa chaise.

de toutes les signatures exigées, enfin portant le caractère le plus sérieux et le plus légal du monde. Cet acte armait Ducrey d'un pouvoir terrible. Il lui donnait un droit de propriété incontestable sur tout ce qui avait appartenu au marquis de Valbonne avant sa mort, et sur tout ce qu'il laissait après lui. Ducrey, valet de chambre de l'amiral, était devenu depuis son homme d'affaires, c'est-à-dire son mandataire avec les pouvoirs les plus étendus. Son maître, perdu de dettes et de débauches, s'était mis absolument à sa discrétion. Ducrey lui avait procuré autant de fonds que ce malheureux vieillard en voulait dans le délire de ses passions. La somme était devenue énorme; très-peu de temps avant la mort du marquis elle s'élevait à quatre cents mille francs; somme égale précisément à la valeur de tout le domaine de Sarzane, seul bien qui restait à M. de Valbonne. Ducrey avait exigé un contrat de vente, et l'infortuné vieillard y avait consenti. Cependant cette vente, toute sérieuse qu'elle était, avait une clause conditionnelle et à laquelle le prêteur, ou plutôt l'acquéreur avait tenu ; d'ailleurs cette clause était dans les intentions formelles du vieux marquis. Il était spécifié dans ce contrat que M. l'amiral de Valbonne vendait au prix de quatre cents mille livres, *dont quittance*, la terre de Sarzane, à lui appartenant, et toutes ses dépendances à Thomas Ducrey, acquéreur ; mais Thomas Ducrey s'engageait à ne faire valoir ses droits sur la terre de Sarzane, et à ne faire acte de propriété que quatre ans après la signature du contrat de vente, jour pour jour, à moins que dans la huitaine qui suivra le jour de l'échéance du délai, ledit Thomas Ducrey ne rentrât dans ses fonds pour une somme de quatre cents mille francs et les intérêts en sus, comme c'était son droit. Était en outre autorisé Thomas Ducrey, après contrôle et enregistrement, à ne faire aucune démarche pour établir ses pouvoirs et les faire valoir, soit avant soit après le décès de M. de Valbonne, jusqu'au 25 mars de l'année 1789, époque fixée invariablement et désignant la quatrième année révolue.

Après avoir lu deux fois cet acte attentivement, M. d'Ambert prit quelques notes au crayon. Puis, repliant le papier qui lui avait été confié, il le rendit à Ducrey, sans prononcer une parole.

— Eh bien ! monsieur le comte? reprit celui-ci en remettant l'acte de vente dans son portefeuille.

M. d'Ambert se leva et recommença à se promener en long et en large dans le cabinet.

— J'espère, ajouta Ducrey en se chauffant les jambes au feu de la cheminée, que vous voilà parfaitement éclairé sur l'affaire de Sarzane, et que vous voudrez bien avoir la bonté de ne plus soupçonner ma probité, comme aussi de ne plus chercher à m'irriter par des invectives.

Le comte, tout entier à sa rêverie, n'entendait pas un mot de ce qu'on lui disait. Il s'arrêta tout à coup au milieu de l'appartement et regarda à travers le vitrage de la fenêtre le ciel illuminé d'un magnifique clair de lune.

— Oui, dit Ducrey toujours assis au coin de la cheminée,

le temps est superbe; un peu frais cependant. Ainsi, monsieur le comte, vous me conseillez...

M. d'Ambert jeta sur lui un regard très-attentif. Ducrey détourna la tête.

— Monsieur le comte me conseille... ajouta-t-il.

— Décidément, monsieur, dit M. d'Ambert, me prenez-vous pour arbitre dans cette affaire !

— Pour arbitre? reprit Ducrey, c'est selon. Maître du domaine de Sarzane, acquéreur légitime, je puis bien dans dix jours, à partir d'aujourd'hui, entrer en possession de ma propriété.

— Alors, monsieur, pourquoi venir à Saint-Cernin me consulter?

— Ah! c'est que j'avais une idée..... répliqua Ducrey en hésitant. Une idée à vous soumettre.

— Parlez et soyez bref; mon temps est précieux maintenant, ajouta M. d'Ambert.

— Voulez-vous me permettre une question? reprit Ducrey. Voulez-vous, monsieur le comte, m'autoriser à vous la faire en me promettant de ne pas vous fâcher?

— Allez, dit le comte. Vous pouvez tout dire; je suis calme. Parlez.

— Je parie que vous allez vous irriter de ma question, monsieur le comte. N'importe. La voici. Voudriez-vous me dire, puisque vous possédez toute la confiance de cette dame, voudriez-vous avoir la bonté de me dire si vous pensez que madame de Réalmont est dans l'intention...

— Dans l'intention?... reprit M. d'Ambert.

— De se... remarier?... dit Ducrey en baissant la voix et en regardant le feu qui flambait.

M. d'Ambert ne répondit pas. Il fit un mouvement qui prouvait soit une surprise extrême, soit un accès d'indignation comprimé.

— Je vois, reprit Ducrey, que ma question est indiscrète, Je ne la réitère pas.

— Vous avez raison, ajouta le comte en reprenant sa promenade.

Mais au bout de deux minutes il revint se placer devant la table en face de son étrange et effrayant visiteur.

— Monsieur Ducrey, dit-il d'une voix ferme et l'attitude imposante, voici ma réponse à la question que vous venez de m'adresser. Je vous intime la défense la plus formelle de jamais prononcer devant moi le nom de la personne que vous avez osé nommer tout à l'heure. Je vous défends, en outre, de mettre le pied sur le domaine de Sarzanne avant le jour fixé par votre contrat pour entrer en possession de cette terre qui vous a été si indignement vendue. J'insiste sur ce point, écoutez-moi bien. Si je vous surprends soit à Sarzane, soit sur les terres qui en dépendent avant le vingt-cinq de mars prochain, je vous donne ici ma parole que vous recevrez un châtiment tel qu'il vous sera difficile de l'oublier jamais.

— Qui me châtiera, monsieur? dit Ducrey en se levant et haussant la voix avec effronterie.

— Ce sera moi! répliqua le comte que la colère gagnait.

— Vous, monsieur le comte-abbé! riposta Ducrey avec un sourire atroce.

— Je suis encore monsieur d'Ambert, et n'ai pas l'honneur d'appartenir à l'église. Prenez garde; le gentilhomme pourrait bien vous traiter autrement que ne vous traiterait un jour le *religieux*.

— Je prendrai mes précautions, monsieur, dit Ducrey. Et puisque vous ne voulez pas répondre à ma question, tout est dit au sujet de l'affaire de Sarzane. Ce domaine et toutes ses dépendances vont m'appartenir et je me verrai obligé, bien malgré moi, de prier madame de...

M. d'Ambert, aussi prompt que la poudre, sauta sur Ducrey, et d'une main vigoureuse le prenant à la gorge il le jeta rudement sur sa chaise. Puis, le lâchant, il le regarda fixement.

— Ah! s'écria Ducrey. Voulez-vous m'étrangler? Quelle vocation pour devenir moine!

— Monsieur, dit le comte, il y a cinq ou six ans, si une pareille scène avait eu lieu, je vous aurais mis à la porte à coups de bâton. Aujourd'hui je suis plus maître moi.

— Oui, certainement, reprit Ducrey en portant la main à sa cravate comme pour la desserrer, il y a cinq ou six ans! C'était le beau temps encore pour messieurs les aristocrates, alors on rossait le tiers-état... Eh! eh! tout est bien changé... et ce malin de tiers-état reprend bien sa revanche aujourd'hui. Qui sait s'il n'aura pas l'effronterie bientôt d'essayer aussi son bâton sur le dos des gentilshommes .. Eh! eh!.....

M. d'Ambert avait sonné par un vigoureux coup de cordon. La porte s'ouvrit; Michel parut et s'avança vivement jusqu'au milieu du cabinet. M. Ducrey s'était levé. Il avait enfoncé son chapeau sur sa tête, et par un mouvement involontaire il sortit un des pistolets qu'il avait dans ses poches. Michel crut qu'il menaçait son maître, et saisissant une chaise il allait la lancer à la tête de l'agresseur, lorsque M. d'Ambert l'arrêta par un mot.

— Non, Michel, non. Monsieur ne me menace pas. Il a peur; voilà tout. Allez dire aux gens d'amener dans la cour le cheval de monsieur.

Et se retournant vers Ducrey.

— Allez, monsieur, dit-il, suivez mon domestique et souvenez-vous bien des recommandations que je vous ai faites. J'ajouterai même celle-ci. Soit que vous montiez une mule ou un cheval, évitez de vous approcher de la haie d'un certain parc et d'écouter la conversation des gens qui se promènent.

Ducrey avait vivement renfoncé son pistolet dans sa poche; il ôta son chapeau, salua M. d'Ambert et se retira sans forfanterie; comme il voulait suivre Michel celui-ci l'invita à marcher devant lui appuyant cette invitation d'un geste significatif et fort inquiétant pour le malencontreux visiteur.

VII.

AU CLAIR DE LUNE.

Vers les dix heures du soir, par un temps superbe, le vigoureux cheval portant M. Ducrey trottait allégrement à travers les bois de chênes verts au sud-est de Saint-Cernin, dans la direction de Villeneuve-lès-Avignon. M. Ducrey avait l'intention de passer le bac du Rhône et de regagner la Provence.

La nuit était fraîche et limpide; les étoiles diamantaient un ciel bleu lapis; les rossignols chantaient à pleine harmonie dans les feuillées, et il s'élevait de la forêt des odeurs enivrantes de thym et de lavandes. Sur les collines tintaient les *sonailles* des troupeaux qui passaient la nuit au parc; au loin, on entendait le grand murmure des eaux du Rhône, comme un bruit de guerre dans l'espace.

Le chemin que suivait Ducrey était peu fréquenté, surtout à cette heure-là. C'était une de ces voies vicinales allant s'embrancher à la grande route. Il semblait que le cheval du marchand de troupeaux avait hâte de sortir des bois, car, bien loin de l'éperonner, son maître serrait la bride et cherchait à le modérer. Tout à coup ce vigoureux cheval s'arrêta, tendant le coup et flairant l'air devant lui. Deux cavaliers parurent en effet au coude du chemin; ils étaient à cent pas, et semblaient hésiter à avancer. M. Ducrey, toujours bien pourvu d'armes, mit la main dans la *sacoche* de sa lourde selle, et il en tira un gros pistolet d'arçon. S'avançant alors avec précaution jusqu'à la portée de la balle, il cria d'une voix résolue :

— Holà! Qui vive? amis, ou ennemis?

— Arrivez donc! répondit quelqu'un d'un ton allègre et impératif. Il y a dix minutes que nous écoutons le pas de votre cheval dans les bois.

— Messieurs, répliqua Ducrey, vous me paraissez de fort honnêtes gens; mais, dans cet endroit isolé et à l'heure où nous sommes, on ne permet à personne d'approcher de trop près. Prenez la droite, moi la gauche, au trot, et croisons-nous. Cela vous va-t-il?

— Quel est donc ce coquin-là? dit une voix impertinente.

— Ce coquin-là, répliqua Ducrey, pourrait bien avoir rencontré ici certain gibier qui sent la potence d'une lieue.

— Eh! mon gentilhomme, reprit une autre voix plus claire, faut-il aller désangler vos courroies, ou bien aurons-nous l'honneur de visiter la croupière de votre baudet?

— Messieurs, dit Ducrey, je suis patient tout juste, et je tire à merveille le canard et le voleur.

— Mais voyez donc ce drôle de corps! repartit un des cavaliers : nous l'attendons pour lui demander notre chemin, et il nous offre un coup de pistolet!

— Ah! c'est différent, répondit le marchand en piquant son cheval. Où allez-vous, messieurs?

— A Avignon, monsieur.

— Vous tournez le dos au Rhône, reprit Ducrey. Vous êtes donc étrangers?

— Comme deux cigognes égarées, répondit un cavalier.

— Eh bien! messieurs, nous pourrons faire route ensemble : je vais aussi en Provence. Aussi bien, la rencontre n'est pas malheureuse pour moi : ces bois ne sont pas fréquentés par la meilleure compagnie.

Il s'approcha jusqu'à six pas des deux cavaliers arrêtés, et là l'*honorable* M. Ducrey eut le plaisir de se voir en face des deux charmans gentilshommes avec lesquels il s'était déjà rencontré à l'auberge du Faisan-Royal. C'était bien en effet M. le vicomte de Chalux, accompagné de M. de Pampelone. Quant à ces messieurs, il leur eût été difficile, à cette heure-là, de reconnaître le *bison* en colère qu'ils n'avaient qu'entrevu à la ville de Pont-Saint-Esprit, à travers les vapeurs bachiques du vin du Rhône.

Les trois cavaliers se mirent donc à voyager de conserve dans la direction de la grande route. M. Ducrey avait fait rebrousser chemin à ses deux nouveaux compagnons.

— Vous vous étiez si bien égarés, leur dit-il, que, si vous aviez suivi pendant une heure encore ce chemin dans les bois de chênes verts, vous arriviez tout droit au château de M. le comte d'Ambert.

— M. d'Ambert! dirent les cavaliers fort surpris. Vous venez donc de chez lui, monsieur?

— Précisément, dit le marchand de chevaux d'un ton dégagé et pour jouer son rôle. C'est un de mes amis.

— Ah! monsieur, reprit Chalux, nous ignorions, en vous interpellant un peu lestement, que nous parlions à un des amis d'un homme que nous tenons en très-grande estime.

— Fort bien! dit le marquis; mais j'ai vu le moment où l'ami de notre ami était fort disposé à nous casser la tête. Quels diables de pistolets portez-vous donc là, monsieur? Mais ce sont deux pièces de campagne!

— Ils sont un peu lourds, celà est vrai, dit Ducrey. Dame! c'est un calibre utile dans ce pays-ci : les voleurs de la rive du Rhône ont une épaisseur de crâne très-remarquable.

— Et comment se porte le cher comte-abbé? demanda M. de Chalux.

— Comme un sage. Tenez, dans ce moment-ci, il lit un livre in-folio, un père de l'Eglise probablement.

— Voyons, monsieur, vous qui êtes de ses amis, reprit Pampelone, dites-nous franchement si la vocation de M. d'Ambert est sérieuse.

— Très-sérieuse, répondit Ducrey. Il sera moine dans six semaines : c'est ma conviction.

— C'est une affaire de cœur, n'est-ce pas, qui l'a amené là?

— Non, dit le marchand; il y a cinq ans que M. d'Ambert est dans l'intention d'entrer dans les ordres.

— Cinq ans! répéta M. de Chalux; c'était l'époque du mariage de sa belle voisine, Mme de Réalmont, alors Mlle de Valbonne.

— Ces messieurs la connaissent? demanda Ducrey avec un calme apparent.

— Nous avons cet honneur, répondirent discrètement les deux gentilshommes. Et vous, monsieur? demandèrent-ils à leur tour.

— Moi? dit le marchand; mais oui... beaucoup même.

— Beaucoup? reprit le vicomte.

— C'est, ma foi, fort heureux pour vous! ajouta M. de Pampelone.

— Monsieur, dit Chalux, serait-il indiscret de vous demander à qui nous avons l'honneur de parler en ce moment?

— Mon nom n'est pas très-distingué, répondit le marchand. Mais enfin je puis me vanter d'être un honnête homme. La fortune m'a souri. Que voulez-vous? elle se donne quelquefois aux honnêtes gens.

— Oui, dit Pampelone, dans ses momens d'infidélité. Le nom de monsieur?...

— J'avoue, poursuivit le marchand, que j'ai fait tout au monde, mais loyalement, pour l'attirer à moi.

— Allons, monsieur, dit le vicomte, ne cherchez pas à justifier une fortune que nous croyons très-bien acquise. Nous avons donc l'honneur de parler à...

— A un homme qui, sans être un aigle, comprend assez bien son époque, dit le marchand.

— Et qui probablement n'a pas oublié son nom? dit le marquis.

— Car enfin, messieurs, supposons qu'à l'ouverture prochaine des états-généraux...

— Eh! monsieur! riposta Chalux, en ferez-vous partie? Dans ce cas là, raison de plus pour nous de savoir à qui nous avons à faire? Notre intention est d'assister aux séances de cette illustre assemblée.

— En qualité de députés de la noblesse! dit le marchand.

— Nous n'avons pas pour cela la barbe assez fournie, répliqua Pampelone. Nous suivrons les séances en qualité de curieux, si toutefois notre service ne nous retient auprès de Sa Majesté.

— La majesté de qui? demanda le marchand de bestiaux d'un air assez narquois.

A ce mot là, les deux gentilshommes arrêtèrent leurs chevaux tout court. M. Ducrey arrêta le sien également. Il se trouvait entre les deux cavaliers, et il se mit à les regarder l'un après l'autre, assez inquiet de sa position nouvelle. On n'échangea pas une parole; mais, après une minute de sérieuse attention, M. de Chalux rendit la main le premier à son cheval, et les trois voyageurs reprirent le pas sur la même ligne.

— Ainsi, monsieur, dit le vicomte, vous êtes lié avec M. le comte d'Ambert! c'est un très-honorable ami que vous avez là et dont vous devez être fier.

— Et qui pense tout à fait comme nous, ajouta Pampelone en regardant, grace au clair de lune, le visage de son gros compagnon de route.

— Il n'en est pas moins vrai, monsieur de Pampelone, dit Chalux, que nous ignorons encore le nom de monsieur.

— C'est que monsieur a probablement de hautes raisons pour nous le cacher, répondit le marquis.

— Mon nom est honorable, riposta le marchand.

— Déclinez-le donc, dit Pampelone qui commençait à s'échauffer.

— Eh bien! reprit le marchand en se gourmant comme un magister en colère, je me nomme M. Ducrey.

— Enchanté de faire connaissance avec vous, dit le marquis en soulevant son chapeau.

— Salut à monsieur Ducrey! ajouta le vicomte. Comment, diable! mais avec ce nom-là on peut aspirer à tout.

— Oui, certainement, surtout quand on est à même d'acheter un titre pour escorter son nom.

— Les titres, monsieur, n'escortent pas; ils relèvent et donnent de l'éclat à un nom, surtout quand ceux qui portent des titres s'en rendent dignes.

—Eh! pourquoi ne serais-je pas digne d'un titre? demanda le marchand.

— Parce que vous voulez l'acheter, dit Pampelone.

— Me prenez-vous pour un drôle?

— Non, riposta le marquis, mais peut-être pour un drôle de corps. Allons, allons, monsieur Ducrey, ne vous échauffez pas la bile et dites-nous tout bonnement que vous êtes un des amis de M. d'Ambert parce que vous lui servez la rente d'une ferme ou d'un moulin, ce sera franc, et nous vous en saurons gré.

— Je ne suis ni fermier, ni meunier, dit le marchand, et s'il me plaît d'acheter un titre je l'aurai. On les vend à la cour. S'il me plaît même de faire une alliance, je suis en position de m'en passer la fantaisie.

— Une alliance avec qui? demanda Chalux.

— Pardieu! dit un peu étourdiment le marquis, je suis vraiment désolé d'avoir marié ma sœur l'année dernière.

— Votre sœur? monsieur, répliqua le marchand d'un air effronté; mais on pourrait peut-être trouver aussi bien.

— Voyez donc comme M. Ducrey se ménage peu, dit Pampelone, il est d'une modestie!...

— La modestie sied aux gens qui ont quelque raison de baisser les yeux, riposta le marchand. Quant à moi, j'élève très-haut mes regards et mes ambitions.

— Et vous avez, sacredié, bien raison, repartit Pampelone. Quand on a votre tournure et votre esprit, je ne vois pas pourquoi on ne rechercherait pas une des nièces du pape.

— Eh! monsieur, sans aller si loin... on peut rencontrer tout aussi bien.

— Je crois, Dieu me pardonne, que monsieur aspire à devenir seigneur de Sarzanc! dit Chalux à son compagnon.

Cette parole était cruelle pour le marchand, et l'on saura pourquoi dans la suite de ce récit. Il ne répondit pas. On arrivait sur la grande route. Les trois chevaux toujours de front prirent une allure plus déterminée. M. Ducrey marchait toujours entre ses deux acolytes qu'il commençait à donner à tous les diables, du fond du cœur. Le clair de lune inondait les collines de ses nappes argentées. La nuit était si claire qu'on distinguait tous les accidens du paysage. Mais les deux gentilshommes étaient dans ce moment-là bien plus occupés à observer l'étrange compagnon de voyage qu'ils s'étaient adjoint qu'à contempler la beauté de la campagne aux clartés limpides de Phœbé.

Or, il arriva que l'on passa devant une de ces croix de pierre qui, dans le Midi de la France, s'élèvent aux embranchemens des chemins. M. de Chalux, par un sentiment de convenance et même de religion, souleva son chapeau. Le marquis, de son côté, en fit autant. Le cavalier placé au milieu d'eux leur jeta un coup d'œil de droite et de gauche, ne toucha pas son chapeau et laissa filer un rire sardonique. A ce singulier sifflement, les deux gentilshommes serrèrent de plus près leur compagnon, et M. de Pampelone le regarda de telle façon que M. Ducrey crut à une provocation et toucha un de ses pistolets.

— Encore! dit le marquis. Or ça, mais c'est donc une monomanie chez vous, maître Ducrey. Vous êtes possédé de l'idée fixe de brûler la cervelle à quelqu'un! Tâchez de vous défaire de cette petite habitude, elle n'est pas jolie, elle pourrait même vous coûter cher dans l'occasion.

— Monsieur, répondit le riche marchand, je me conduis de façon à ne pas gêner mes fantaisies. Si je touche mes pistolets, c'est que je suis habitué aux armes à feu.

— Holà! riposta Pampelone. Vous êtes un brave à ce qu'il paraît. Mais savez-vous, mon bon monsieur Ducrey, que vous n'êtes pas le seul à savoir manier des armes. Voulez-vous me permettre de vous démontrer un mouvement assez difficile a exécuter, mais fort joli quand on sait s'y prendre. Tenez, regardez bien ce coup de temps.

Serrant alors la botte contre la grosse guêtre de M. Ducrey, le mousquetaire porta vivement la main à l'arçon de la selle du marchand étonné, et lui enleva prestement un de ses pistolets. Ducrey plongea la main dans la fonte garnie qui lui restait, il en sortit un second pistolet et il cherchait à l'armer, lorsque M. de Chalux, qui de son côté le serrait de près, lui saisit le poignet et s'empara de l'arme à feu. M. Ducrey, abasourdi et désarmé, arrêta court son cheval comme si on allait lui brûler la cervelle.

— Ah! ah! dit Pampelone en riant comme un fou. Que dites-vous de ce mouvement, cher ami?

— Je dis, messieurs, s'écria Ducrey exaspéré, que vous vous entendez comme deux larrons pour me...

— Pour vous voler, aimable ami! demanda Pampelone.

— Pour m'assassiner peut-être! répliqua Ducrey.

— Un moment, reprit M. de Chalux. Mettons ces armes en état de ne nuire à personne et rendons-les à monsieur.

Alors le vicomte ouvrant le bassinet du gros pistolet qu'il tenait, souffla sur l'amorce et enleva la pierre à feu. M. de Pampelone en fit autant de son côté. Puis chacun rendant à Ducrey le pistolet inoffensif :

— Tenez, cher ami, dit le marquis, voici votre artillerie de campagne. Ménagez bien ces pièces de huit, elles peuvent vous servir dans une bataille rangée et même au siége d'une place.

M. Ducrey, humilié et grinçant les dents, reprit brusquement ses armes et les remit dans les fontes de sa selle, en même temps, attaquant brutalement son cheval de l'éperon, il voulut partir au galop.

— Doucement, dit Pampelone, ne vous échauffez pas, nous avons à régler un petit compte ensemble.

— Un compte à régler avec vous, monsieur! reprit Ducrey à qui on barrait le passage; un compte à régler! Je ne suis pas votre débiteur, monsieur, mais peut-être voudriez-vous bien devenir le mien.

— Charmant capitaliste, riposta Pampelone, providence du prodigue, bienfaiteur de la veuve et de l'orphelin, ne vous laissez pas trop allécher à l'espoir de nous prêter de l'argent. Il s'agit d'autre chose. Vous avez, cher ami, commis quatre impertinences. Vous vous êtes dit de l'intimité de monsieur d'Ambert, ce qui n'est pas vrai; vous vous êtes vanté de connaître beaucoup une femme des plus distinguées qui ne sait pas même votre nom, ce qui est, de votre part, d'une haute outrecuidance; troisièmement, vous avez fait une allusion insultante au roi de France, ce qui est dangereux avec nous; enfin, et en dernier lieu, vous avez ri d'une marque de respect que nous avons donné à une croix plantée sur le chemin, ce qui est criminel. Mon cher ami, tout cela prouve que vous êtes fort mal élevé et même vicieux; tout cela demande une petite expiation. Vous allez donc marcher devant nous et prendre le trot, mais un trot vigoureux et dont je réglerai le temps et la mesure, un trot franc, régulier, sans interruption jusqu'à Villeneuve, située à une lieue d'ici. Le grand trot de votre cheval est très-dur, je le sais, vous *pilez du poivre* comme un pilon dans un mortier, je l'ai vu. Partez donc, cher ami, et croyez bien que nous vous escorterons sévèrement et sans prendre haleine; vous méritez les étrivières, ce sera votre cheval qui vous entamera. Hop! hop! hop! et surtout pas de galop, ou sinon je casse une jambe à votre cheval d'un coup de pistolet. Hop! hop! cher ami, sautez pour les dames et sautez pour le roi.

A ces mots un vigoureux coup de cravache tomba sur la croupe du cheval de M. Ducrey. Ce cheval partit, suivi de très-près par les deux cavaliers admirablement bien montés, et qui le stimulaient du bout de leur fouet. M. Ducrey lancé au trot, selon l'ordonnance, sautait, *pilait dur*, s'essoufflait, regimbait, sacrait, maugréait, ressautait, *repilait plus dur, ressacrait*, et se sentait toujours talonné par ces deux démons incarnés qui avaient juré de l'amener à Villeneuve-les-Avignon, moulu, écorché, brisé et disloqué probablement.

Nous le laisserons fournir sa rude carrière, par le plus beau temps du monde, et nous reviendrons, pour un moment, au château de Saint-Cernin où nous avons laissé le digne comte-abbé.

Après la visite du riche capitaliste, M. d'Ambert était tombé dans un profond accablement. Il avait passé près d'une demi-heure enfoncé dans un large fauteuil, le front dans les mains et l'esprit perdu dans cette région des idées noires et sans limites où nous amène le chagrin. Il comprenait toute l'horreur de la position où allait se trouver Régine, cette noble orpheline, veuve à vingt-trois ans, sans appui dans le monde, à la veille d'être dépouillée du seul domaine qui lui restait, à la veille de quitter pour jamais Sarzane, le château de sa famille, le saint asile qu'elle aimait et où elle avait concentré toutes ses affections. Il la voyait en larmes, s'éloignant de la maison de son père, dépouillée, pauvre, réduite aux dernières privations, elle, si délicate et d'une distinction si haute; il la voyait éplorée, bannie, allant chercher un asile chez quelque voisine des environs, comme une pauvre femme étrangère dans ce beau pays natal dont elle avait été presque la souveraine..... et tout cela par la volonté d'un usurier armé d'un droit inflexible comme la loi.

Pauvre Régine! comme elle était loin de soupçonner la triste vérité, elle, en ce moment si paisiblement retirée dans sa belle solitude de Sarzane, si heureuse au milieu de ses bons fermiers, si fière de ce petit village voisin qu'elle avait embelli, comblé de bienfaits, et dont toutes les chaumières bénissaient son nom. Pauvre Régine! qu'allait-elle devenir?

M. d'Ambert, cette âme énergique, ce grand cœur toujours prêt à faire face à tout événement, cet esprit ferme, intrépide, M. d'Ambert pleurait comme un enfant.

Tout à coup il se leva, comme si une idée soudaine avait flamboyé devant lui. Il alla droit au crucifix placé sur la cheminée, et là, le front haut, le regard assuré, il se prit à contempler la croix dans une sorte de ravissement qui tenait de la sainte exaltation du confesseur prêt à mourir pour la foi.

— Oui, mon Dieu! dit-il en joignant les mains, oui, mon Sauveur et mon Dieu, ma résolution est prise, vous avez parlé, j'ai entendu votre voix... je sais ce qui me reste à faire. Régine ignorera tout et elle sera sauvée.

Se mettant alors à marcher d'un bout à l'autre de l'appartement, mais d'un pas ferme et tranquille :

— Quelle folie serait la mienne si j'hésitais, reprit-il en se parlant à lui-même. Est-ce que je puis faire un meilleur emploi de ma fortune? Très-décidé à quitter le monde pour le cloître, ne devais-je pas chercher à vendre un jour tout ce que je possède pour en doter la communauté religieuse qui m'aurait reçu? doter un couvent!... mais c'était une pensée d'orgueil; c'était une tentation de l'enfer; c'était une secrète et perfide suggestion de mon abominable amour-propre! doter un couvent où je serais entré! c'était provoquer la reconnaissance, attirer la louange; c'était me poser en bienfaiteur et certainement attirer sur moi le titre de supérieur que ces humbles moines n'auraient pas manqué de me déférer. Ah! triste cœur humain, tu ne peux donc renoncer à ton vice originel, même dans une bonne action! Quel piége je me tendais à moi-même! mais c'est avec la pauvreté pour compagne qu'il faut entrer au cloître; c'est comme un mendiant qu'il faut aller frapper à la porte d'un couvent; c'est en toute humilité qu'il faut demander l'habit religieux, sans titre, sans fortune, sans nom, afin que, confondu parmi les plus obscurs, on puisse expier sa vie sous l'œil de Dieu seul et mériter la miséricorde qui est le ciel.

M. d'Ambert venait de parler de la sorte, et son regard attendri se dirigeait vers le crucifix d'ivoire, lorsque la porte du grand cabinet s'entr'ouvrit. Michel parut portant une lettre sur un plat d'argent.

— Monsieur le comte, dit-il, le porteur vient de passer pour se rendre à Pont-Saint-Esprit. A son passage au château de Sarzane, on lui a remis cette lettre pour M. le comte.

M. d'Ambert prit le message avec un calme stoïque.

— Ayez soin du porteur, dit-il.

Michel se retira. Le comte-abbé s'assura que la porte était bien fermée; puis, allant se placer dans son grand fauteuil, en face du livre de Tertullien, il brisa le cachet armoirié de la lettre et lut très-attentivement les lignes qu'elle contenait. Voici cette lettre :

« J'espérais que vous viendriez à Sarzane aujourd'hui, cher comte; j'avais une foule de choses à vous communiquer. Décidément les hostilités ont commencé. J'ai reçu une épître respectueuse et galante, et en fort beaux vers, signée vicomte de Chalux; et, par un autre messager, une épode d'un lyrisme charmant, signée marquis de Pampelone. On ne saurait être de meilleure compagnie en vers et en prose, mais aussi on ne saurait être plus aventureux. Quel encens! bon Dieu! et comment suis-je digne de tant d'adoration! Voilà pour le prologue de ma journée; j'ai lu ces pages roses à ma toilette; je les ai serrées dans mon coffret d'ébénier, et je vous les réserve comme un intermède, au milieu de quelque sérieuse conversation.

» Le courrier est arrivé à midi. Ceci est plus grave. Il m'a apporté trois lettres datées de Versailles. Ah! mon cher comte, mon bon voisin, quelle douce et cruelle persécution que celle qui me vient de mes amitiés! On en veut donc bien à mon pauvre château de Sarzane, puisqu'on est si décidé à m'enlever de ce pays-ci! Toujours des propositions de mariage... toujours des tentations; toujours des remontrances et des séductions! Oh! les charmantes et impitoyables amies que j'ai à Versailles!

» La lettre de ma vieille tante tempère un peu l'amabilité chaleureuse des autres. Ma tante m'écrit d'un style raide et sentencieux; elle me peint le danger de la solitude; l'imprudence d'une résolution qui manque d'examen et qui manquera de constance. La vie claustrale est le partage des saintes, me dit obligeamment ma bonne tante, et je ne suis pas même sur le chemin de la perfection. Elle a bien raison certainement; mais enfin, pourquoi commencer par me désespérer? La lettre conclut à l'obéissance et me déclare coupable d'ingratitude et de témérité, puisque je résiste aux ordres de S. M. J'avoue que ce dernier trait me perce le cœur. Moi, ingrate envers la reine, mon Dieu!

» J'avais besoin, après de telles paroles, de lire la lettre de la maréchale, l'ancienne amie de ma pauvre mère. Oh! que de tendresse et que de douces insinuations! Ce sont des larmes et des embrassemens à chaque ligne. Cette lettre m'a fait du mal, je l'avoue. Ce n'est pas tout, et voici ma peine et ma joie. Figurez-vous que sous le pli de la bonne maréchale, j'ai trouvé un billet écrit de la main adorable de la reine. Oui, elle m'écrit dix lignes, mais de quel style, bonté divine! Copier ces lignes est impossible, et d'ailleurs, je regarderais cela comme une sorte de profanation. O ma douce souveraine, c'est sur mon cœur que je porterai ce billet, afin de pouvoir le porter à mes lèvres souvent. La charmante reine me dit encore mon enfant comme au temps où j'étais auprès d'elle. Il y a dans ses paroles quelque chose de tendre et de triste à la fois qui enchante et qui mouille les yeux. C'est comme un chant vague et lointain, un pressentiment inquiet de l'avenir. Ah! j'ai bien pleuré.

» Je reviens à la maréchale. Elle me parle sérieusement de quatre ou cinq partis superbes. Elle cite même, le croiriez-vous? les deux charmans étourdis que vous connaissez, et dont le voyage, quoique extravagant, a fait à Versailles une certaine sensation. Il paraît que ces messieurs, malgré leurs dehors futiles et leur folle tête, sont cependant de très-honorables gentilshommes, de grande famille l'un et l'autre, et jouissant (que m'importe, du reste?) d'une brillante fortune.

» Que voulez-vous, cher comte? je vous dis tout à vous, qui êtes en quelque sorte un tuteur pour moi, et à coup sûr mon conseil dévoué, une manière de Providence ici bas. Pardonnez à ces confidences. J'ai besoin d'un écho sympathique, et quel écho plus discret et plus sincère que celui de Saint-Cernin pour Sarzane?

» La lettre de la maréchale contient aussi quelques détails des plus intéressans sur la situation des esprits et des choses. Au milieu des espérances que donne la prochaine réunion des états-généraux, un peu de tristesse gagne les cœurs. Les uns espèrent beaucoup trop pour que d'autres ne s'alarment pas un peu. Les têtes sont montées. Les idées américaines de M. de La Fayette sont très à la mode chez les jeunes gens; l'esprit frondeur et l'éloquence du comte de Mirabeau alarment les gens sensés, et quant à M. Necker, il a donné dans tant de témérités en administration et en finances, que le roi en est vraiment inquiet.

» Adieu, ami cher et sérieux. Vous avez la sagesse et la sérénité de la foi; vous êtes bien avec Dieu; soyez patient avec moi et continuez à protéger cette pauvre orpheline que vous avez connue enfant et qui vous a voué un si sincère attachement.

» RÉGINE DE RÉALMONT. »

Après avoir lu cette lettre, le comte-abbé la plaça dans le gros volume qui était ouvert sur sa table, et il ferma le livre de Tertullien; remettant, pour ainsi dire, sous la garde d'un père de l'église, et comme dans un sanctuaire d'honneur, les confidences de Régine, cette noble femme si digne de protection.

Hélas! c'était pour lui-même surtout que M. d'Ambert devait invoquer l'appui des saints dans ce moment douloureux de sa vie où tant de poignantes émotions venaient l'assaillir.

Nous l'avons dit : avec toutes les apparences du stoïcisme chrétien, sous les dehors d'un sage doué de la plus haute énergie, le comte-abbé était peut-être l'homme le plus à plaindre; chez lui la volonté était héroïque, mais le cœur était malade, cruellement atteint. M. le comte d'Ambert avait aimé en silence Mlle de Valbonne; il l'avait vue grandir; il avait suivi des yeux et de l'âme l'épanouissement de cette fleur de beauté; il avait eu la douleur d'apprendre le mariage de Régine; il avait été témoin de son bonheur à Sarzane quand elle y était revenue avec son mari. Et puis, M. d'Ambert avait retrouvé Régine veuve et plus séduisante que jamais; il était devenu son ami et son protecteur..... Oui, mais le pauvre comte-abbé avait senti se rallumer plus violente que jamais sa passion assoupie; et, depuis trois ans d'un voisinage charmant et en quelque sorte d'une tutelle dangereuse, M. d'Ambert, atteint mortellement, n'avait eu d'autre soin que de cacher sa blessure et de contenir jour par jour, heure par heure, les élans passionnés qui l'entraînaient vers l'objet de son adoration. Aussi avait-il redoublé de vigilance et s'était-il affermi plus que jamais dans la résolution sublime de quitter pour le cloître un monde où Régine ne pouvait être à lui, puisque Régine n'avait jamais ressenti pour lui qu'une estime très-précieuse sans doute, une amitié sincère et calme, qui sont les meilleurs sentimens du monde, mais les plus opposés aux enivremens de la passion. Ajoutons encore que Mme de Réalmont, fort désabusée du monde, se sentait appelée elle-même à la vie du monastère, et que le comte-abbé s'inclinait avec un profond respect devant une vocation si sacrée à ses yeux.

Il était environ onze heures du soir lorsque M. d'Ambert acheva la lecture de la lettre que nous connaissons. Il sonna son domestique, et Michel parut aussitôt.

— Michel, lui dit le comte, je pars pour Avignon à quatre heures du matin. On tiendra prêts mes deux chevaux pour cette heure-là. Le petit mulâtre me suivra.

— Oui, monsieur le comte, répondit Michel un peu étonné.

— A propos, Michel, reprit le comte-abbé, il y a une taxe nouvelle pour les impôts. M. l'intendant de la province en a écrit aux subdélégués. Vous, qui êtes un homme d'expérience, pourriez-vous me dire à quelle valeur peut s'élever aujourd'hui mon domaine de Saint-Cernin?

Michel prit un air pensif, et passa la main sur son honnête visage.

— Je ne voudrais pas que Saint-Cernin fût taxé au-delà de sa valeur, dit le comte. Voyons, Michel, que vaut Saint-Cernin? Le château, les bois, les terres et toutes les dépendances forment un assez beau douaire.

— Monsieur le comte, répondit Michel, le domaine est en fort bon état. A mes yeux, cela vaudrait bien trois cent soixante-et-quinze mille livres.

— Comment! dit le comte. J'estimais Saint-Cernin au moins quatre cents mille francs!

— Et tout ce que M. le comte a donné au presbytère et au petit hôpital? reprit Michel. Dame! tout cela ne fait plus partie du domaine. Quand monsieur le comte se met en train de faire des largesses...

— C'est bon, Michel, dit M. d'Ambert. Nous serons taxés sur le pied de trois cents mille livres tournois. Allez, mon ami. Avertissez le petit mulâtre. A quatre heures du matin.

— Monsieur le comte ne dormira donc pas, reprit Michel. Il est près de minuit.

— J'ai une lettre à écrire et deux heures à me reposer sur mon lit de camp. C'est assez. J'ai moins dormi que cela à la chasse.

Michel sortit fort préoccupé. C'était un homme d'environ trente-huit ans, la probité même, et dévoué à son maître comme la main l'est au cœur. Il servait M. d'Ambert depuis dix ans environ, et jamais le comte-abbé n'avait eu à lui reprocher même une distraction. On dit que cette noble race de serviteurs est éteinte depuis l'ancien régime. Les maîtres l'affirment et les domestiques le prouvent assez souvent. Nous nous abstiendrons de prononcer.

Resté seul, M. d'Ambert, en effet, écrivit une lettre qu'il cacheta soigneusement et qu'il adressa à madame la comtesse de Réalmont. Puis, allant à une grande armoire en chêne merveilleusement sculptée, il en ouvrit les lourds battans et fouilla plusieurs tiroirs. Le comte-abbé retira quelques coffrets de cette armoire dont les ferrures prouvaient la solidité. Il plaça ces coffrets sur la cheminée à l'entour du crucifix, aux pieds de la croix! Puis, les ouvrant l'un après l'autre, il considéra leur contenu avec une attention mêlée d'attendrissement. Ces diverses boîtes renfermaient des bijoux fort beaux et d'une monture ancienne. Il y avait là un collier de brillans; une parure d'émeraudes; des bracelets en perles fines; des rubis, des anneaux, plusieurs camées, enfin tout ce qui pouvait rappeler l'écrin d'une noble femme ayant vécu dans le grand monde. Ces bijoux avaient été conservés religieusement par le comte-abbé. Ils avaient appartenu à sa mère...

— Chères reliques! dit-il d'une voix émue.

Puis regardant le crucifix, il ajouta avec un sourire amer et céleste.

— Oui, mon sauveur et mon Dieu! Ceci complètera le prix d'estimation que je donne à ce domaine. Tout ceci sera la rançon de Sarzane. Allons, allons, reprit-il tout-à-coup, que signifient ces attendrissemens? Quoi! j'ai des larmes aux yeux en me séparant de ma fortune? Ah! le bon chrétien que je suis! l'excellent religieux que je ferai! Vraiment, c'est merveilleux! Vite, vite, mon âme, dégagez-vous de tous ces liens. Sauvons Régine, rendons-lui Sarzane, et puis... fuyons loin d'elle.

La nuit était silencieuse, mais limpide et tout embaumée des senteurs des lavandes et des feuillages à peine épanouis. Il y avait sous les fenêtres du château des amandiers en fleurs et des lilas de Perse qui balançaient à la brise leurs flexibles rameaux. Quelques ramiers roucoulaient dans les futaies des environs, et le croissant de la lune, passant à travers les ramures sombres des yeuses, semait d'étoiles d'argent toute la forêt.

M. d'Ambert ouvrit sa fenêtre pour aspirer l'air de la nuit, et pour enivrer encore ses yeux de la beauté du paysage de son lieu natal.

VIII.

LE TRIPOT DE LA CANOURGUE.

La ville et le comtat d'Avignon, ainsi que le comtat Vénaissin, appartenaient encore, à l'époque de 1789, aux états de l'Eglise. Cette souveraineté papale enclavée dans le royaume de France datait du 14e siècle, alors que Clément V et son successeur Jean XXII établirent en Provence le siége apostolique.

Les deux comtats et la ville d'Avignon, à l'époque dont il est question dans ce livre, avaient encore pour gouverneur-général un vice-légat, revêtu de l'autorité souveraine au nom du Saint-Père, et ne relevant que de lui.

Tout voyageur dans le midi de la France a certainement admiré ce colossal édifice élevé au moyen-âge sur le rocher des Doms, et qui domine la ville, le fleuve et la plaine dans toute sa formidable majesté. Le *palais des Papes* est peut-être le monument le plus étrange qui soit en Europe; il est empreint d'un caractère monacal et militaire à la fois, si bien qu'en le voyant on ne sait trop si ces portes solennelles, ces fenêtres ogivales, ces murailles crénelées, ces bastions, ces tours énormes et ces toits coniques surmontés de la croix appartiennent à une citadelle ou à un monastère gigantesque.

Une place immense, inclinée en pente douce, s'étend devant la façade du palais; les alentours de cette énorme forteresse, bâtie à vif sur le rocher, sont encombrés de vieilles maisons; c'est un quartier isolé et formant un réseau de rues tortueuses et de ruelles. On dit que depuis cinquante ans ce quartier solitaire a gagné considérablement; jugez de ce qu'il devait être à l'époque de 1789.

Deux jours après son voyage à Saint-Cernin, M. Ducrey, qui avait gardé un douloureux souvenir de sa cavalcade au clair de lune, pénétrait, à l'entrée de la nuit, dans le quartier tortueux, aux abords du palais d'Avignon. Le ciel était chargé de gros nuages orageux; quelques lanternes fumaient aux angles des rues, devant des niches de Madone, mais ce triste éclairage ne servait tout au plus qu'à guider des chats ou des chauves-souris. Le marchand de bestiaux, armé d'un gros bâton ferré, marchait à tâtons; il cherchait une vieille maison à lui connue, ne rencontrant pas une âme et n'entendant sur son passage que le grognement des chiens enfermés dans les cours et flairant leur porte. Enfin, après bien des recherches et des trébuchemens, M. Ducrey reconnut de loin une petite lanterne rougeâtre qui luisait comme un œil sanglant au front d'une porte.

— C'est bien ici, dit-il. Je croyais que le diable avait emporté le logis.

Arrivant devant la porte basse, mais solide, le marchand souleva un lourd marteau et frappa deux coups qui rendirent un son cave et prolongé. Une chandelle parut à l'une des fenêtres grillées du rez-de-chaussée; une voix éraillée se mit à grincer, et, sur la réponse de celui qui venait de frapper, la porte s'ouvrit. Ducrey, précédé d'une sorte de sorcière ayant qualité de servante, pénétra sous la voûte d'un long vestibule et de là dans une salle basse, mais éclairée par trente ou quarante chandelles et encombrée de tables chargées de brocs, de bouteilles et de *fiasques*. La salle était remplie de buveurs, de fumeurs et de hurleurs. C'était un vacarme diabolique. Il nous serait difficile de cacher plus longtemps le nom de cet *honorable* logis. Le marchand de bestiaux se trouvait donc, dans ce moment-là, au *Tripot de la Canourgue.*

Ce tripot était un de ceux que tolérait la police de MM. les échevins. C'était une sorte de souricière au besoin. Il était arrivé parfois à la maréchaussée de France et aux carabiniers du vice-légat de faire chez la Canourgue de ces bonnes prises qui purgent un pays et rassurent les honnêtes gens. La maison était isolée, profonde, sourde, et comme engloutie, de manière à ne causer ni trouble ni scandale.

Dès que Ducrey pénétra dans le cabaret, presque toute la tabagie le reconnut et il fut salué d'un vivat très-flatteur.

— C'est lui! c'est ce gredin de richard. Veux-tu jouer ta peau au Pharaon?

— Salut à l'homme aux louis d'or. Qui as-tu détroussé ce soir, Tamerlan?

— Viens, Ducrey; bois avec nous, et si tu n'es pas ladre jusqu'au bout des ongles, paie l'écot.

— Lui ladre! Vous ne le connaissez pas. Je l'ai vu payer un souper à douze livres par tête; il y avait dix flambards à table, *lou troun dé diou!*

Passant avec dédain à travers cette turbulente compagnie gorgée de vin et folle de jeu, le marchand de bestiaux allait droit devant lui à la pièce voisine d'où la Canourgue, qui déjà l'avait aperçu, venait à sa rencontre. On s'aborda en se donnant une énergique poignée de main.

— Eh bien! la mère? dit Ducrey.

— Eh bien! *coumpaïre?* répliqua la grosse matrone du logis.

La pièce où l'on se trouvait était une sorte de salon voûté, garni d'un vieux mobilier de velours usé jusqu'à la corde. Au milieu se trouvait une table de bois doré, mais si délabrée qu'elle craquait en quelque sorte sous le poids d'un énorme pot de fleurs. C'était le salon particulier de dame la Canourgue: rutilante virago, unissant à son titre de cabaretière émérite une autre qualification que nous nous abstiendrons de prononcer dans ce récit.

Ducrey alla s'asseoir dans un fauteuil qu'il faillit écraser. La Canourgue ferma la porte donnant dans la salle des joueurs et des fumeurs. Le marchand de bestiaux avait quelque grosse confidence à faire à la rubiconde *déesse* de ces lieux;

— Nous voilà seuls; j'ai mis le verrou, dit la Canourgue. Ces chiens d'ivrognes n'entendront rien. Parlez, mon bel ami. Avez-vous toujours besoin de mes services?

— Toujours et plus que jamais, répondit Ducrey.

— Par mes *lapins*, dit la matrone, je vous ai tenu au courant des faits et gestes du comte-abbé, qui cherche en ce moment à vendre son domaine de Saint-Cernin. Il était encore aujourd'hui à Avignon, et il a passé plus de deux heures chez le notaire, maître Salvator, un tabellion qui jamais n'a dressé un acte en désaccord avec ce qu'il appelle ses principes.

— Oui, dit Ducrey en souriant, ce que les sots nomment un honnête homme.

— Ce qui ne l'a pas empêché de faire fortune, ajouta la Canourgue.

— C'est comme moi, reprit Ducrey. Ma vertu ne m'a pas nui. Après.

— Mon bel homme, dit la Canourgue, le tabellion trouvera, je crois, un acquéreur pour Saint-Cernin, et le comte-abbé aura quatre cents mille livres pour vous empêcher de faire main basse sur le domaine de la comtesse.

— Tonnerre de Dieu! répliqua le marchand de bestiaux. Il a à peine huit jours pour cela, et il trouverait la somme!

— Le tabellion est homme de ressource; petit ami, vous avez fait une jolie imprudence en montrant votre contrat de vente au comte-abbé.

— J'avais mes raisons pour cela, répartit Ducrey avec impatience.

— Mon fils, reprit la virago, vous n'avez aucune confiance en votre *maman*.

— Que le diable t'emporte! riposta le marchand. Il y a dans l'original de l'acte de vente que je dois prévenir l'héritière de Sarzane, ou son procureur fondé, au moins dix jours avant de faire la saisie du bien. Le comte-abbé est le procureur fondé général de la comtesse.

— Pardon, mon petit chat, dit la Canourgue, et poursuivons. Mes *lapins* m'ont averti que demain sans faute le comte-abbé devait se rendre chez le tabellion où se trouvera un riche acquéreur, gros capitaliste, crevant d'écus, comme toi, aimable cupidon!

— Tête et sang! dit Ducrey. Vous verrez que le comte trouvera les quatre cents mille francs!

— C'est l'opinion de mes *lapins*. A propos et leur pourboire?

— Crève! dit Ducrey. Que je leur donne de l'argent pour de si bonnes nouvelles?

— Vous avez promis des *pourboire*, mon petit cœur. Sans cela mes lapins ne *moucharderont* plus personne à votre profit.

— Soit, reprit Ducrey. Voici quatre écus de six livres.

— Mes lapins en brouteraient bien un cinquième, ajouta la matrone.

— Tiens, dit Ducrey en fouillant dans sa ceinture de cuir. Tiens donc et crève!

La Canourgue reçut les cinq écus dans sa grosse main rouge comme une épaule de mouton, et elle se prit à soupirer. C'était une habitude chez elle; le contact de l'argent excitait à un point singulier sa sensibilité; ses yeux même, selon l'occasion, se mouillaient d'une larme; cela dépendait de la somme:

— Maintenant, mon cher cœur, reprit-elle, à quoi te décides-tu? Renonces-tu au domaine de Sarzane?

— Non, dit Ducrey d'une voix ferme.

— Tu crois donc l'avoir?...

— Oui et autre chose encore! reprit le marchand d'un accent étrange.

— Et quoi, mon bijou?

Ducrey regarda la Canourgue d'un œil fauve et ardent.

— Tu ne devines pas? lui dit-il.

— Si. Mais tu m'effraies, en vérité, répondit la grosse matrone, en joignant les mains. Est-il possible? Tu tiens encore à ce rêve...

— J'y tiens, dit l'autre.

— Et tu espères, avec le bien, avoir aussi la...

— Te tairas-tu, vieille louve? riposta le marchand. Ecoute-moi bien et *fiche* bien dans ta cervelle ce que je vais te dire. Quand une fois *Tamerlan* Ducrey a pris une résolution, il va droit son chemin comme un sanglier et casse à coup de boutoir tout ce qui peut l'arrêter.

— Je t'admire, mon fils! dit la Canourgue, oppressée et ouvrant de grands yeux.

— Réserve ton admiration pour plus tard et sers-moi, reprit le riche marchand.

— Te servir, mon prince! Eh! qui te le refuse? Mais, dans cette occasion, j'avoue que je ne vois pas trop comment et de quel côté je puis te servir.

— Tu m'as parlé, il y a quelques jours, dit Ducrey, d'une jeune fille nouvellement arrivée chez toi, qui est Italienne, Calabraise, je crois; fort belle et ayant de l'esprit comme Satan. Tu m'as dit que cette fille avait été amenée en France par une troupe de baladins courant l'Europe; qu'elle avait voulu quitter son maître qui la rossait, et qu'elle s'était réfugiée chez toi où elle est sous la sauve garde de la police. Cette comédienne est-elle capable de remplir un rôle hardi que je lui expliquerai?...

— Elle! répliqua la matrone. Elle? la Mouna! Elle joue tous les rôles comme le démon. Elle pleure et rit à volonté. De plus elle danse comme le phosphore sur l'eau.

— Je me moque de sa danse, reprit Ducrey. Baragouine-t-elle bien le français?

— Elle parle comme un livre, trois ou quatre langues.

— Est-elle rusée, double rusée, triple rusée?

— Elle parviendrait à mettre une corde au cou de monseigneur le vice-légat, et elle irait le vendre au marché sans qu'il s'en doutât.

— Diable! dit Ducrey. Que ne fait-elle ce tour-là? Elle aurait pour elle bien des rieurs et sa fortune serait faite. Revenons à notre affaire, et voyons la Mouna.

— Mais, mon petit prince, dit la Canourgue, consens un peu avant tout à m'expliquer la chose.

— Je le veux bien, répondit le marchand. Mais rappelle-toi que si tu me trahis, je suis assez riche et par conséquent assez puissant pour obtenir qu'on ferme ton tripot.

— Te trahir, mon amour? dit la Canourgue. Ah! l'ingrat! Voyons, fais-moi tes confidences.

Alors Ducrey, rapprochant son siége du fauteuil de la matrone, lui parla discrètement, à voix basse, pendant sept à huit minutes. En l'écoutant, la Canourgue soupirait, levait les yeux à la voûte, joignait les mains et se tenait à quatre pour contenir son admiration, sa sensibilité et son ravissement.

Quand le marchand eut cessé de parler, la virago lui dit d'une voix attendrie:

— Ainsi, mon prince, vous voilà décidément amoureux jusqu'à en crever de cette grande dame!

— Amoureux? reprit Ducrey. Dis que depuis son veuvage, depuis trois ans qu'elle est de retour dans ce pays-ci, je suis fou d'elle, que je la couve du regard et que je la guette et la suis pas à pas comme un loup sur la trace d'une biche.

— Pour la dévorer? dit la Canourgue.

— Peut-être! reprit le gros marchand de bestiaux dont l'œil rutilait et dont le front se gonflait de veines énormes. J'aime cette femme, reprit-il, par deux motifs que tu comprendras, la Canourgue: d'abord parce qu'elle est belle, noble et séduisante de la tête aux pieds; ensuite par haine, par vengeance contre toute cette détestable race d'aristocrates à laquelle elle appartient. Cette race est mon exécration. Les nobles m'ont humilié depuis mon enfance; il y a deux jours encore que j'ai reçu de deux canailles d'aristocrates l'injure la plus sanglante...

— Quelle injure, mon bel homme? demanda la virago.

— Ces choses-là ne se racontent pas, dit Ducrey. Mais on les garde *in petto* jusqu'au moment opportun pour tuer ou flétrir.

— Tu m'effraies, mon cœur! Qui t'a insulté, toi, si respectable, si grand seigneur? Ah!...

— Il est vrai, reprit le marchand en passant la main sur ses jambes musculeuses, il est vrai que nous valons bien tous ces beaux fils qui peut-être doivent le jour à leurs laquais... Il est vrai encore que si l'on ne m'eût désarmé lâchement j'aurais fait sauter la cervelle à ces deux huppes musquées. Mais revenons à notre affaire. Où est la Mouna?

— La haut, au premier étage, avec ses compagnes, mon prince.

— Fais-la descendre et donne-moi un bol de punch.

Le gros marchand se leva du fauteuil avec un certain effort qui n'échappa point à la Canourgue. Il paraissait souffrir d'une sciatique. Cependant, sortant de sa poche une blague à tabac et une vieille pipe culottée, il s'approcha d'une des six chandelles qui brûlaient sur la cheminée, et il alluma tranquillement sa *bouffarde*. Puis, avisant un vieux canapé, il s'y étendit largement, s'adossant au coussin de manière à voir parfaitement ce qui se passait dans le salon. La Canourgue avait ouvert une porte donnant sur un escalier qui montait en tournevis jusqu'aux étages supérieurs et plongeait dans la cuisine. Là, mettant ses deux mains aux coins de la bouche en manière de porte-voix:

— Margot! cria-t-elle penchée vers la cuisine, apporte un bol de punch.

Puis levant la tête de manière à lancer sa voix au premier étage:

— Eh! vous autres! dit-elle. Faites descendre la Mouna.

Cinq minutes après, Margot entra la première, apportant et déposant sur la table un bol énorme et flambant comme un cratère en éruption. La flamme bleuâtre débordait et se répandait sur la table et le pavé comme un serpent azuré. La Margot, grosse fille sordide, jeta un regard satisfait sur le seigneur amphitryon et regagna l'escalier sans souffler un mot.

— Que diable fait donc la Mouna? demanda Ducrey entre deux bouffées de tabac.

— Hola! Eh! cria encore la Canourgue sur le seuil de la porte de l'escalier. Hola! vous autres. Faites descendre mademoiselle Mouna, ou bien je vais la chercher, et gare alors!

On entendit un pas rapide et léger sur l'escalier, et le frôlement d'une étoffe de soie comme le bruissement d'un pavillon agité par la brise. Tout à coup, par un bond prodigieux, une jeune fille sauta de la dernière marche de l'escalier au milieu du salon.

— Ah! la panthère! s'écria dame la Canourgue. Elle a failli me renverser.

— Que diable est-ce que cela signifie? demanda Ducrey, la pipe à la main.

— Cela signifie, mon prince, dit la matrone, que cette

Avignon.

folle se donne de l'air et joue des jambes avec fureur dès qu'elle est lachée hors de sa cage. Laisse-la danser tout son soul; c'est l'affaire de cinq minutes. Quand elle aura fait ses gambades et ses moulinets elle viendra s'asseoir sur un coussin, par terre, près de nous : c'est une jolie bête apprivoisée; tu verras.

Vive et vigoureuse comme une daine lancée dans les bois, la jeune Calabraise dansait une sorte de sarabande autour du salon, aux lueurs phosphorescentes du bol de punch enflammé. Souple, ardente, insaisissable, elle passait telle qu'un rêve devant les yeux éblouis du marchand. Ses pieds, d'une élasticité prodigieuse, touchaient à peine le sol; ses reins se cambraient d'une manière effrayante; tantôt inclinée, douce et moelleuse, elle glissait sur le pavé comme une vapeur qui fuit; tantôt sautant à pleins jarrets elle s'élevait à la voûte et retombait au milieu de ses jupes largement ballonnées. Cependant la Mouna, modérant ses élans, se mit à tourner autour de la table devant laquelle dame la Canourgue ranimait la flamme du punch.

Là, là! lui dit celle-ci, calmons-nous un peu, *sacripane*. Nous avons à causer ensemble, et ce beau monsieur qui est là vient ici pour te donner un rôle dans une comédie de sa façon. Eh! eh! nous sommes bonne comédienne autant que folle danseuse, n'est-ce pas? Voyons Mouna, parle-nous français, car ton rôle est écrit dans cette superbe langue. Viens, ma fille, et bois ce verre de laitage, tu l'as bien gagné. Je me trompe, porte ce verre au prince qui est là à fumer sa pipe.

Mouna s'était arrêtée, et son étrange beauté apparaissait dans tout son éclat aux lueurs de la flamme d'or et d'azur.

En toute autre circonstance le marchand eût jeté des cris d'admiration; mais le drôle avait à l'esprit une pensée infernale.

— Belle! dit-il cependant; très-belle, ma foi! Des yeux noirs comme du jais et des cheveux comme la reine du Malabar. Quel singulier teint! on dirait de la cire grise et rose. Ah! voilà de jolis pieds et des mains fines comme celles des Turques.

En effet, Mouna, s'étant approchée, offrait à Ducrey un verre de punch et se laissait admirer. Le marchand prit le verre sans bouger du canapé, et il se mit à boire à petits coups tout en fumant sa pipe. Dame la Canourgue avait versé rasade à la Mouna, très-gourmande d'eau-de-vie au sucre et au citron. Prenant pour elle-même un verre, la virago le remplit jusqu'au bord, et s'adressant au marchand :

— Mon gentilhomme, dit-elle, nous buvons à vos succès. Va choquer ton verre contre celui de Monsieur, dit-elle à la Calabraise.

Mouna obéit de la meilleure grâce du monde, et quand elle fut près du marchand, elle se prit à sourire de manière à lui montrer des dents magnifiques, et se mit à le regarder de manière à le griser de la magie de ses yeux, si Ducrey n'avait pas été ce soir-là sous la puissance d'une de ces résolutions de fer que rien ne fait plier.

— Mouna, dit-il tout à coup, quand tu auras assez dansé et

Vive et vigoureuse comme une daine lancée dans les bois, la jeune Calabraise dansait une sorte de sarabande autour du salon, aux lueurs phosphorescentes du bol de punch enflammé.

assez bu, fais-moi le plaisir de t'asseoir dans un fauteuil en face de moi. Tu répondras à mes questions d'abord, puis je t'expliquerai ce que je veux de toi; enfin nous conviendrons de nos faits et gestes. C'est une comédie que nous avons le projet de te faire jouer à mon profit, mais au tien aussi, belle diablesse. Je te donnerai de l'argent de manière à te procurer un époux qui aura un état, une bonne réputation, un nom honorable, et que tu feras crever de jalousie en six semaines. Cela te va-t-il?

— Touchez là et parlez, dit la Mouna en lui tendant la main; je suis bonne comédienne.

— C'est qu'elle prononce très-bien le Français, reprit Ducrey avec satisfaction. Ecoute-moi donc, Mouna; voici mon plan.

La Canourgue s'était assise près de la Calabraise, toutes les deux en face du marchand, toujours étendu sur le canapé et fumant comme un pacha. M. Ducrey prit la parole devant ces deux créatures attentives, et quand minuit sonna, quand le tripot de la Canourgue fut déserté par toute la troupe des joueurs et des buveurs de la salle voisine, M. Thomas Ducrey discourait encore.

IX.

UNE CRUELLE AMIE.

Il y avait à Avignon une communauté religieuse de dames nobles, jouissant de hauts priviléges, sous le nom de Dames de la Visitation. Elle appartenait à l'ordre célèbre des Visitandines, mais la règle en avait été modifiée. Ce couvent était fort richement doté; c'était, en quelque sorte, une abbaye aristocratique où se retiraient, soit pour un temps déterminé, soit à perpétuité, des personnes de rang élevé qui renonçaient au monde, à ses pompes et à ses œuvres. Asile de paix et de quiétude, douce et charmante solitude, où les âmes blessées trouvaient souvent ce qu'elles auraient en vain cherché ailleurs : l'ombre et le silence, les épanchemens de l'amitié et la rêverie du ciel.

Le couvent était situé *intra muros*, dans un quartier solitaire, ayant un jardin magnifique, une chapelle monumentale et des bâtimens d'une architecture élégante. Comme la vie claustrale n'était de rigueur que pour les nobles recluses qui avaient prononcé les vœux perpétuels, une partie de l'abbaye pouvait être considérée comme une simple maison de religion, où les dames en retraite avaient leur appartement séparé, et pouvaient recevoir des visites à jour et à heure déterminés.

La Visitation était sous l'autorité abbatiale d'une supérieure, jouissant des prérogatives les plus larges. Mme l'abbesse avait à elle seule, pour résidence, tout un pavillon principal; elle était libre de sortir de la communauté et pouvait admettre dans ses appartemens telle compagnie qu'il lui plaisait de recevoir.

Opulente et délicieuse abbaye de la Visitation, vous étiez à la fois le refuge des âmes passionnées et la providence du pauvre. De quelles calomnies ne vous poursuivit pas, vous et tant d'autres, la philosophie voltairienne de l'époque? que n'inventa pas contre vous l'impiété du siècle et la raillerie sceptique de l'esprit révolutionnaire? Douce et grande abbaye, la tourmente de 1793 passa sur vous, elle dispersa vos nobles recluses, elle amena des hordes hideuses dans votre sanctuaire, elle livra au pillage et à la destruction vos jardins, vos domaines et votre édifice abbatial; elle écrivit sur vos portes sacrées sa devise brutale, ô charmante et sainte communauté, elle vous remplit de deuil et de violences, et voilà que votre ruine amena la misère et le désespoir au sein de deux cents familles indigentes qui se nourrissaient à votre *mense* charitable jusqu'à la prodigalité, et recevaient de votre main chrétienne le salaire du travail. Ah! nous l'avons cent fois entendu dire nous-même, dans cette ville catholique d'Avignon : au temps bien heureux des couvens, des abbayes et des paroisses, le comtat n'avait pas un pauvre, et les bénédictions arrivaient sur le peuple, comme la rosée sur nos campagnes.

Il était l'heure de midi; l'angélus carillonnait aux clochers et campanilles de la ville d'Avignon, lorsque M. le comte d'Ambert montait le grand escalier qui conduisait aux appartemens de Mme l'abbesse de la Visitation. Il traversa une vaste antichambre aux boiseries armoiriées, comme celles d'une sacristie; il fut introduit dans un beau salon tendu de damas à baguette dorée, et tournant à droite, la sœur converse qui précédait le comte-abbé le mena par un couloir jusqu'au grand cabinet de la supérieure. Là se trouvait une jolie table de laque du Japon, parée de la plus jolie porcelaine de Saxe; deux couverts étaient mis en face l'un de l'autre. Mme l'abbesse attendait ce jour-là à déjeuner M. d'Ambert, son ami et presque son protégé.

La sœur converse se hâta d'aller prévenir Mme l'abbesse, retenue encore dans sa chambre par des apprêts de toilette, car il s'agissait, ce jour-là, de recevoir en grand habit de chœur monseigneur le vice-légat, qui devait venir à trois heures assister à un salut solennel.

Les hautes fenêtres de l'appartement donnaient sur le jardin de la communauté, en sorte que M. d'Ambert, fort préoccupé dans ce moment-là, prit quelque distraction à regarder à travers les jalousies entrouvertes les eaux jaillissantes et les belles corbeilles de cet éden du cloître, où la rêverie devait être si calme et l'espérance si riante.

Cependant, au bout de dix minutes une porte s'ouvrit, et Mme l'abbesse arriva dans le grand cabinet, mais en costume du matin encore, c'est-à-dire vêtue d'une grande robe de basin blanc à larges manches, et coiffée d'une sorte de capuche de point d'Alençon du meilleur effet. Une croix d'or, fort simple et fort lourde, tombait sur le devant du corsage, suspendue par un large ruban bleu-de-ciel et moiré. Mme l'abbesse pouvait avoir quarante ans à peine; elle avait perdu toute la fraîcheur de la beauté; mais ce qu'elle avait conservé, c'était cette noblesse de traits, cette grande tournure et ce port de tête triomphant qui distinguaient surtout alors les dames de haute compagnie. Ajoutons que la protectrice de M. d'Ambert avait encore les plus beaux yeux bleus et les mains les plus élégantes qu'il était possible de rencontrer.

— Madame, dit le comte-abbé en quittant sa fenêtre, j'ai reçu votre invitation avec une bien vive gratitude.

— Mon billet ne vous a pas trouvé à Saint-Cernin, reprit Mme l'abbesse. Il a fallu vous chercher à Avignon. Eh! mon cher comte-abbé, renonçons-nous à notre solitude pour le monde?

Cela fut dit de la meilleure grâce et avec le plus bienveillant sourire.

— Voyons, ajouta-t-elle, asseyons-nous et prenons ensemble du chocolat, comme deux vieux amis. Ah dame! j'ai bien quarante ans, sans tricherie; vous en avez près de trente. J'ai connu votre père, et il y a dix ans que je vous vois raisonnable. Cher comte, les païens disaient que le temps avait des ailes; nous, chrétiens, nous ne les lui avons pas coupées, et c'est un tort. Pourquoi ne pas mutiler cette vilaine idole? — Voyons, voyons, devenons sérieux, si c'est possible. J'ai aujourd'hui mon chapitre à tenir et je me pare de mon grand habit. Vous savez que monseigneur le vice-légat vient au salut... Vous y serez, cher comte.

— Et tout en louant Dieu, madame, reprit M. d'Ambert, je pourrai admirer votre grâce suprême.

— Ne parlons pas de cela, reprenait la charmante abbesse. Vous êtes bon, même vous êtes d'une galanterie qui va quelquefois jusqu'à l'extrême bienveillance. Du reste, vous savez que j'ai renoncé, ah! tout-à-fait renoncé aux mondainetés; me voilà devenue une vieille abbesse, et je me mets dans la règle la plus sévère. Il faut des réformes, cher comte, il en faut partout, et les ordres religieux doivent le bon exemple. J'y ai songé bien sérieusement; d'ailleurs, l'âge vient et j'ai mon salut à faire. Que voulais-je vous dire? ah! voici. Mais d'abord prenons du chocolat.

Mme la supérieure sonna. Une sœur converse arriva portant une magnifique chocolatière en argent, et cette fille fut suivie d'une autre sœur qui déposa sur la table de petits pains à l'œuf et des brioches, le tout dans une vaisselle plate aux armes de la noble abbesse.

Les deux convives s'assirent en face l'un de l'autre. On renvoya les sœurs converses, et après quelques préliminaires obligés, on en vint à parler du sujet sérieux de l'entrevue, c'est-à-dire de Mme de Réalmont.

— Décidément, dit l'abbesse, plus je vais et moins je comprends Régine; c'est-à-dire que bientôt elle sera pour moi à l'état de problème. Vous qui êtes son voisin, son conseil et presque son tuteur, avouez-moi franchement qu'elle n'a point le sens commun, malgré tout son esprit et toutes ses distinctions. Vous l'avouez, n'est-ce pas?

— Mais, madame, reprenait en souriant le comte d'Ambert, vous me faites dire là une petite impiété.

— Allons, allons, soyons donc à notre aise et parlons à cœur ouvert; entre vieux amis, on se doit cela. Tenez, voici mon opinion sur Régine : belle, bonne, adorable; très-bien. Mais bizarre, romanesque par caractère et se cramponnant à la raison austère par fierté...

— Eh! madame, dit le comte d'Ambert, savez-vous que cela est un très-grand mérite!

— Mon Dieu, je le sais bien, et je suis bien loin de blâmer Régine, la charmante qu'elle est. Ce que je voudrais seulement, c'est qu'elle se comprît un peu elle-même et qu'elle vît sa position telle qu'elle est. Elle veut entrer en religion; certes, ce ne serait pas à moi de l'en détourner; mais, mon cher comte-abbé, j'en ai tant vu de ces belles vocations auxquelles ensuite il a fallu renoncer? Ah! ces femmes du monde, et surtout celles qui ont passé leurs premières années à la cour, ces ravissantes femmes, croyez-le bien, sont, au bout de quelques semaines de retraite, les plus aimables, mais les plus attrapées de nos religieuses. Tenez, j'en avais deux l'an dernier qui, en entrant à la Visitation, trouvaient la règle d'un *facile* et d'une douceur alarmante pour le salut; il a fallu les marier six ou sept mois après. Revenons à Régine. Elle se trompe; elle se repentirait d'avoir pris le voile; sa grande jeunesse, son brillant esprit, son éducation, ses goûts, sa position, ses devoirs même, et je dirai pour raison principale, sa reconnaissance envers la reine de France, tout s'oppose à ce quelle renonce au monde, dont elle est la grâce, l'ornement, et où elle est destinée à donner de grands exemples de vertu. J'ai dit tout ce que j'avais sur le cœur. Maintenant arrivons à des choses plus positives.

M. d'Ambert n'avait plus envie d'achever sa tasse de chocolat. Très-décidé à faire bonne contenance et à jouer le rôle terrible qu'il s'était imposé, il ne pouvait se défendre cependant d'une vive et cruelle émotion. Réunissant toute sa force de caractère et surtout élevant, avec l'énergie d'un confesseur, sa pensée jusqu'à Dieu, le comte-abbé se prit à sourire et à provoquer d'un ton presque léger les confidences qu'on avait à lui faire.

— Voyons, madame, dit-il. Puisque vous me prenez pour conseil, je serai très-sévère, et si Mme de Réalmont, votre amie, votre protégée, a mérité quelque bonne pénitence, oh! je prononcerai contre elle l'arrêt le plus inflexible.

— Doucement, reprit l'abbesse, Régine n'est coupable de rien; seulement elle pèche par trop de rigorisme. Elle renonce au mariage. C'est vous et moi qui devons la ramener.

— Moi! madame, dit avec saisissement ce pauvre M. d'Ambert.

— Vous! n'êtes-vous pas son meilleur ami... un ami loyal, sérieux, désintéressé?

— Parlez, madame; j'obéirai, dit le comte.

— Très-bien! reprit Mme la supérieure; j'ai confiance en vous et je vais tout vous dire. Apprenez donc que j'ai reçu de Versailles huit ou dix lettres, toutes concernant Régine. Ses amies, qui sont les miennes, se sont mis dans la tête de la marier; elles ont parfaitement raison...

— Mais c'est une vraie conspiration, dit M. d'Ambert.

— Absolument. Une conspiration à la tête de laquelle est Sa Majesté elle-même, monsieur le comte. Donc on propose quatre ou cinq partis superbes et au milieu desquels on n'aura que l'embarras du choix. Je vous ferai mes confidences jusqu'au bout, et je vous dirai même que, pas plus tard qu'hier, j'ai reçu la visite, séparément, de deux prétendans à la main de Régine ; deux prétendans que vous connaissez...

— Oh ! parfaitement, reprit le comte-abbé avec un peu d'ironie.

— Eh bien ! reprit la cruelle abbesse, je crois que vous vous trompez un peu sur leur compte, mon cher d'Ambert

— Je n'ai rien dit, madame.

— Vous n'avez rien dit, répliqua Mme la supérieure, mais vous ne pensez pas moins bien des choses fâcheuses relativement à nos deux prétendans. Là ! soyez franc. J'avoue que leur démarche, leur voyage, leur façon d'agir, tout cela de prime abord paraît extravagant. Mais enfin, ils sont jeunes, très-épris, très-exaltés... et puis, vous le dirai-je, leur conduite, qui d'abord a paru très-folle à Versailles, commence à y être jugée autrement.

— En vérité, dit le comte-abbé. Vous verrez, madame, qu'aux yeux des beaux esprits de la cour, ces messieurs seront bientôt deux fous de raison ; Socrate et Caton, probablement.

— Non, reprit l'abbesse, mais si le moyen est extraordinaire, la fin, le but sont rationnels. Ces messieurs sont rivaux, chacun veut épouser Régine ; quel parti prendre? se rendre à Sarzane, demander sa main, chercher à lui plaire, attendre son arrêt...

— Et si elle choisit, se battre en duel. Le préféré s'y oblige envers l'autre.

— Ce duel est la poésie de l'aventure, ajouta la désespérante abbesse ; il n'a rien de sérieux et vous le savez bien. Mais ce qui est réel, c'est le mérite de ces messieurs. En vérité, tout le monde à Versailles s'accorde à le dire, sous des dehors frivoles, MM. de Pampelone et de Chalux cachent les plus excellentes qualités ; ils sont de grande maison, et ce qui est très-avantageux pour Régine qui n'a que sa terre de Sarzane, ce qui est inappréciable, c'est que l'un et l'autre des deux prétendans ont plus de cent mille livres de rentes...

— Madame, dit d'un air grave M. d'Ambert, je n'ai plus d'objection à faire ; la raison dernière que vous venez de faire valoir me ferme la bouche.

— Mon cher comte-abbé, reprit la cruelle et charmante abbesse, tout le monde n'a pas votre sagesse, votre piété, votre héroïsme religieux. Vous êtes un anachorète, vous ; vous n'aspirez qu'à la perfection, et d'un jour à l'autre, le monde émerveillé et l'Eglise édifiée vous verront vendre vos biens pour vous retirer dans un cloître... .

— Oui, madame, dit d'une voix ferme le comte-abbé, je vendrai mes biens, vous avez raison, et même le plus tôt possible. J'ignore si le monde et l'Eglise en seront émerveillés et édifiés ; mais ce que je sais bien, c'est que ce sacrifice me coûtera bien peu, et que le seul regret que j'éprouve, c'est de n'avoir pas déjà renoncé à tout et de ne pas être au cloître depuis longtemps.

Ah ! quel homme, quel bienheureux ! s'écria Mme la supérieure, en élevant au ciel ses beaux yeux bleus et attendris. Voilà une vocation ! voilà un saint véritable ! sous l'habit d'un gentilhomme, vous êtes un saint, monsieur le comte.

— Non, madame, non, répliqua vivement M. d'Ambert, et la preuve que je ne suis pas un saint, c'est que je juge très-sévèrement mon prochain, et que je ne reconnais à MM. de Pampelone et Chalux, sauf la distinction et la fortune, aucunes des qualités qui puissent rendre quelqu'un digne d'obtenir la main de Mme de Réalmont.

— En vérité, dit l'abbesse, vous êtes sévère !

— Je suis sincère, madame, et je vous ai promis mon opinion loyale.

— Ah ! comme vous vous prononcez ! reprit Mme la supérieure ; vous avez, mon cher comte, une animation dans ce moment-ci qui ferait supposer je ne sais quoi, si l'on ne vous connaissait...

— Je m'anime, reprit le comte-abbé, parce qu'avant tout la vérité doit être dite, et que le bonheur de celle dont il est question me paraît plus précieux que tous les ménagemens à garder.

— Comment ! ajouta l'abbesse, fort étonnée, mais on dirait, à vous entendre, que vous-même, cher comte-abbé, vous vous mettez sur les rangs des prétendans...

— Oh ! dit le comte fort ému dans ce moment-là, si telle avait été ma haute ambition, et si Dieu n'avait disposé de moi autrement, croyez bien, madame la supérieure, que nul mieux que moi n'eût défendu son terrain.

— Ah ! mais vous m'étonnez à un point ! dit l'abbesse ; décidément, monsieur d'Ambert, est-ce que vous êtes jaloux?...

— Jaloux de quoi, madame? demanda le comte ; du bonheur de Régine ? Certainement je le suis. De sa confiance et de son attachement? Certainement. De pouvoir la servir jusqu'à mon dernier jour? Certainement. Oui, madame, à ce point de vue je suis très-jaloux, vous avez dit là une très-grande vérité.

Mme la supérieure dans ce moment regarda M. d'Ambert d'un œil si intelligent, si scrutateur, que le comte, malgré toute son énergie, ne put soutenir ce regard. Craignant de laisser surprendre le secret qu'il portait au fond de l'âme, il détourna la tête.

Après une minute de silence et de bien rapides réflexions de part et d'autre, l'abbesse reprit avec une certaine agacerie :

— Ainsi, mon cher comte, mes protégés et ceux de la cour vous déplaisent?

— Je ne suis ni le père, ni le tuteur légal de Mme de Réalmont, répliqua M. d'Ambert.

— Mais vous ne ferez rien en leur faveur? ajouta la supérieure.

— Absolument rien, madame.

— Et vous agirez contre eux ?

— Si on me consulte, madame, je dirai toute ma pensée.

— Et si on ne vous consulte pas?

— Je la dirai encore, madame.

— Vous voyez donc bien que vous êtes jaloux, monsieur le comte? dit l'abbesse en joignant les mains.

Le comte-abbé ne répondit pas. Se détournant un peu du côté de la fenêtre, il se prit à contempler les beaux arbres des jardins. Quelques religieuses passaient dans ce moment-là dans les allées, M. d'Ambert étendit la main et les désignant à l'abbesse :

— Celles-là sont heureuses, dit-il.

— J'aime à le croire, répondit la supérieure. Dans tous les cas, ce n'est qu'à Dieu qu'elles feraient leurs confidences.

— Et voilà pourquoi je les trouve heureuses, reprit le comte ; car, dégagées de tout intérêt terrestre, elles n'ont plus que Dieu pour aspiration et dernier amour.

Mme l'abbesse se leva ; un peu de tristesse avait passé sur son front limpide, on le voyait. Ses beaux yeux bleus étaient rêveurs et même humides d'une larme indécise. Elle n'adressa plus une parole à M. d'Ambert, mais en passant près de lui en rentrant dans son appartement où elle était attendue pour se vêtir de son grand habit de chœur, elle s'arrêta un moment, le regarda encore et lui tendit la main.

— Oui madame, dit le comte, en baisant avec respect et une grande émotion cette belle main qui venait à lui en signe de paix ou de douce compassion.

Dans l'après-midi, il y eut un salut solennel à l'église du couvent de la Visitation ; monseigneur le vice-légat y assistait entouré de tout le clergé doré. Mme l'abbesse, placée au milieu de son chapitre, se montra majestueuse et dans un grand recueillement à la magnifique tribune qui lui était réservée. La cérémonie fut auguste : des voix mélodieuses chantèrent les cantiques de l'église, l'orgue répondait à ce chœur angélique et l'encens remplissait le sanctuaire de ses odorantes vapeurs.

Or, derrière un pilier de la nef, bien loin du chœur, caché dans la foule, un homme prosterné sur les dalles priait, humble et ignoré : c'était le comte-abbé. Nul ne le remarqua, et avant la sortie du cortége M. d'Ambert s'était éloigné. Ce jour-là même il venait de vendre tous ses biens, tous ses joyaux de famille, tout ce qui lui appartenait dans ce monde pour arracher la terre seigneuriale de Sarzane aux mains de l'usure et pour en assurer à Régine, qui devait tout ignorer, la libre et entière possession.

FIN DU PREMIER VOLUME.

DEUXIÈME VOLUME.

I.

M. SALVADOR.

L'hiver de 1789, on le sait bien, fut des plus rigoureux dans le nord de la France. A Paris, les vivres et le bois de chauffage montèrent à des prix fabuleux. Le peuple souffrit beaucoup dans cette cruelle saison; il murmura contre les classes privilégiées; le clergé et la noblesse furent injuriés par les ennemis de la royauté, qui déjà préparaient les esprits à ce formidable soulèvement qui amena la révolution. Cependant, pour répondre aux calomnies les plus odieuses (l'accaparement des grains entre autres) la cour de France répandait largement ses bienfaits sur le peuple; les campagnes environnant Versailles se souviennent d'avoir vu le roi Louis XVI portant des secours dans les chaumières par le temps le plus rigoureux. La reine, de son côté, se refusait toute dépense en dehors des choses nécessaires; elle donnait à pleines mains avec cet élan, cette vivacité de cœur et cette grâce inimitable qui la rendaient la meilleure et la plus charmante souveraine du monde. Noble femme, dont la vie fut un enchantement, un triomphe et un martyre! Voyez à quoi tiennent les destinées humaines; si en 1789 il y avait eu en France huit ou dix pervers ambitieux de moins, Marie-Antoinette, adorée du peuple, eût continué à en être l'amour, et la révolution française très-probablement n'eût été qu'une glorieuse et pacifique rénovation politique et sociale!

Mais, grand Dieu, est-ce que nous ne touchons pas ici à la philosophie de l'histoire! Est-ce que nous n'avons pas soulevé du bout des doigts quelque vieille défroque de politique? Ah! fuyons bien loin et sans détourner la tête encore. La politique dans le roman de Régine, ce serait une grosse araignée tendant ses toiles, et prenant au passage le peu de raison, de verve et de sentiment que nous possédons, et dont nous avons grand besoin pour la suite de notre récit.

Revenons à Sarzane, où nous appelle un intérêt de cœur; retraite paisible aux environs de laquelle tourne un génie affolé d'une étrange et terrible passion.

Le printemps, dans toute l'efflorescence de la jeunesse, s'était arrêté sur ces riantes collines des bords du Rhône qui reflètent dans le fleuve leurs couronnes d'olivier et de chênes verts. Dans le parc du domaine de Sarzane tout était grâce et épanouissement. Les lilas balançaient à la brise leurs panaches odorans; les chèvrefeuilles jetaient aux branches leurs arcades de guirlandes; les grenadiers s'étoilaient de fleurs rouges; les charmilles de jasmins se tapissaient d'une neige parfumée; les arbres de Judée étalaient avec orgueil leurs rameaux chargés de grappes roses, et les grands marronniers au sombre feuillage dressaient par milliers leurs plumets indiens.

Mais de quels ramages s'animaient tous ces massifs de verdure! Que de mélodies dans ces retraites ombreuses où chaque arbre avait son nid, où chaque nid avait ses amours! Le merle siffleur répondait aux roucoulemens des ramiers; la mésange s'égosillait à tenir tête aux gammes éclatantes du rossignol; le pic-vert courait de branche en branche, railleur et caquettant comme un trouble fête; le loriot arrivé du sud, et perché comme un solitaire au sommet des sycomores, chantait son étrange cantilène, et la grive sautillante bruissait et piquait d'un bec agile les baies des genévriers.

Douce et ardente nature du midi, je connais vos enchantemens, et au milieu même de Paris, vos souvenirs me reviennent bien souvent comme ces bouffées odorantes arrivant des rives américaines à ceux que le calme retient au large sur un navire immobile. O chère contrée de mon pays, me sera-t-il donné de te revoir et de baiser encore ce sol sacré où je plantais aussi mes arbres, où j'abritais aussi mes amours, sans prévoir les haines sourdes et les intérêts sordides qui couvaient contre moi, et qui devaient un jour me forcer à prendre, dépouillé, le chemin de l'exil. Riant Languedoc, charmante Provence, que le Rhône sépare, mais que le même ciel réunit;

Beou pays, dou razin, beou pays dé l'ouliva.

Beau pays de la vigne et des oliviers; si jamais, descendant le fleuve, j'aborde à vos rivages, je fais vœu d'aller à l'une de vos chapelles catholiques; et à défaut d'or et d'argent, que je n'ai plus, je fais vœu d'aller, comme offrande, déposer au pied de l'autel tout ressentimen qui murmure encore et toute colère dont mon cœur s'est lassé.

Étrange, étrange nature que celle du poète! Pourquoi mêler ainsi son âme au récit du temps passé? Pourquoi devant le mirage du pays natal, au lieu de suivre une action romanesque, jeter une plainte étrangère au sujet du livre, et parler de soi-même quand on s'est fait le conteur d'une histoire qui date du siècle passé?

Encore une fois, revenons à Sarzane.

Penchée sur la rampe d'un balcon donnant sur le parc au rez-de-chaussée, et protégée des rayons du soleil de mars par les tiges immenses d'un lilas à fleurs blanches, Régine de Réalmont regardait avec une curieuse attention Mlle Isane jetant des poignées d'orge à des volées de pigeons qui venaient s'abattre dans les allées du parterre, devant le château. C'était un tableau ravissant. Isane était le type de la grâce provençale unie à la coquetterie espiègle de son âge; Régine représentait toute l'élégance et la dignité d'une grande dame de Versailles, habitant sa terre et rêvant d'une poésie mystérieuse.

Les pigeons arrivaient à tire d'ailes de tous côtés. Ils savaient qu'à une certaine heure du jour, vers midi, un splendide banquet de céréales les attendait à Sarzane. C'était une idée de Régine; elle se plaisait à nourrir ainsi tous les colombiers du voisinage; c'était une manière toute nouvelle et pleine de grâce de faire des largesses aux bons paysans du pays, ses amis les meilleurs certainement. Tel colombier des environs enrichissait un ménage par ses pigeons devenus superbes, grâce aux distributions d'orge et de graines de toutes sortes que le château répandait sur les plates-bandes de son parc. Mlle Isane était donc la grande panetière de tout ce peuple aérien, et certes, je doute que le ministre de Pharaon lui-même, dans toute sa gloire, fût plus adoré des enfans du Nil alors qu'il leur ouvrait les greniers d'abondance.

Régine se plaisait à la belle humeur d'Isane lançant des grains à pleines mains, et mêlant les plus jolis propos à ses largesses.

— En vérité, disait la *caméristc*, voilà d'heureux pigeons! ils ont ici la table, la promenade et l'ombrage pour leurs amours. Regardez donc, madame la comtesse, ce gros pattu se rengorgeant comme M. le prévôt du chapitre d'Avignon. C'est un personnage d'importance. Quand il dîne, il reçoit à coup de bec les jeunes clercs qui l'approchent. Et ce drôle à pattes rouges, l'œil vif et l'aile frétillante? Monsieur courtise les plus jeunes mères, comme un marquis à talons rouges. Il roucoule et ne perd pas un grain d'orge. Bon sujet, bon vivant! on lui cherchera une belle fiancée. Et cette petite mère sentimentale, comme disent les livres des romanciers, regardez, madame, avec quelle délicatesse elle *picote* les meilleures graines. Ne dirait-on pas qu'elle a peur de déformer son bec? mijaurée, va!

Et les poignées de grains lancées en demi-cercle clapotaient de plus belle sur le dos et les ailes du peuple colombin.

— Isane, reprenait Régine, tu négliges beaucoup ces deux pigeons, très-timides, que je vois là-bas à l'écart.

— Oh! quant à ceux-là, reprenait la charmante fille, je les connais; ils n'ont besoin de rien.

— Comment, ils n'ont besoin de rien? demanda Régine.

— Eh ! sans doute, madame. Ces deux tourtereaux ne sont-ils pas épris d'une tendresse vertueuse l'un pour l'autre ? Ils soupirent, madame ! ils sont amoureux, madame! Que leur faut-il ? La fraîcheur des bois, la solitude et la causerie. Ils vivraient de leurs regards et de l'air du temps...

Amans, heureux amans, voulez-vous voyager?
Que ce soit aux rives prochaines....

Eh bien ! madame la comtesse, continuait Isane, vous vous retirez ? Vous ne voulez pas attendre la fin de cette fable que j'ai apprise dans vos livres? Tenez, tenez, voilà nos deux fiancés partis pour les bois...

Amans, heureux amans, voulez vous voyager?...

Et Isane de chanter ce refrain et de mettre La Fontaine en ritournelle, comme une folle qu'elle était. Régine était revenue au balcon, un peu émue, on le voyait. La fable des Deux Pigeons renfermait peut-être une allusion cachée que ne soupçonnait pas Isane. Mme de Réalmont était du petit nombre de ces natures élevées et mystérieuses qui ne prennent que Dieu pour confident des secrètes pensées de leur cœur ; comme toute autre elle pouvait avoir son rêve et son enchantement, mais plus fière que toute autre, elle était de celles qui restent impénétrables dans leur sérénité. Voilà pourquoi elle voulut détourner la conversation.

Isane, dit-elle, nous avons aujourd'hui à dîner M. Salvador, notaire à Avignon. Il s'est annoncé par une lettre. Il sera ici dans une heure. Il est plus de midi ; a-t-on prévenu à l'office ?

— Oui, madame, répondit la jolie *caméristе*. Son excellence et son importance et sa sapience, monsieur Salvador, notaire royal pour la France, et protonotaire pour notre Saint Père le Pape, trouvera aujourd'hui à Sarzane une réception digne de lui. Marthon la cuisinière est prévenue; elle connaît les goûts délicats du notaire protonotaire ; le cher homme aura sa patisserie feuilletée, sa brochette de bécassines, sa crême au café et ses biscotes de Calvisson qu'il adore.

— Ah ! que nous sommes moqueuse, mademoiselle Isane, ajouta Régine. C'est vraiment impardonnable ! Je me reproche mon peu de sévérité. Monsieur Salvador est un homme grave, un noble caractère, et de plus il m'est très-dévoué.

— Eh ! madame, qui en doute ? reprit Isane. Est-ce que je ne sais pas qu'il donnerait tous les melons de Cavaillon (et Dieu sait s'il en est friand !) pour pouvoir signer un beau contrat de mariage entre madame la comtesse et un grand seigneur de la cour ?

— Vous tairez-vous, Isane ? dit Régine un peu fâchée.

— Si madame l'ordonne, je suis prête à me taire, répondit l'étourdie en reprenant ses distributions de graines.

— Oui, vraiment, je le veux, dit Mme de Réalmont. Vous vous imaginez des choses...

— Moi ? reprit Isane. Je ne fais que répéter ce que disent bien des gens des environs.

— Ah ! et que dit-on?

— Puisque madame me défend de parler...

— Allons, Isane, vous n'êtes que moqueuse et vous ne savez rien.

— Je ne sais rien, madame ? reprit la jeune fille piquée au vif. C'est possible. Dans tous les cas, les gens qui jasent prétendent savoir que madame la comtesse est demandée en mariage par des partis superbes ; et ils pensent que madame la comtesse, dans son propre intérêt, comme dans l'intérêt de tout le pays quelle comble de ses bontés, ferait à merveille de se marier et de rendre à Sarzane son ancienne splendeur. Voilà ce que l'on dit.

— En vérité, dit Régine, il est des gens qui s'occupent beaucoup trop de moi. Ils ne savent donc pas que j'ai eu beaucoup de chagrins, et tout mon désir est de me retirer du monde; que le couvent est dans mes goûts tout à fait, et que je finirai par m'y réfugier.

— Et que deviendra Sarzane, madame la comtesse? demanda Isane avec émotion.

— Si j'en faisais une maison de religion ; un refuge pour les pauvres filles, par exemple ?

— Oui, dit Isane en soupirant, c'est fort beau cela ! Mais, tenez, madame, je suis trop franche pour ne pas vous avouer que j'aimerais mieux que le château restât un noble château tel qu'il est, et que ce riche parterre de fleurs ne devînt pas un potager. Les choux et les raves sont fort utiles sans doute ; mais j'aime autant les roses et les œillets, moi.

— Ah ! Isane, tu es mondaine, mon enfant ! reprit Régine.

— Un peu, c'est possible. Que voulez-vous? Jusqu'ici le monde ne m'a pas fait les cornes, et nous ne nous sommes jamais brouillés.

— Les cajoleries et les complimens te perdront, mon enfant.

— Moi, madame? Dites plutôt qu'on perdra toujours avec moi complimens et cajoleries. Est ce, par hasard, que madame la comtesse croirait, entre autres choses, que je me suis laissé monter la tête par les galanteries à manchettes de ces deux beaux messieurs de l'autre jour?

— Non, dit Régine. Je sais que tu es sage malgré ton petit air espiègle et ta tête légère.

— Madame est bien bonne, dit Isane en saluant. Mais, pour en revenir à ces messieurs, on les cite précisément au nombre de ceux qui aspirent à la main de madame.

— Quelle folie ! répondit Régine.

— Dame ! reprit Isane; ils sont jeunes et de grande maison. On les dit fort bien à la cour de France, et de plus ayant chacun une fortune superbe... Eh ! eh ! tout complimenteurs et pimpans qu'ils peuvent être, ces deux nobles messieurs deviendraient peut-être très-raisonnables... Ce sont de grands seigneurs... et en y réfléchissant on reconnaît en eux beaucoup d'éducation et de savoir-vivre...

— Vraiment? dit Régine. Ils ont le bonheur d'avoir l'approbation d'Isane ?

— Ils ont ce bonheur, madame.

— Et lequel des deux l'emporterait sur l'autre aux yeux de mademoiselle? demanda la comtesse.

— Ma foi, je serais assez embarrassée, dit la jolie *camériste*. Le vicomte est fort noble, mais le marquis est bien distingué. Ce sont deux officiers du roi..... Oh ! que je voudrais les voir en grand uniforme.

— De sorte, mademoiselle, que ces messieurs ont une part égale à votre admiration.

— Tout à fait, madame. Et ils le savent bien, allez.

— Comment cela ? demanda Régine à moitié sérieuse.

— Mon Dieu, ce n'est pas un secret. Cela s'est passé en plein soleil et devant M. Pyrénée lui-même. L'autre jour, avant de remonter à cheval en partant d'ici, ces messieurs m'ont vue dans la cour ; l'un m'a dit, en parlant de l'aventure du lavoir : Sans rancune, mademoiselle. Et il m'a baisé la main droite. L'autre a repris : Restons amis, mademoiselle. Et il m'a baisé la main gauche.

— Ah ! ah ! j'ignorais cela, dit Régine. Je m'explique à présent comment mademoiselle Isane est restée sensible à un hommage si bien partagé.

— Que voulez-vous, madame ? Je n'ai pu y échapper, et puis, vous le dirais-je, j'ai bien vu et bien compris que cet hommage, ainsi que vous l'appelez, n'était pas tout à fait pour moi seule, et que la meilleure part allait à l'adresse de madame la comtesse.... Ce qu'on n'obtiendrait jamais de la maîtresse, on le prend à la servante..... Pauvres filles que nous sommes !

Isane dit ces dernières paroles avec un attendrissement qui fut d'un effet électrique sur le cœur de Régine. Elle descendit les quatre marches du perron à rampe et s'approchant de sa charmante femme de chambre, elle lui prit la main et la regarda, mais avec un sourire mouillé de larmes. Isane était vraiment émue. Elle baisa les mains de Régine et se mit à pleurer. Personne n'était là si ce n'est quelques beaux pigeons jouant dans les plates-bandes. Régine vit sa chère Isane si attendrie, et la regardant avec tant d'intérêt et d'affection qu'elle la serra dans ses bras en lui disant :

— Mon enfant, tu as de l'âme, et je crois que tu m'aimes sincèrement. Prends garde à ta légèreté ; c'est ton seul défaut. Sois-moi toujours attachée..... Quoi qu'il arrive, je ne t'abandonnerai jamais.

— Ah ! madame ! s'écria Isane, à vous toute la vie ! Mais de grâce, si vous avez des chagrins, dites-les-moi. Plus de couvent, madame ! Oh ! ne pensons plus à cela !...

Régine avait des larmes aux yeux... Elle était pâle, et dans ce moment-là plus belle et plus attrayante que jamais.

— Eh bien ! oui, dit-elle à Isane; oui... dans l'occasion, je te dirai ma peine ; mais aujourd'hui c'est impossible. Viens, mon enfant, allons voir monsieur Salvador. J'ai entendu la cloche. Quelqu'un est arrivé à Sarzane.

A la première époque de la révolution on dînait encore à une heure après-midi, à la campagne surtout. Sous le régime de la Terreur on ne dîna plus. Aux jours calmes de la fin du Directoire on commença à dîner à quatre heures. Sous le Consulat, le dîner se servait entre quatre et cinq heures. L'Empire mit son couvert splendide à cinq heures. La Restauration dîna à six heures. Depuis le milieu du règne de Juillet jusqu'à nos jours, l'usage de dîner quelques minutes avant sept heures a prévalu. Nos enfans se mettront à table à huit heures, et la postérité dînera à minuit. Il serait plus simple dès aujourd'hui de reprendre l'usage du souper, ce repas du bon vieux temps, des jeunes amours et des robustes tempéramens.

M. Salvador était un homme ponctuel en affaires et réglé comme sa montre dans les habitudes de la vie. Il savait qu'on dînait à une heure à Sarzane. Sa voiture de campagne, une lourde chaise à soupentes, entrait dans la cour du château à midi et trois quarts. Mme de Réalmont l'attendait sur le perron, et ce fut en lui tendant la main qu'elle le reçut. M. Salvador savait son monde; il s'inclina respectueusement et prenant cette noble main amie il la porta légèrement à ses lèvres. Puis, offrant le bras à sa belle cliente, il l'amena jusqu'au grand salon où il la salua en trois temps, apparemment par égard pour les six ou huit portraits d'aïeux qui le regardaient.

M. Salvador, notaire-royal et protonotaire de la chambre apostolique, était bien le type le plus sincère de cette honorable race de tabellions qui se recommandait autant par sa haute et inébranlable probité que par sa vaste érudition. Mais M. Salvador avait une qualité brillante de plus, il était homme d'esprit. Chercherons-nous à donner une idée de la physionomie et de l'acabit du grave et bon notaire? Pourquoi non? On aime à voir les gens à qui l'on a affaire. M. le notaire royal était donc un homme de soixante ans environ, mais jouissant d'une santé robuste et d'une vigueur d'esprit peu commune. Deux mentons servaient de base à sa belle figure colorée, calme et riante. Son front était bien développé; de beaux cheveux poudrés à blanc formaient le rouleau autour de l'oreille et allaient se perdre dans une bourse de moire noire ornant le dos et se dodelinant d'une épaule à l'autre sur une neige à l'iris inondant le collet de l'habit. Cet habit, d'un drap fin et soyeux, noir et ample, était de cette coupe traditionnelle dite à la Française. Une large veste de satin noir-violet cuirassait le personnage sans trop dissimuler l'ampleur de la poitrine et de l'abdomen. Une belle épingle en diamant fixait le jabot; des manchettes de dentelles se jouaient sur les mains ornées chacune d'un anneau; des boucles d'argent ciselé miroitaient sur le soulier, et quant à la jambe que le notaire avait eue très-belle, elle était chaussée d'un bas de soie noire et d'une transparence rosée. Ajoutez à cette tenue magistrale un chapeau à triple corne que M. le notaire ne posait jamais sur sa tête, mais qu'il portait toujours entre le coude et le flanc, et vous aurez une idée, imparfaite peut-être, mais suffisante, je le pense, de l'honorable M. Salvador. Nous ne pouvons oublier non plus une canne haute et à pomme d'or, un jonc mâle à arrête filante, que le notaire-royal tenait habituellement de la main droite, près des glands, et sans trop s'y appuyer, à la manière du grand roi Louis XIV, se promenant dans les jardins de Saint-Cyr au milieu des nobles pensionnaires de Mme de Maintenon.

La cloche annonça le dîner, et M. Salvador reprit son rôle d'introducteur, le bras arrondi et la démarche ferme et grave. Notre intention n'est pas de décrire un menu que Mlle Isane a, du reste, assez exactement fait connaître. M. Salvador était gourmet; la cuisine du château de Sarzane était excellente; le bon notaire dîna donc de grand appétit, servi souvent par les belles mains de Régine; double bonheur pour un appréciateur délicat comme il l'était.

Quand on revint au salon on y trouva Mlle Isane posant sur un guéridon les plus belles porcelaines, vieux Sèvres, et ce fut elle qui servit le café. Dans cette attitude, une cafetière d'argent à la main et se penchant un peu pour verser, elle était ravissante, laissant admirer à loisir la finesse et le pliant de sa taille. M. Salvador ne manquait pas ces occasions-là pour rappeler ses souvenirs mythologiques; Isane était Hébé versant le nectar. Cela arrivait de source.

Mais Hébé, fort agréable au banquet des Dieux, eût été déplacée dans une sérieuse conversation d'affaires. Isane se retira. M. le notaire s'assit carrément sur le canapé et Régine, dans un fauteuil à trois pas de lui, le sourire sur les lèvres et dans le regard.

— Allons, madame la comtesse, dit M. le notaire, j'ai maintenant toutes mes idées; c'est au fond d'une tasse de café que je les retrouve, après un dîner charmant. Voyons, madame.

M. Salvador expliqua le but de sa visite, car il s'était annoncé à Sarzane depuis deux jours. Régine l'écouta avec une attention mêlée de vague inquiétude, mais aussi avec une angélique bienveillance. Pour répondre à l'excellent notaire elle prit ce ton de demi gaîté qui, même dans une situation sérieuse, est de bonne compagnie chez une femme du monde.

— Enfin! dit-elle à M. Salvador, le protocole diplomatique est connu. Je sais maintenant à quoi m'en tenir. C'est un mariage que vous me proposez, mon excellent notaire. Et vous aussi!...

— Et moi surtout, reprit M. Salvador. Et moi surtout, madame, je vous conseille de vous marier.

— Vous ne me trouvez donc pas heureuse?

— Non, madame.

— Vous ne croyez donc pas à un bonheur possible en restant dans mon indépendance.

— Non, madame.

— Et quant à ma vocation...

— C'est une folie, dit M. Salvador, avec une franchise adorable.

— Ah! monsieur le notaire, comme vous me traitez! ajouta Régine en lui jetant un regard pénétrant et doux.

— Oh! répliqua l'homme de bien, je suis fait à la fascination angélique de vos yeux, madame la comtesse, je suis armé en guerre, et je vous déclare que je suis venu à Sarzane avec l'inébranlable résolution de livrer bataille à toutes vos idées de retraite, de cloître, de mysticisme, d'exaltation religieuse; et Dieu sait cependant si je suis l'ennemi de l'église et des couvens en particulier. Maintenant venons au fait. Je suis positif comme un contrat. Deux partis se présentent.... .

— Je les devine, dit Mme de Réalmont.

— Ils sont dans d'admirables conditions de naissance et de fortune.

— Ils ont même de grandes distinctions personnelles, ajouta Régine.

— Certainement, reprit M. Salvador; l'un se nomme....

— Le vicomte de Chalux, dit Régine.

— L'autre s'appelle...

— Le marquis de Pampelone.

— Très-bien! répliqua le notaire. Ils sont venus chez moi...

— Et vous ont mis parfaitement au fait de leur position.

— Comme vous dites, madame la comtesse. Puis, il a été question de vous, et ils m'ont fait l'honneur de me prendre pour....

— Leur très-honorable intermédiaire.

— Sans doute. En me suppliant....

— Oh! oh! ces messieurs supplient! dit Régine.

— De me rendre auprès de vous, madame...

— Pour me supplier, à votre tour, monsieur, de me prononcer pour l'un des d'eux.

— Précisément, madame la comtesse.

— En ajoutant que si je refuse de me prononcer, monsieur?...

— Réduits au désespoir, madame...

— Il ne leur restera plus, monsieur...

— Qu'à aller se jeter, madame...

— Dans les gouffres du Rhône, monsieur...

— Non, madame.

— Et où donc?

— Dans les rangs de l'armée autrichienne, pour combattre la Turquie, et mourir sur le champ de bataille...

— Ou pour devenir, chacun de son côté, feld-maréchal, monsieur.

— Peut-être, madame!

— Quand je vous le disais, monsieur!

Evidemment M. Salvador était battu. Il avait fini par rire et Régine aussi.

Mais la conversation ne tarda pas à prendre un caractère plus sérieux. Le notaire avait reçu plusieurs lettres de Paris assez alarmantes sur la situation de la cour. Il était prouvé aux yeux des gens intelligens que les grandes réformes projetées entraîneraient de terribles concessions. Les intentions généreuses du roi étaient connues. Il se mettait à la tête, en homme de cœur et en chrétien, d'une régénération qui devait illustrer son règne et ouvrir une ère nouvelle pour la France. Mais Louis XVI se trouvait dans cette périlleuse situation. Il était exposé à mécontenter les uns et à ne pas satisfaire les autres; placé entre les classes privilégiées et le tiers état, il était forcé de combattre à ceux qui ne voulaient rien céder, et, de l'autre, ceux qui voulaient tout obtenir; d'une part la résistance, de l'autre l'entraînement.

M. Salvador parla fort sagement et développa des idées lucides, puisées dans la belle boîte d'or où il plongeait souvent deux doigts délicats; prenant du tabac en vrai président. Quant à Régine, une idée fiévreuse la préoccupait : la position critique de la reine, son adoration.

Le notaire, passant des considérations générales à des appréciations particulières, aborda un sujet tout à fait personnel : la situation fâcheuse où pouvait se trouver, selon les événemens probables, une jeune femme, vivant isolée, privée de toute protection naturelle, celle d'un père ou celle d'un mari. M. Salvador ne plaisantait plus, même au sujet de MM. de Pampelone et Chalux, qui à ses yeux devenaient des hommes sérieux. Au fait il avait raison; sauf quelques afféteries bien pardonnables, ces deux gentilshommes étaient doués d'un mérite réel et de haute valeur : grandeur dans les sentimens, intelligence, éducation, naissance, fortune, ils réunissaient tout ce qui constitue ce qu'on nomme une belle alliance.

Régine écoutait, mais avec un trouble évident. Quelquefois même un petit mouvement de lèvre, un coup-d'œil de côté, une légère rougeur trahissaient un peu d'impatience. M. Salvador allait son chemin, la tête appuyée contre le dossier du canapé, la parole abondante et nette, la tabatière d'or roulant entre deux doigts sous l'impulsion de la main droite.

— Enfin, monsieur, s'écria tout à coup Régine, votre opinion formelle est-elle donc que je sois forcée de me marier?

— Oui, madame, répliqua le notaire.

— Et le couvent ne vous paraît donc plus un refuge assuré?

— Le couvent? reprit l'excellent notaire. Y pensez-vous? De tous les refuges, je crois qu'il finira par devenir le plus dangereux, au train dont vont les choses.

— Mais en supposant que les temps deviennent mauvais, ajouta Régine, est-ce que je ne suis pas aimée et respectée de tout le pays? est-ce que je ne trouverais pas un protecteur dans chaque villageois des environs?

M. Salvador ferma un instant les yeux comme pour réfléchir plus à l'aise, puis il reprit :

— Vous êtes adorée, madame, de tous ceux qui vous entourent, c'est un fait certain. Mais dites-moi franchement si la reine elle-même ne l'est pas de ses serviteurs? Eh bien ! (je souhaite de passer un jour pour avoir été un alarmiste, même ridicule) eh bien! madame, en cas d'événemens comme ceux que je prévois, la reine de France courra les plus grands dangers, malgré le dévoûment sincère de tous les siens.

— Ah! monsieur, s'écria Régine, vous me faites frémir. Mais alors, reprit-elle avec un élan adorable, pourquoi ne suis-je pas auprès de Marie-Antoinette?... Je pars, monsieur; je veux partir pour Versailles.

En la voyant si animée et si belle, si grande et si attendrie, M. Salvador ne put se défendre d'un mouvement d'admiration, il joignit les deux mains et leva au plafond un regard expressif. Régine s'était levée avec une vive inquiétude, comme si elle eût voulu voler au secours de la reine. Le bon notaire lui prit la main et la pria de se calmer, la ramenant à son fauteuil avec une douce persuasion.

— Non, madame, non, reprit-il. Nous n'en sommes pas là, grâce à Dieu! la cour n'est pas menacée... et je puis me tromper sur l'avenir. En vérité, j'ai tort de vous alarmer... tant de gens, au contraire, espèrent des merveilles! Allons, allons, rassurons-nous pour nos amis couronnés, et revenons à nos affaires.

— Hélas! mon Dieu! dit Régine, je ne sais plus que croire et ne pas croire? encore si mes amies de Versailles se décidaient à m'écrire la vérité!... Si elles voulaient consentir à oublier un peu leurs futilités pour me parler sérieusement!... Mais non; on est fou à la cour! c'est le pays des chimères!...

— D'accord, madame, d'accord, reprit l'excellent notaire. J'ai toujours déploré les idées fausses et les inconséquences de cette belle cour de France qui s'éblouit de son propre éclat et ne voit rien au-delà du cercle de ses grandeurs. Que voulez-vous? depuis Louis XIV qui maîtrisait tout, l'air à Versailles est empreint de parfums capiteux qui donnent le vertige.

— Oh! vous avez raison, dit Régine. Si j'y étais restée, je serais devenue folle comme les autres. Ma retraite à Sarzane m'a sauvée.

— Oui, madame, reprit le notaire. Sarzane est le meilleur refuge pour vous, mais encore une fois...

— Vous me désolez, monsieur Salvador!

— Et je le vois bien, charmante comtesse! n'importe; je vous suis dévoué au point de m'exposer à votre haine en vous disant la vérité.

— Ma haine?... ah! jamais! jamais! reprit Régine. Parlez, ami excellent, parlez.

— Madame, dit Salvador, vous êtes orpheline et veuve, vous n'avez aucun parent dans le pays, seule héritière que vous êtes de votre nom; vous possédez une fortune assez considérable; vous êtes jeune... charmante... belle, très-belle... madame la comtesse, il vous faut un protecteur.

Régine regarda M. Salvador avec une expression indéfinissable pour lui. Il y avait quelque chose d'extraordinaire et d'inconnu dans ce regard... Le notaire, expert très-fin du reste, chercha vainement à deviner une pensée qui rayonnait dans les beaux yeux limpides de la comtesse, mais qui dans ce rayonnement même se perdait pour lui.

Mlle Isane entra dans ce moment-là.

— Madame, dit-elle, Pyrénée, le garde-chasse, revient de Saint-Cernin, où madame l'avait envoyé. M. le comte d'Ambert n'est pas encore arrivé chez lui.

Régine rougit subitement. Elle se trourna vers Isane, lui fit un signe de tête comme si elle ne pouvait parler, et la jeune fille se retira.

L'étonnement de M. Salvador augmentait; mais il avait entrevu un éclair. Alors, s'adressant à Régine.

— J'aurais pu, madame, dit il, vous éviter la peine d'envoyer à Saint-Cernin. Je savais que le comte-abbé n'était pas chez lui.

— Ah! dit Régine avec une inquiétude contenue, et où donc est-il? depuis quatre jours....

— Il était à Avignon avant-hier, madame, reprit Salvador, en se tenant sur ses gardes comme un observateur qui veut surprendre un secret.

— Avant-hier? et il est parti d'Avignon?...

— Oui, madame, dit le notaire, pour trois ou quatre jours. Il m'a dit avoir affaire à Aix. Il a dans cette ville un ami de cœur... un homme de haut mérite, M. l'archi-prêtre du chapitre métropolitain. C'est le conseil de M. d'Ambert, et en vérité le comte-abbé ne pouvait mieux s'adresser dans les circonstances présentes...

— Comment? dit Régine, qu'est-ce qu'il y a de nouveau dans la position de M. d'Ambert?

— Rien de nouveau, madame (reprit Salvador, qui avait son but), le comte-abbé suit ses résolutions; peut-être avance-t-il un peu le moment de se séparer de nous...

Régine avait pâli. Elle baissa les yeux. Le mouchoir de batiste qu'elle tenait à la main tremblait. M. Salvador reprit.

— Il ne faut pas nous le dissimuler, madame. La vocation de notre ami M. d'Ambert est aussi inébranlable que sublime.

— Vous admirez celle-là? demanda Régine d'une voix affaiblie. Celle-là n'est donc pas une folie?

— Ce n'est pas le moment de discuter ce point-là, madame, répondit Salvador. Je suis moi-même sous l'influence d'une vive émotion... et je comprends parfaitement aussi votre peine, madame la comtesse...

— Ma peine? dit Régine en cherchant à se ranimer.

— Eh! mon Dieu, reprit le notaire, cruel à dessein dans ce moment-là, je ne sais que trop qu'en perdant le comte-abbé, madame de Réalmont perd le plus dévoué de ses amis et son dernier protecteur dans ce pays-ci. Il ne faut plus se le dissimuler, d'ici à très-peu de jours, M. d'Ambert prendra l'habit religieux... il sera mort pour ce monde...

Régine, devenue pâle comme de l'albâtre, penchait la tête et tombait évanouie. M. Salvador, au désespoir d'avoir été si loin, M. Salvador, qui venait d'entrevoir la triste et terrible vérité, se leva brusquement et sonna les gens du château. Isane accourut à ce coup de sonnette si énergique; et quand elle vit sa maîtresse sans connaissance, elle jeta des cris et entoura de ses bras la belle et noble femme, sa tendresse à elle, sa souveraine bien-aimée. Le notaire se hâta d'aller chercher des secours; il revint avec deux autres femmes de la maison, et il se prit à faire respirer des sels à Régine, avec une sollicitude toute paternelle. L'excellent homme avait des larmes dans les yeux et l'on voyait toute sa désolation. Les femmes n'osaient l'interroger sur la cause de l'évanouissement de *madame*. Elles crurent que M. le notaire lui avait appris quelque malheur arrivé à une amie ou à une parente éloignée.

— Ah monsieur! s'écria Isane, il fallait me dire cela à moi; j'aurais pris mon temps..... j'aurais ménagé cela à madame.

M. Salvador se couvrait le visage d'un ample mouchoir et pleurait comme un jeune homme. Cependant la malade revint à elle-même peu à peu. Quand elle se vit au milieu de ses femmes, quand elle put rappeler ses idées, elle se prit à sourire à Isane, mais si tristement, que la pauvre enfant en fut toute bouleversée. Régine cherchait des yeux M. Salvador... il s'approcha d'elle, et Régine lui tendit la main.

— Vous êtes bien de mes amis, monsieur, lui dit-elle. Oublions ce que nous avons dit... mais revenez me voir bientôt.

On ramena la comtesse dans son appartement. M. Salvador avait demandé sa voiture, et comme il l'attendait sur le grand perron de la cour, Isane vint à lui :

— Voyons, dit-elle, voyons, monsieur le notaire, dites-moi tout! car vous êtes si bon!

— Mon enfant, répondit M. Salvador, Mme la comtesse s'est trouvée mal parce que nous avons causé de la perte d'un de nos amis.

— Vous me trompez, reprit la spirituelle et charmante camériste. Vous lui avez parlé d'un mariage, et c'est ce qui l'a bouleversée. Elle ne peut pas entendre prononcer ce mot-là, j'en ai eu la preuve aujourd'hui. Ainsi, M. Salvador, plus rien à ce sujet. Tenez, faites comme M. d'Ambert : il ne lui parle jamais de ces choses-là lui ; oh! il n'y a pas de danger. Du reste, je vous préviens que je vous surveillerai, moi!... Ah! vous me la rendriez pâle et triste comme une figure sur un tombeau. Prenez garde à vous, monsieur le notaire!...

M. Salvador sourit de la colère d'Isane, et, pour toute réponse, il lui dit qu'elle avait aussi bon cœur qu'elle était jolie. Puis il monta dans sa chaise de poste et partit pour la ville d'Avignon.

— Gros indiscret! dit Isane en rentrant au château.

II.

LES APPÉTITS GLOUTONS DE MAITRE THOMAS.

Trottant allègrement sur sa mule provençale, M. Thomas Ducrey, millionnaire, marchand de bestiaux et candidat à l'assemblée des états-généraux pour le tiers-état, s'aventurait, par un beau coucher de soleil, sur le chemin des bois qui menait de Villeneuve-lès-Avignon au château de Sarzane. Averti par les *lapins* de la Canourgue (et il les soldait libéralement), maître Thomas savait de bonne source que le comte-abbé était parti pour la ville d'Aix, et que les deux prétendants, MM. de Chalux et de Pampelone, étaient en route pour visiter la célèbre fontaine de Vaucluse (Vallis Clausa), où sans doute, comme tant d'autres soupirans, ils devaient graver un nom aimé sur le rocher de Pétrarque.

M. Ducrey mettait à exécution, ce soir-là, un projet très-hardi, mais d'une savante combinaison. Il se rendait résolument au château de Mme la comtesse de Réalmont dans un but que révèlera la suite de ce récit. M. Ducrey avait donné un soin extrême à sa toilette de campagne. Il portait un large habit gris d'un drap neuf et lustré, une veste de soie vert-pomme et des bottes molles montant jusqu'au genou, et fortement éperonnées. Son chef trivial, mais superbe, était coiffé d'un chapeau à haute forme, corné et gancé d'un galon moiré. Il avait à la main une longue cravache à pommeau d'acier, et les fontes de sa selle étaient garnies d'excellens pistolets de combat achetés chez un armurier d'Avignon, le fournisseur ordinaire des carabiniers du palais apostolique. Un portemanteau de cuir, très-énergiquement bouclé, était fixé sur le coussinet de la selle, de manière à porter sur la croupe de la mule sans trop charger cependant l'arrière-train. Quant au harnais de cette fringante monture provençale, il était d'une recherche de bon goût chez les gros marchands de bestiaux. La selle, forte, relevée au garot et au bourrelet de derrière, était ornée à ses paremens de jolis clous à tête ronde ; deux étriers argentés et ciselés emboîtaient les gros pieds du cavalier ; la martingale, bien cirée et parée d'un soleil de cuivre au poitrail, maintenait la fougue de la mule. Quant à la bride, elle avait son frontail enroulé d'un galon rouge et vert, un mors énergique et d'une riche ornementation, un filet blanc en soie et une sous-gorge d'où pendillait une petite demi-lune en acier. Ajoutons deux énormes rosettes de couleurs éclatantes aux coins des sallières, et nous aurons une idée à peu près complète du harnachement (grande tenue) de la monture villageoise de maître Thomas, surnommé Tamerlan dans tout le pays Vénaissin.

M. Ducrey avait choisi de préférence à l'un de ses chevaux sa mule vigoureuse, parce qu'il était sûr, avec elle, de ne jamais rester en route, selon l'expression consacrée, quelque longue que fût la carrière à fournir. Il avait parfaitement raison. La mule provençale était jeune, nerveuse, alerte, d'un jarret d'acier et d'un pied si sûr, qu'elle eût galopé sans broncher au milieu des rochers ; du reste, vive, intelligente, d'une allure souple, d'une bouche fine, d'une sobriété d'Arabe ; elle avait un œil de feu et un sabot terrible ; si bien que dans l'occasion, contre une attaque quelconque, messire Thomas n'avait qu'à provoquer une ruade de sa mule pour tuer raide son ennemi. La charmante avait le pied d'une violence et d'une précision à casser la tête au taureau le plus indomptable.

Telle était la vaillante monture sur laquelle M. Ducrey s'aventurait sur la route de Sarzane, par un beau crépuscule du soir. Le vieux drôle, il ne faut pas en douter, s'était tracé un plan stratégique bien autrement combiné que ne l'était celui des deux beaux gentilshommes que nous connaissons. Entre MM. de Pampelone et de Chalux et maître Thomas il y avait cette différence, que nos jeunes amis marchaient droit leur chemin, la tête haute, l'œil fier, enivrés d'une espérance folle et d'un parfum capiteux ; tandis que M. Ducrey, nature grossière, méchante et violente, couvait deux passions atroces, qui, si elles n'éclataient, devaient le dévorer : la beauté de Régine avait allumé chez lui les convoitises les plus ardentes ; et la stupide ambition de s'anoblir par la possession d'une terre seigneuriale lui grisait le cerveau. Ajoutons à ces appétits gloutons une soif brutale de vengeance contre une *caste* à laquelle il devait tout cependant, qu'il avait servie bassement et spoliée en vrai larron, et nous aurons une idée de ce personnage, qui, en 1789, se posait, à l'imitation de tant d'autres, hélas! comme le représentant des idées démocratiques et l'un des libérateurs futurs des classes déshéritées. Pauvre peuple! comme dans tous les temps on abusa de ta magnanime crédulité! Pauvre peuple, comme dans tous les temps tu donnas tête baissée dans le panneau des habiles et des ogres, croyant toucher au sol fleuri de la terre promise!

Or, maître Thomas, se prélassant sur sa mule et fumant du coin de la bouche une grosse pipe bien culottée, arrivait précisément à l'entrée de la nuit dans les futaies du domaine. Il connaissait à merveille le chemin, et ne prenait aucun souci de sa monture qui trottait et flairait l'air devant elle. La pleine lune luttait de clartés aurorales avec les derniers feux empourprés du couchant. Le soir était calme et limpide ; les aromes des bois arrivaient par bouffées.

— Les bonnes odeurs de lavande et de serpolet! se dit maître Thomas en aspirant la brise de ses deux narines largement ouvertes. Tout ici est enivrant! On se sent ensorcelé autour de ce satané château... Ah! ravissante et superbe comtesse, ma mie, nous aurons un rude combat à soutenir, mais, mordieu, il faudra que vous ayez le diable au corps pour y résister.

Après cet élan de tendresse passablement brutale, maître Ducrey, qui avait encore une lieue de chemin devant lui, se mit à réfléchir et finit par engager avec lui-même une sorte de dialogue coupé par des gestes et des exclamations. La solitude était profonde ; c'était l'heure des loups rôdant autour des parcs et des bergeries.

— De deux choses l'une, disait Thomas surnommé Tamerlan, ou j'aurai le château sans la comtesse, ou j'aurai la comtesse sans le château... Mauvaise chance! je veux la conjurer. Le secret serait de posséder le château sans perdre la belle dame. Satan peut cela facilement, lui! Allons donc! le diable n'existe pas, ou il n'est qu'un imbécile... J'ai combiné une manœuvre qu'il n'eût jamais trouvée tout seul. Le tabellion Salvador fournit les fonds et me paie pour que je ne touche pas à Sarzane? C'est bien. Je placerai et pointerai mes batteries de telle sorte que la comtesse, forcée un jour de quitter le pays, mettra elle-même Sarzane aux enchères, que j'achèterai le château et que la belle sera trop heureuse elle-même de capituler avec moi, de qui elle dépendra corps et biens, réputation et avenir... L'épouser, jour de Dieu!... quel rêve étourdissant! j'en ai le feu dans les veines! En faire ma femme, lui donner mon nom, l'avoir à ma discrétion, sous ma loi, soumise à mes volontés, devenir son époux enfin!... Si cela arrive jamais, j'ai peur que mon cœur éclate dans ma poitrine. Allons, monsieur Ducrey, du calme ; vous êtes une forte tête, vous êtes de ceux qui peuvent s'élever impunément et sans vertige. Suivons notre ligne tracée, et dirigeons bien la Mouna qui nous sera d'un merveilleux secours pour nous débarrasser d'un surveillant redoutable... taisons-nous ; si ces arbres allaient parler et nous trahir...

Maître Thomas fut pris d'une frayeur subite et étrange. Il regarda autour de lui, comme un poltron qui croit aux fantômes. Sa tête était montée ; il avait la fièvre dans ce moment-là ; la vision de Régine le rendait fou.

Cependant, il arriva à la grille du château. Il était nuit close. Les dogues aboyèrent, et Pyrénée, le garde-chasse, se

Catarina, se dégageant des bras d'Isane, fit quelques pas en avant, raide, effrayante comme une statue qui marcherait, et, le bras étendu, elle alla droit se placer devant M. le comte d'Ambert.

hâta d'aller reconnaître le nouveau venu. M. Ducrey se nomma sans hésitation, et dit qu'il avait une affaire des plus urgentes à communiquer à Mme la comtesse; qu'il arrivait d'Avignon tout exprès, et que si Madame voulait lui faire l'honneur de le recevoir un moment, il espérait lui prouver à quel point il lui était dévoué. M. Pyrénée, sans ouvrir la grille, se dirigea vers le château.

Il était neuf heures du soir. Mme de Réalmont, retirée avec Isane dans une petite bibliothèque qui lui servait de *boudoir* au rez-de-chaussée, sur le parc, lisait dans ce moment-là une relation de voyages qui intéressait beaucoup la *camériste*. Celle-ci brodait au tambour. Pyrénée rendit compte de sa mission. La comtesse hésitait; Isane interrogeait le garde-chasse sur le personnage inconnu. Pyrénée répondait que ce monsieur-là lui paraissait être un honnête homme; qu'il avait une bonne grosse tournure, une figure ouverte, et toute sa tenue annonçait l'aisance; que du reste il montait une mule magnifique...

— Voilà certainement un grand titre à la confiance et à l'estime des honnêtes gens, dit Régine en souriant.

— Ah! monsieur Pyrénée, ajouta Isane, en faveur de la mule, offrez-lui vos hommages et les miens.

— Enfin, reprit la comtesse, puisqu'il est seul, il n'a pas le projet, je pense, de nous intimider. D'ailleurs, Pyrénée, vous serez là, et mes gens sous la main. S'il s'agit d'une affaire sérieuse, j'aurais tort de ne pas le recevoir. Faites-le entrer, et soyez prudent.

Dix minutes après, M. Ducrey était introduit dans le château par le garde-chasse, qui le précédait. Le vestibule était éclairé par une lanterne-fanal pendue à la voûte; une grosse lampe brûlait sur la cheminée du grand salon. Maître Thomas, fort ému, mais contenant énergiquement ses impressions, reconnaissait à merveille tout cet intérieur du logis, où, dix ans auparavant, il avait vécu dans la domesticité du marquis de Valbonne. Maître Thomas savait de bonne source que pas un des anciens domestiques n'avait survécu. Quant à Pyrénée, il n'était au service de la comtesse que depuis cinq ou six ans; et pour ce qui était de Régine elle-même, comment aurait-elle conservé le souvenir d'un visage qu'elle avait perdu de vue depuis son enfance? D'ailleurs maître Thomas Ducrey n'avait pas servi le marquis sous ce nom-là.

Le garde-chasse ouvrit la porte de la bibliothèque, et, s'adressant à la comtesse.

— Madame, dit-il, voilà M. Ducrey.

— C'est bien, répondit Régine sans poser son livre sur la table. Donnez un siége à monsieur.

Maître Thomas salua profondément, sans oser lever les yeux sur la belle jeune femme dont le son de voix venait de le faire tressaillir. Pyrénée, sur un signe d'Isane, resta debout près de la porte entr'ouverte. M. Ducrey s'assit à six pas, hors du rayon de la lampe posée sur la table, et dont un abat-jour circonscrivait la lumière; placé ainsi dans la pénombre, il pouvait couver du regard Régine, qui, de son côté, ne le voyait que confusément.

— Monsieur, dit Isane, il faut que vous ayez à dire à madame la comtesse une chose bien importante.

Oui, mademoiselle, reprit maître Thomas, fort aise de commencer la conversation par cet intermédiaire. Sans être connu de madame la comtesse, je n'hésite pas cependant à la prier de vouloir bien être persuadée de tout mon dévouement. J'avais l'honneur, dans le temps, de fréquenter un peu les maîtres de ce château...

— Fort bien, dit Régine. Pyrénée m'a dit votre nom, monsieur. De quoi s'agit-il?

— Il s'agit, madame, répondit maître Thomas, de chercher un moyen de rendre le plus important service du monde à une personne que madame la comtesse honore de sa confiance, je dirai même de son amitié.

Régine laissa tomber le livre qu'elle tenait à la main. Isane le ramassa et le posa sur un rayon de la bibliothèque. Régine, devenue très-sérieuse, interrogeait du regard l'inconnu.

— Oui, madame, reprit Ducrey. Quelqu'un du voisinage est menacé d'un bien grand malheur!

— Ah! monsieur, expliquez vous, dit Régine avec une vive anxiété... Cette personne?...

— Eh! mon Dieu, madame la comtesse, répliqua Ducrey avec une hésitation satanique, c'est... c'est...

— C'est M. d'Ambert! s'écria Régine en pâlissant.

— Elle l'aime. Jour de Dieu! se dit maître Thomas en se mordant la lèvre. Hélas! madame, ajouta-t-il, c'est lui-même.

— Parlez, monsieur, je vous en supplie, reprit la comtesse.

Et, se tournant vers le garde-chasse, elle ajouta avec douceur:

— Pyrénée, vous ferez bien de vous retirer. Monsieur vient ici pour me parler d'une affaire qui concerne tout autre que moi... Vous comprenez, Pyrénée...

Le garde-chasse s'inclina, obéit, sortit, ferma la porte, mais il resta dans le salon, prêt à survenir au premier ordre.

— Je remercie madame la comtesse de sa bonté, dit Ducrey. Je ne pouvais parler devant un témoin.

Il regarda Isane, mais celle-ci était plus difficile à éloigner. Ce n'était pas une personne de peu d'importance que mademoiselle au château de Sarzane. Elle était habituée aux confidences, et, quoique jeune et fille, elle savait garder un secret.

— Monsieur, reprit Régine, veuillez parler librement. Ne me cachez rien. Quel malheur menace M. d'Ambert?

— M. le comte est sous le poids d'une dette énorme, dit Ducrey.

— Dieu soit loué! reprit vivement la noble femme. Ce n'est que de l'argent!

— Eh! madame, ajouta maître Thomas, perdre sa fortune n'est pas un accident ordinaire.

— Sa fortune! dit Régine. Mais comment cela se peut-il? M. d'Ambert a toujours été l'homme le plus rangé du pays.

— Ma 'ame la comtesse, poursuivit Thomas, Dieu me garde de la moindre censure au sujet du comte-abbé, que j'admire plus que personne. Mais il est des malheurs indépendans de notre volonté; et il n'est que trop vrai que votre noble ami est forcé aujourd'hui de vendre sa terre...

— Saint-Cernin, juste ciel! s'écria Régine avec une expression de douleur qui eût arraché des larmes à tout autre qu'à un vieux drôle comme Ducrey. Mais, monsieur, à combien s'élève cette dette! cent mille francs suffiraient-ils?...

Maître Thomas secoua la tête et baissa les yeux.

— Cinquante mille écus? dit Régine toute tremblante.

Ducrey ne répondit pas.

— Ah! monsieur, reprit la comtesse. Mais c'est affreux! Voyons, faut-il deux cent mille livres? je vais les emprunter; on prendra sur Sarzane telle hypothèque que l'on voudra.

— Oui, madame, dit Ducrey avec un calme féroce. Il faut deux cent mille francs... et il les faut dans vingt-quatre heures; sinon, après demain, M. d'Ambert sera ruiné, dépouillé de son patrimoine qui sera vendu à l'encan.

— Monsieur, dit Régine, je suis décidée à tout. J'aurai deux cent mille livres...

— Dans vingt-quatre heures, madame la comtesse? demanda Ducrey en regardant Régine d'un œil hypocritement attendri. Madame peut certainement beaucoup, mais pour trouver une pareille somme, il faut avoir recours à des hommes d'affaires, et ces gens-là n'ont pas le cœur généreux..... Ils multiplieront les formalités, ils prendront du temps, ils chercheront à établir leurs sûretés... cela demandera un mois.

— Ah! que je suis malheureuse! dit Régine en portant son mouchoir à ses beaux yeux.

— Tête et sang! se disait en lui-même maître Thomas, comme il est aimé! Madame, reprit-il, le but de ma visite n'est pas de vous affliger sans espoir de sauver M. d'Ambert.

— Parlez, parlez, reprit librement Régine. Je consens à tout.

— Oui, madame, je lis dans votre cœur tout le dévoûment que vous portez à un noble et malheureux ami. Je viens donc vous demander de me permettre de m'associer à des sentimens si élevés. Daignez-vous accepter mes services?

— Vous me rendez la vie, dit Régine. Dites, monsieur Vous êtes le plus généreux des hommes.

— Eh bien! continua Ducrey, j'ai cent mille francs à la disposition de madame la comtesse.

— Demain, monsieur?

— Ce soir, madame.

— Ah! que le ciel soit béni! mais il faut le double de cette somme, avez-vous dit?...

— J'aurai cent autre mille livres aux ordres de madame, ajouta maître Thomas d'une voix pateline.

Dans quelques jours, monsieur? demanda Régine avec l'accent de la joie.

— Demain, madame.

— Vous êtes admirable! s'écria la belle comtesse, les yeux brillans de larmes et un sourire sur les lèvres.

Maître Thomas tira de sa poche un large portefeuille et s'approcha de la table, se plaçant ainsi en pleine lumière à deux pas de Régine. Elle considéra cette figure étrange, ce personnage commun, ce type trivial et repoussant en toute autre occasion. Eh bien! la noble femme dans ce moment-là ne trouva rien en M. Ducrey qui pût inspirer la moindre défiance, le moindre éloignement. Cet homme lui parut d'une honnêteté attachante; elle éprouvait pour lui un sincère sentiment d'admiration.

Ducrey fouilla ses papiers et il en déposa quelques-uns sur la table d'acajou. Puis sortant d'une vaste poche de son habit une bourse énorme, il la mit brusquement près des papiers. L'or qu'elle contenait rendit un son de très-bon aloi. Pour la première fois de sa vie, Régine tressaillit de joie à ce bruit magique.

— Cette bourse contient quarante-huit mille livres... deux mille louis, madame la comtesse, dit-il.

Dénouant les cordons de la bourse de cuir, il laissa couler un flot d'or sur l'acajou.

— Si madame le désire, je vais compter...

— Ah! monsieur, dit Régine, y pensez-vous? ce serait me faire injure. Comment douterais-je de votre loyauté. Enfermez cet or.

— Bien, madame, reprit maître Thomas en remplissant et fermant la bourse. Maintenant voici pour cinquante-deux mille francs de mandats à vue à toucher chez mon notaire à Avignon, M. Grippardin, un parfait honnête homme chez qui j'ai mis des fonds en dépôt. Il paiera à vue, je le repète. Ma signature est bonne, madame. Quant au reste de la somme, le voici représenté par un autre mandat de cent mille livres payable à la trésorerie de monseigneur le vice-légat. J'ai fourni à son éminence des bestiaux pour les fermes du domaine de l'église appartenant au saint-siége dans le comtat Venaissin. La trésorerie m'a remis ce mandat payable à volonté. Je crois, madame la comtesse, que nous avons bien là deux cent mille livres.

Régine était sous l'impression d'un étonnement et d'un sentiment de gratitude qui lui ôtaient la parole. Elle regardait M. Ducrey avec tant de douceur, et ce regard avait tant de fascination, que maître Thomas, ivre de sa passion énergiquement contenue, aurait perdu la tête si Mlle Isane ne se fût trouvée là. Il détourna la tête et se mit à arranger ses papiers.

— Monsieur, reprit Régine, ce que vous faites là est très-beau. Vous voyez à quel point j'en suis touchée... Vous sauvez M. d'Ambert de la ruine... vous devenez presque un bienfaiteur pour moi-même. Mais, monsieur, la dette que je contracte envers vous est bien considérable, et je dois veiller à vos sûretés précisément parce que vous avez la générosité de ne pas m'en parler. Je vous offre donc, monsieur, une hypothèque de la somme de deux cent mille francs sur ma terre de Sarzane.....

M. Ducrey porta ses regards autour de lui comme s'il se disait à lui-même:

— Sa terre de Sarzane? mais elle est bien à moi... c'est une autre hypothèque qu'il me faut.

Puis prenant un air surpris et presque fâché:

— Ah! madame la comtesse, ajouta-t-il, pourquoi me faire injure?

— Mais, monsieur, y pensez-vous? deux cents mille livres prêtées de la main à la main? dit la naïve et charmante femme.

— Eh bien! madame, répondit maître Thomas, dont la tête s'échauffait, dans quelles mains plus belles.... plus honorables, ai-je voulu dire, pourrait-on remettre cette somme?

Régine jeta un coup d'œil sur M. Ducrey: elle fut étonnée de l'accent avec lequel il avait prononcé ces dernières paroles et du ton ardent dont se colorait son visage. Mais, mettant cette émotion sur le compte d'une générosité extrême, elle resta sans défiance.

— Cela est très-flatteur pour moi, reprit-elle en souriant Cependant, monsieur, je vous le répète, j'exige que vous ayez une garantie de moi. Je veux reconnaître par écrit que vous m'avez prêté cet argent....

Maître Thomas triomphait dans son cœur satanique; il touchait au but qu'il visait depuis quelques jours. Il voyait son plan réussir à souhait.

— Madame la comtesse le veut absolument, dit-il. Dieu me garde de la contrarier. Eh bien! la signature de madame me suffira. Je refuserais toute autre garantie.

— Ah! monsieur! ajouta Régine, vous avez les sentimens les plus nobles du monde. Oui, certainement, je vous donnerai ma signature; et, fallût-il vendre la moitié de ce que je possède, cette signature vous garantira un remboursement intégral de la somme.

— Madame la comtesse ne vendra rien, reprit Ducrey avec un sourire de profonde dissimulation.

Mlle Isane était toujours là, brodant du tulle au tambour, et de temps en temps piquant légèrement le bout de ses jolis doigts, tant cette conversation surprenante la rendait distraite. Sa présence gênait beaucoup maître Thomas; il aurait donné une belle somme d'argent pour éloigner cette fille, ce témoin candide, mais très-imposant. Il roulait donc dans sa grosse tête je ne sais combien d'expédiens tous plus mauvais les uns que les autres afin d'obliger Isane à se retirer, lorsque cette idée lucide lui passa devant les yeux.

— Pourquoi tant de diplomatie? se dit-il en lui-même. Allons droit au but; il est tout simple que j'aie une confidence à faire à la comtesse en lui remettant des fonds aussi considérables.

Prenant alors un air sérieux et composé:

— Madame la comtesse, dit-il, j'ai une grâce à vous demander, et je prie mademoiselle que voilà de vouloir bien agréer mes excuses. Ayant une chose confidentielle à communiquer à madame....

— Isane, mon enfant, reprit aussitôt Régine, il est tout naturel que M. Ducrey ne veuille parler qu'à moi seule en cette occasion. Mon oratoire est là; il est éclairé par une lampe.... Allez-y un moment, Isane, et remerciez Dieu de la grâce qu'il me fait aujourd'hui; vos prières d'abord, les miennes bientôt après.... ce sera bien ainsi.

Isane se leva lentement, un peu inquiète, on le voyait. Elle regarda M. Ducrey en face; celui-ci détourna les yeux. Elle regarda la comtesse avec un sorte de tristesse; sa maîtresse la rassura par ces mots:

— La porte de l'oratoire peut rester ouverte.

La charmante jeune fille se leva, inquiète, émue, hésitant à chaque pas. Elle tourna la tête deux ou trois fois ne pouvant se décider à quitter du regard ce personnage étrange et qu'elle eût voulu en quelque sorte démasquer. Arrivée sur le seuil de la porte de l'oratoire, elle dit ces mots à Régine:

— Madame, j'obéis à vos ordres; je suis là devant le reliquaire de la statue de la sainte Vierge... Je vais prier afin que ma chère maîtresse ne commette aucune imprudence.

—Ah! mademoiselle, reprit vivement maître Thomas. Vous me soupçonnez?...

— Non, monsieur, dit Isane. Mais il m'est bien permis d'avertir madame la comtesse qu'une signature est une...

— Quoi donc, mademoiselle? ajouta Ducrey.

— Est... une signature, répliqua Isane en lui lançant un éclair de son œil noir.

Elle entra brusquement dans l'oratoire. La porte resta grande ouverte. La bonne et jolie *caméristе* s'agenouilla devant le prie-dieu, de manière à tout voir ce qui pouvait se passer dans la bibliothèque, sinon de manière à tout entendre.

M. Ducrey sourit de la meilleure grâce du monde en apparence, mais contenant au fond un violent mouvement de colère contre la jeune fille. Quant à Régine, tout entière à l'idée de sauver M. d'Ambert de la ruine, elle se contenta de dire en soupirant:

—Bonne Isane! excellente et charmante enfant!

Maître Thomas se trouvait donc enfin presque en tête à tête avec cette femme dont la beauté l'avait en quelque sorte *ensorcelé* depuis deux ans; de cette femme dont il avait si souvent et en vain épié les démarches et suivi les traces, comme un loup affamé suit une brebis gardée par un berger vigilant Or, ce gardien de Régine, cette providence infatigable et d'une intelligence merveilleuse, avait été jusque-là le noble et infortuné M. d'Ambert. Avec une adresse et un mystère incroyables, il était parvenu à couvrir d'une invisible et incessante protection cette ravissante femme qu'il adorait et qui ne se doutait ni du martyre, ni de la passion, ni de la surveillance angélique dont elle était l'objet. Maître Thomas, il est vrai, risquait de payer un peu cher le tête à tête en question si ardemment convoité; mais le drôle avait pourtant si bien dressé son filet qu'il y avait dix à parier contre un que la *belle* serait prise, et que l'oiseleur Ducrey ne perdrait pas un écu de ses deux cent mille livres.

La comtesse avait elle-même déposé sur la table un superbe encrier d'argent massif, des plumes et du papier. Pour cela faire il avait fallu se lever, et Ducrey avait pu admirer de ses yeux ardens, et à deux pas de lui, cette taille de *nymphe*, si élancée et si souple, cette grande et suave tournure, ces bras d'une blancheur rosée, et qu'une mitaine noire cachait à peine, et ces mains fines, belles, aux ongles transparens, et cette riche chevelure dont le parfum enivrait les sens. Oui, cette fière Régine, jusque-là aperçue de très-loin à la dérobée, comme une brillante illusion qui éblouit et passe, cette délicieuse femme qui si longtemps tourmenta sa pensée et brûla ses sens, elle était là à deux pas de lui. Elle lui parlait, elle le regardait de toute la douceur et de tout le brillant de ses yeux, elle lui adressait les plus harmonieuses paroles de louange et de gratitude... Ah? certes, maître Thomas avait une tête forte et une énergie à toute épreuve, mais, en vérité, si la porte de l'oratoire eût été fermée, si la caméristе n'eût été à vingt pas de là, que fût devenue la tête de maître Thomas? Le drôle libertin se serait-il permis une de ces incartades si soudaines et si inouïes que les plafonds peuvent se fendre et les portraits des murailles parler tout à coup?... Ou bien, le pauvre homme, prosterné, aurait-il baisé les pieds divins de son idole, au risque d'être repoussé comme un chien? La première hypothèse est la plus acceptable, selon nous, connaissant le caractère et les ambitieuses gloutonneries de maître Thomas, surnommé Tamerlan.

Régine était assise devant la table d'acajou, en face de M. Ducrey qui se tuait à la regarder et oubliait tout.

— Eh bien! monsieur, dit la comtesse, j'ai la plume à la main et le papier sous la plume. Que faut-il écrire? est-ce un acte? dictez.

— Un acte, madame la comtesse? reprit maître Thomas, jamais; une simple reconnaissance me suffit et au-delà. Tenez, madame, il est un moyen très-commode de tout arranger; mes sûretés même, puisque vous y tenez, seront garanties. Veuillez écrire sur cette feuille de papier, au bas de la page, cette seule phrase et sous laquelle vous mettrez votre signature. Avez-vous pleine confiance en moi, madame la comtesse?

— Mais il me semble, monsieur, que ce serait à moi à vous adresser cette question, dit Régine. Et cet'e phrase?...

— Elle approuvera les conditions du prêt que j'ai l'honneur de vous faire, et ces conditions, je les écrirai à tête reposée, après avoir pris conseil, pour la forme, de mon notaire.

Ducrey prononça ces dernier mots à voix couverte, de manière que Mlle Isane ne pût rien entendre, malgré toute l'attention qu'elle prêtait à la conversation. Régine interrogeait du regard maître Thomas, qui, prenant un air de bonhomie incroyable, se mit à lui dire: — Voici le fait en deux lignes écrites sur ce papier libre, ce qui n'engage à rien du tout: « Je soussignée, reconnais approuver l'écriture ci-dessus, et » adhérer aux conditions exprimées. Reçu la somme de deux » cent mille livres. » Une signature après ces mots, madame la comtesse, et je me tiens pour l'homme du monde le mieux garanti. Il est bien entendu, ajouta-t-il en souriant, que dans les conditions, il ne sera parlé ni d'intérêts, ni de termes fixés pour le remboursement. Madame sera libre de me rendre la somme à son bon plaisir... sans cela où serait le mérite du service rendu? où serait le mérite d'avoir voulu m'associer à madame dans une belle et bonne action, celle de sauver de la ruine le plus digne de tous les gentilshommes?

Pendant qu'il parlait encore, Régine écrivait exactement

les deux lignes qui lui avaient été proposées. Elle les écrivait au bas d'une feuille de beau papier satiné, et dont le coin portait l'empreinte d'un écusson à ses armes. Pendant que la plume courait sous l'impulsion des doigts effilés et blancs de la comtesse, le cœur de maître Thomas battait avec violence. Si Régine avait regardé le marchand de bestiaux dans ce moment-là, elle se serait arrêtée, effrayée de la joie infernale qui éclatait sur son visage. La noble femme, confiante et si heureuse de l'idée de sauver M. d'Ambert, signa de son nom les lignes de son écriture. Elle prit ensuite la feuille de papier et la présentant à Ducrey: — Est-ce cela, monsieur? lui dit-elle avec un sourire à rendre fou.

Maître Thomas reçut le papier, sa main tremblait; Régine s'en aperçut, elle en fut même étonnée.

— Eh bien! monsieur, dit-elle, on dirait que vous ave peur pour moi! D'ordinaire c'est le créancier qui fait trem bler le débiteur...

— Madame la comtesse, reprit Ducrey, pardonnez à mon émotion. Je ne peux voir avec indifférence tant d'héroïsme dans l'amitié. Vous vous chargez d'une dette si forte!

— Oui, dit Régine, mais je la contracte envers un homme si loyal, que je n'en ai pas l'ombre de frayeur.

Ducrey avait plié le papier, dont il avait respiré le parfum à la dérobée. Il le mit dans son portefeuille. Se levant alors, il parut vouloir prendre congé. La comtesse rappela Isane, qui arriva aussitôt, inquiète, pensive et portant sur maître Thomas un regard d'une expression de défiance qui approchait de la dureté.

— Pardon encore une fois, mademoiselle, dit Ducrey en s'efforçant de sourire. Les affaires sont quelquefois très-sévères...... Allons, cessez de me bouder. Je ne crois pas avoir manqué en rien à tout ce que l'on doit à votre noble maîtresse. Dans tous les cas, ajouta-t-il en montrant l'or et les papiers déposés sur la table, si vous m'avez pris pour un malhonnête homme, convenez que je suis un voleur d'une singulière espèce.

— Monsieur, répondit Isane, si madame me le permettait, je vous obligerais à me montrer le papier que vous avez mis dans votre poche.

— Ah! vraiment? dit Ducrey d'un ton léger. Voyez donc le charmant notaire que nous avons là! et comme nous avons eu tort de nous priver de ses conseils!

— Oui, monsieur, je veux voir ce papier, dit Isane en allant droit à maître Thomas.

— Mon enfant, reprit Régine, ce que vous faites là n'est pas bien. Vous devez plus d'égards à M. Ducrey, qui se conduit envers moi avec une extrême délicatesse. Isane, je vous ordonne de rester ici...

Maître Thomas s'inclina profondément, et Régine toucha une sonnette d'argent placée sur la table. Pyrénée parut aussitôt pour prendre ses ordres,

— Accompagnez, dit la comtesse, et dites à deux garçons de ferme d'allumer un fanal, et d'escorter monsieur jusqu'à la grande route.

— Madame, reprit Ducrey en s'inclinant de nouveau, cela est parfaitement inutile; je suis armé, et d'ailleurs je connais les bois de madame la comtesse comme s'ils m'appartenaient.

Il sortit précédé de Pyrénée. Arrivé dans la cour, maître Thomas demanda sa mule, qui lui fut amenée par un palefrenier. Il sauta sur sa monture, et, sans vouloir être accompagné, il piqua des deux. La grille était ouverte; Pyrénée vit la mule bondir sous l'éperon, et s'élancer dans l'avenue comme si elle fuyait devant des coups de feu. Il écoutait le bruit du galop, lorsqu'il crut entendre, à deux cents pas dans les bois, un éclat de rire satanique. Pyrénée fut tenté de prendre un cheval et de courir après cet homme de fort mauvaise mine qui venait de le quitter si brusquement. Mais la mule vigoureuse était déjà bien loin. Pyrénée referma la grille, et revenant à pas lents et la tête penchée: — Dieu nous protége! se dit-il à lui-même. Est-ce le démon que j'ai entendu rire dans les bois?...

III.

LA MOUNA.

La nuit avait été orageuse Une grosse pluie mêlée de violens coups de tonnerre n'avait cessé de tomber par torrens. Mais vers les six heures, un soleil radieux se levait sur les chaînes alpines, et semblait chasser devant lui de grands nuages de couleur violacée. Les bois inondés ruisselaient de pierreries aux rayons du matin; toute la campagne souriait, et des myriades d'oiseaux gazouillaient dans les champs et les bocages. Par cette belle matinée de printemps, comment résister à l'entraînement d'aller respirer à l'air libre les aromes des plantes et les senteurs des feuillages? Comment résister au chant de l'alouette, qui bat de l'aile dans le ciel au-dessus du champ de blé vert où elle a caché son nid? Folles et tendres amours des oiseaux, que de fois vous avez attendri et égayé le cœur du voyageur modeste, longeant à pied un pénible chemin? Douce et fraîche nature aimée du laboureur et du poëte, que de fois je suis allé moi-même contempler vos ravissantes harmonies? Est-il un sentier du vallon natal que je n'aie parcouru à l'aube du jour? est-il un arbre, un rocher, une touffe de lavande, dont je n'aie gardé le souvenir?

Vers le midi, la chaleur avait déjà séché l'herbe des champs; les feuillages des arbres avaient perdu leurs diamans liquides. Le soleil des derniers jours de mars, dans le Midi, aspire à lui la fraîcheur de la terre avec un amour qui tient de la violence.

A un mille environ du château de Sarzane, dans des futaies de chênes verts, trois chevaux revenaient d'une longue promenade. Régine, accompagnée de Pyrénée et de Mlle Isane (excellente écuyère comme sa maîtresse), Régine avait voulu aller elle-même dans la matinée s'informer de M. d'Ambert à Saint-Cernin. Elle retournait chez elle pensive et inquiète; le comte n'avait pas donné de ses nouvelles à ses gens depuis quelques jours. Arrivée près d'une grande mare d'eau entourée d'algues, de glayeuls et d'iris sauvages, la comtesse vit son cheval dresser l'oreille et elle le sentit frissonner. Elle l'arrêta. Pyrénée s'avança près de la mare. Cette eau toute couverte du plus beau tapis de mousses verdâtres et de plantes aquatiques, cette eau était profonde et dangereuse. Pyrénée, descendu de cheval et tenant sa monture par la bride, examinait çà et là ce qui avait pu provoquer l'hésitation du cheval de sa maîtresse, car ce beau cheval limousin était de ceux dont les instincts ont une finesse que rien ne saurait tromper. S'il avait la jambe d'un cerf, il avait aussi l'ouïe, l'œil et le flair du chien de chasse.

Pyrénée avait parcouru une partie du circuit à travers de vieux saules, lorsque Régine, qui le suivait à vingt pas de distance, lui indiqua de la main un gigantesque peuplier d'Italie s'inclinant sur l'eau et au pied duquel gisait une femme qui paraissait endormie. Les chevaux furent dirigés de ce côté; on trouva, en effet, sur les herbages à l'ombre du peuplier, une jeune fille dont les vêtemens annonçaient une étrangère. Elle était couchée sur le coude et cachait son visage.

— Je la crois Catalane, dit Pyrénée. Voyez son costume, madame la comtesse.

— Non, répondit Régine, cette femme est italienne; elle appartient à la classe du peuple soit de Naples, soit de Rome.

— Ses souliers sont percés, dit Isane. La malheureuse aura voyagé à pied et sera tombée de fatigue près de cet arbre.

Régine descendit de cheval et s'approcha de l'étrangère, que Mlle Isane cherchait à relever. L'inconnue parut se réveiller, et en voyant les deux femmes et les chevaux devant elle, elle jeta un cri, et voulut se relever, saisie de frayeur.

— Rassurez-vous, dit Régine. Comment êtes-vous ici toute seule et endormie, près de cette mare qui est dangereuse?

L'étrangère ne répondait pas, regardant tantôt Régine, tantôt Isane d'un air égaré.

— Mon Dieu, madame, qu'elle est jeune et qu'elle est belle! dit la camériste.

— Elle a l'air d'avoir souffert beaucoup, reprit Mme de Réalmont. Comment allons-nous faire pour amener cette pauvre enfant au château?

Pyrénée s'était approché après avoir attaché les trois chevaux au tronc d'un arbre.

— Il y a près d'ici une maisonnette de bûcherons, dit le garde-chasse; ces braves gens ont une petite charrette. Si madame la comtesse m'y autorise, je vais...

— Allez vite, Pyrénée, dit Régine, et prenez soin qu'on mette de la paille neuve sur la charrette pour cette malheureuse enfant.

Le garde-chasse partit au galop de son cheval dans la direction de la maison des bois. Isane s'était assise auprès de l'inconnue, et elle cherchait à la ranimer en lui faisant respirer un petit flacon de sel anglais. La comtesse, debout devant elle, contemplait avec une curiosité attendrie cette jeune fille d'Italie, dont la beauté était aussi touchante qu'elle était d'un type merveilleux. Il y avait de l'égarement dans les grands yeux noirs de l'étrangère; son teint était d'un brun mat et cendré; ses cheveux, onduleux et abondans, se déroulaient sous le chapeau de paille qu'elle portait; son corset de velours, orné d'un reste de dentelle dorée, indiquait une fille des quartiers populeux de Rome ou des environs d'Albano. En général, les vêtemens de cette inconnue n'annonçaient pas la pauvreté, mais ils prouvaient par des déchirures récentes que la jeune fille avait dû voyager à pied, et qu'elle avait probablement été privée d'argent pendant sa longue route. En la voyant si écrasée de fatigue, si abattue et si résignée à tout, Régine avait des larmes dans les yeux. Elle lui adressa quelques questions, auxquelles l'étrangère ne répondit que par un regard étonné.

— Elle ne parle pas le français, probablement, dit Isane. Madame sait l'italien...

— Assez mal, dit Régine, mais peut-être assez pour lui faire entendre qu'elle n'est pas tombée en mauvaises mains.

Alors, cherchant à se rappeler quelques locutions bien simples, bien intelligibles, la charmante comtesse se mit à parler à l'inconnue en langue toscane, mais avec un accent si français que la jeune fille se prit à sourire.

— Elle vous comprend, madame, dit Isane.

— Oui, répondit Régine, mais elle sourit de pitié. Enfin, elle a souri... c'est déjà beaucoup.

On entendit un bruit de roue et de chevaux. Par un heureux hasard, Pyrénée avait rencontré à cinq ou six cents pas de là les bûcherons allant au bois avec leur charrette. Il les amenait avec lui.

— Dieu soit loué! s'écria Régine. Voici Pyrénée et nos braves bûcherons.

La charrette, petite et basse, s'approcha du groupe. Les bûcherons portaient toujours avec eux quelques bottes de foin pour leurs chevaux. On fit un lit de ce foin aromatique et Isane se mit en devoir de soulever la pauvre étrangère à demi-morte de lassitude. Aidée de Pyrénée et même de Régine, Isane parvint à placer sur la charrette la jeune Italienne ayant à peine le sentiment de ce qui se passait autour d'elle.

On remonta à cheval; on escorta la petite charrette qui allait au pas et avec toutes les précautions les plus recommandées, et trois-quarts d'heure après, on arrivait dans la cour de Sarzane, au grand ébahissement de tous les gens du château et des fermes accourus pour voir cet étrange cortége.

— Mes amis, dit la comtesse à tous ceux qui l'entouraient, nous avons rencontré cette inconnue dans le bois, près de la mare, mourant de fatigue et de besoin. Dieu nous l'a donnée... ayons bien soin d'elle; ce sera peut-être une compagne de plus pour moi. Vous tâcherez de lui faire aimer Sarzane.

Dix minutes après, l'étrangère était installée dans une excellente chambre du château et recevait de Mlle Isane les soins les plus empressés et les plus délicats.

Régine, un peu triste de l'absence prolongée de M. d'Ambert, mais fort heureuse d'avoir porté secours à la pauvre Italienne, s'était retirée dans la bibliothèque du rez-de-chaussée et lisait plusieurs lettres arrivées en son absence. Il y en avait une de M. le marquis de Pampelone, lettre respectueuse et tendre, telle qu'un Amadis devait en écrire. Mais cettelettre annonçait le retour prochain du comte-abbé, qu'on avait revu la veille à Avignon. M. de Pampelone et sa lettre gagnèrent beaucoup dans l'esprit de la comtesse.

— Allons, dit-elle, je n'ai pas perdu ma journée. Une jeune fille sauvée, un ami qui revient... c'est beaucoup. Dieu soit loué.

Elle achevait à peine sa lecture que Mlle Isane entra dans la bibliothèque.

— Eh bien! dit Régine, et la pauvre enfant?

— Ah! madame, reprit la *cameriste*, c'est à en pleurer pendant huit jours. Après avoir repris ses forces, grâce à l'excellent bouillon que lui a donné la cuisinière, cette italienne nous a raconté en partie ses malheurs. D'abord, elle ne parle pas mal du tout le français, sauf un accent étranger assez prononcé. Cette pauvre créature est née à Rome. Madame l'avait deviné. Elle est fille d'un boulanger habitant le quartier du.....

— Du *Transtévéré*, dit la comtesse. Un quartier populeux, le quartier de la vraie race romaine.

— C'est cela. Il y a environ deux ans que notre belle éplorée, car elle est vraiment très-belle avec son teint brun, gris d'ambre, et son œil de gazelle et ses cheveux noirs, ondés comme si on les avait passés au fer... et puis, madame, quelle main fine et les fortes épaules pour une taille si mince!.....

— Isane, Isane, reprit Régine, vous vous éloignez terriblement du *Transtévéré*!

— Au contraire, madame, puis *qu'elle* dit que les femmes de ce quartier-là lui ressemblent toutes. Il y a donc deux ans que notre jolie boulangère, assise dans sa boutique et vendant des gateaux au safran, ne pensait qu'à Dieu et aux belles cérémonies de Saint-Pierre, lorsqu'elle fut remarquée par un jeune seigneur français qui devint épris d'elle tout à coup, comme le papillon s'éprend d'un bouton de rose entrouvert...

— Isane, Isane, reprit la comtesse, vous aimez beaucoup certaines comparaisons, ma chère.

— Eh! madame, la comparaison est d'*elle*. Au bout d'un mois le jeune seigneur, à moitié fou d'amour, demandait en mariage la jeune fille. Le père refusa. Il avait ses vues ailleurs... la passion s'en mêla. La jeune boulangère ne résista pas aux séductions du Français, et un beau soir, un rendez-vous fut donné. On monta en chaise. On partit pour la Toscane. On arriva à Florence, et on logea dans une auberge sous un faux nom. La police de ce pays-là est très-bonne.

— Il me semble, Isane, que vous en avez assez appris, dit Régine.

— Madame, j'en sais encore.

— Soit. Abrégez. Allez au fait, à l'abandon de cette pauvre créature.

— Oh! le roman ne finit pas si vite. On s'aimait, madame, et on voulait absolument se marier. Malheureusement le jeune seigneur avait une famille sévère, et dont le consentement était indispensable. On écrivit en France. Mais le consentement n'arrivait pas; et le jeune seigneur ne trouvait pas un prêtre assez complaisant pour le marier. Enfin, madame, après neuf à dix mois...

— Mademoiselle, dit Régine, d'un air sérieux, vous auriez dû ne pas écouter la suite de ce récit. Je devine tout. Laissez moi.

— Mais, madame, reprit la camériste, *elle* fut si malheureuse...

— Oui, on l'abandonna, dit vivement la comtesse... C'est l'histoire déplorable de toutes les jeunes filles assez folles pour oublier Dieu, leur famille, leurs devoirs..... On l'abandonna, n'est-ce pas?

— Oui, et non, madame. Le jeune seigneur fut forcé de retourner en France. Il laissa une assez belle somme d'argent à l'infortunée. Il promit de revenir. Elle l'attendit pendant de longs mois. Ah! madame, que d'angoisses! Que de larmes versées en silence, près d'un berceau...

— Pauvre chère enfant! dit Régine, les yeux en pleurs.

— Le chagrin, madame, ne pardonne pas. La malheureuse italienne écrivit à sa famille pour rentrer en grâce. Le père fut inflexible et refusa de la recevoir, la menaçant de la faire enfermer à son arrivée à Rome. Elle resta à Florence. Mais, grand Dieu! l'enfant était souffrant... sa mère avait tant de douleur... elle lui donnait un lait appauvri... Hélas! la maladie devint grave... Le pauvre enfant mourut.

— Assez! assez, mon Dieu! s'écria Mme de Réalmont avec des sanglots.

— Oui, madame, assez! Je conviens même que c'est trop. Que devint la malheureuse?... Elle perdit la tête; un jour, folle de douleur, elle voulut se jeter à l'Arno... On la sauva. On la transporta dans un hôpital, mais, comme après quelques semaines on la menaçait de la faire partir pour Rome, et de la rendre à sa famille, elle s'échappa. Ayant encore quelque argent à elle, cette pauvre insensée partit pour le Piémont, faisant la route tantôt à pied, tantôt transportée sur des charrettes de marchands forains. Elle arriva ainsi jusqu'à Nice. Là, elle s'informa de la famille, ou plutôt du pays natal du jeune seigneur. On le lui indiqua, et elle reprit son chemin pour aller trouver son séducteur, décidée à mourir à ses pieds s'il la repoussait. C'est ainsi qu'elle a traversé la Provence, qu'elle a passé le Rhône et qu'elle s'est aventurée à travers nos bois pour gagner le pays...

— Quel pays habite donc ce jeune seigneur? demanda Régine fort étonnée.

— Madame, elle a refusé de répondre à cette question. Ce doit être le haut Languedoc, ou l'Auvergne, car, d'après la route que prenait l'étrangère, il est probable qu'elle voulait traverser tout ce pays-ci pour gagner les hautes montagnes des Cévennes.

Régine restait absorbée dans de sérieuses réflexions. Revenant à elle:

— Vous a-t-elle nommé le gentilhomme indigne qui l'a trompée? demanda t-elle.

— Non, madame.

— Et son nom à elle-même, le savez-vous?

— Elle m'a dit se nommer Catarina. Dans son quartier, à Rome, on l'appelait la belle *Fornarina*.

— C'est bien, dit Régine. Nous aurons soin de Catherine, et nous prierons Dieu pour elle. Il ne dépendra certainement pas de moi qu'elle ne rentre dans sa famille et bien réconciliée avec elle, ou bien je ferai tout au monde pour...

— Pour qu'elle épouse le gentilhomme, madame? reprit Isane. Oh! ce serait mieux... Je dis même que ce serait de toute justice.

— Vous avez raison, mon enfant, répondit la comtesse. Mais, hélas!... dans tous les cas, Isane, que cette grande infortune soit pour vous et pour vos amies une haute leçon. Voyez le résultat d'une passion qui n'est approuvée ni de nos parens, ni de Dieu.. Si Catarina avait eu des principes religieux bien solides, si elle avait été se jeter aux pieds de la Sainte Vierge...

— Oui, oui, madame a raison, dit la *camériste*. Mais quand la tête tourne...

— Tâchez, ma chère, de conserver la vôtre, lui répondit-on. Retournez vers Catarina; donnez-lui tout ce qui lui est nécessaire, du linge, des souliers, de bons vêtemens... et surtout ne la faites plus causer sur ses malheurs. C'est moi que cela regarde maintenant.

Isane quitta le salon pour aller retrouver l'italienne Catarina. Mme de Réalmont, que le récit de la camériste avait émue, éprouvait une de ces tristesses vagues, indéfinissables qui sont quelques fois des pressentimens. Régine avait de l'inquiétude; elle voulut lire; elle ferma son livre aussitôt. Elle se prit à arranger des glayeuls et des narcisses dans un beau vase du Japon, et la gerbe de fleurs se formait si mal qu'elle l'abandonna. Rêveuse, distraite, presque alarmée, elle alla respirer le grand air au perron donnant sur le parc. Là, accoudée sur la rampe de fer doré, elle regardait les oiseaux voletant d'un arbre à un autre, et les nuages fuyant comme des voiles dans l'azur du ciel, lorsque Pyrénée entra dans le salon et annonça l'arrivée de M. le marquis de Pampelone.

Régine se retourna vivement. Cette visite inattendue pouvait la surprendre, mais dans ce moment-là elle la regarda comme une heureuse diversion.

— Oui, dit-elle, oui, certainement. Faites entrer monsieur le marquis. Comment? reprit-elle à part, il est tout seul?

En effet, pour la première fois, M. de Pampelonne arrivait sans son fidèle compagnon. Euryale s'était séparé de Nisus. C'était inouï, presque alarmant. Mais le marquis entra d'un air si dégagé et avec une bonne grâce si franchement épanouie que la comtesse fut à l'instant rassurée.

— Ah! monsieur, ne put-elle se défendre de lui dire, je ne vous demande pas des nouvelles de M. de Chalux, il est dans l'avenue, n'est-ce pas?

— Eh bien! non, madame, répondit en souriant le charmant marquis. Nos deux étoiles se sont séparées; momentanément, j'en conviens. J'ai fait un coup de tête; j'ai rompu un traité; profitant d'une occasion fort rare, je me suis échappé du filet Chalux, et montant à cheval comme on court à l'ennemi, j'ai pris le chemin de Sarzane. A l'heure qu'il est le vicomte est très-fortement engagé dans une dissertation théologique; il parle latin avec monseigneur le vice-légat, à Avignon. Par exemple, je ne serais pas étonné de le voir arriver sur mes traces; il a le flair exercé pour savoir où j'ai passé. Oh! c'est un excellent limier quand il s'agit de me suivre...

— Soyez le bienvenu, monsieur le marquis, dit Régine. Vous m'avez donné des nouvelles de M. d'Ambert...

— J'avoue, madame, que l'occasion était trop belle pour manquer au bonheur de vous écrire.

— Et le comte-abbé va nous revenir?

— Il comptait aujourd'hui même se rendre à Saint-Cernin, par Sarzane; c'est la route obligée pour tout pays, quand on a vu une seule fois madame la comtesse de Réalmont.

— Dieu soit loué! dit Régine, il revient, ce pauvre comte! Vous a-t-il paru un peu affligé?

— Lui, madame? Mais non. Vous savez; c'est un esprit rêvant du ciel. S'il a quelque chagrin ce monde n'en saura jamais rien.

— Oui, oui, dit Régine. Je le reconnais-là. C'est notre modèle à tous, monsieur le marquis.

— Madame, répondit Pampelone, j'admire M. d'Ambert, et ne puis me défendre cependant de le plaindre beaucoup.

— Comment cela? demanda Régine.

— Eh! mon Dieu! avec tout son esprit et tous ses mérites, il me semble qu'il est aveugle. Comment se fait-il, c'est incroyable, que vivant depuis trois ans dans l'intimité adorable que je connais, le noble comte ne soit pas à vos pieds?

— Mais, monsieur, M. d'Ambert est un ami loyal, il est presque mon tuteur...

— Ah! madame, s'écria le marquis, quel rôle que celui-là avec une telle pupille!

— Monsieur, dit Régine en cherchant à rompre la conversation, avez-vous des nouvelles de Versailles?

— J'en ai reçu, répondit Pampelone. A Versailles, tout le monde parle de vous, madame, ce qui fait qu'à mon tour j'étourdis, par mes lettres, tous les échos de Versailles de vos perfections.

Il était clair comme le jour que M. de Pampelone arrivait à Sarzane ce jour-là avec la tête montée. Régine vit d'un coup-d'œil rapide la parabole que décrirait la conversation; elle comprit qu'avant dix minutes le marquis tomberait à ses genoux. Elle se trompait. Trois minutes s'étaient à peine écoulées que l'amoureux prétendant était à ses pieds.

— Non, madame, non, disait Pampelone, qui avait saisi la main de la comtesse, vous avez beau faire, vous n'échapperez pas à l'aveu d'une passion aussi respectueuse qu'elle est ardente. J'aurais payé de la moitié de ma vie l'occasion de vous rencontrer seule... et cette occasion inespérée la voilà.

Régine cherchait à dégager sa main. Elle voulut se lever et s'enfuir; mais elle avait affaire à un jeune mousquetaire fort habile dans un moment dangereux et fort résolu. Pour la première fois de sa vie la belle comtesse se trouvait dans cette situation difficile, imprévue, étourdissante. Un jeune homme à ses pieds! chez elle, dans son salon, à la campagne! et un jeune homme des plus cités à la cour de France par ses distinctions et ses succès! Ajoutons que M. de Pampelone était sérieusement épris de Régine, et que sous des dehors d'extravagance il brûlait d'une de ces passions qui saisissent le cœur tout entier et décident d'un avenir. Le marquis, dans ce moment-là, était tendre, respectueux, mais ardent; il avait l'éloquence de la vérité; ce qu'il disait avec enthousiasme il le ressentait profondément au fond de l'âme. Jamais de la vie Régine n'avait entendu un aveu pareil, à elle adressé et avec ce feu électrique qui pourrait animer un marbre. Elle comprit tout ce que la sévérité poussée jusqu'à la colère pouvait amener de dangereux; dans un incendie, il faut quelques fois faire la part du feu sous peine de voir les flammes dévorer tout un quartier. Mme de Réalmont ne chercha donc plus à retirer sa main de celle de M. de Pampelone; seulement elle le suppliait, à demi-voix, de se relever et de parler plus sensément, avec calme et réflexion. Belles exhortations, ma foi, en pareille circonstance, et surtout très-écoutées et très-suivies! le marquis, pour toute réponse, baisait avec transport la charmante main et jurait par toutes les puissances du ciel et de la terre qu'il n'aurait jamais d'autre adoration que Régine. Il est bien entendu qu'il mettait aux pieds de l'idole fortune, existence, titres, noms, avenir, dignités, tout ce qu'il avait et n'avait pas; tout ce qu'il possédait et tout ce qu'il rêvait... Pour peu que Régine eût voulu faire la moindre condition, il lui eût promis la couronne d'Espagne ou d'Autriche, et cela de la meilleure foi du monde.

Folie du cœur, où nous emportez-vous? Et quel jeune homme de vingt-deux ans n'a pas juré à une femme tout le magnifique empire de l'impossible?

Telle était la scène au salon du rez-de-chaussée, lorsque tout à coup on entendit marcher sur le sable, dans le parc, précisément sous les fenêtres ouvertes. Les pas se dirigèrent vers le perron, et au moment même où M. de Pampelone, en homme loyal, abandonnait la main de Régine et se relevait du parquet, quelqu'un parut sur le seuil de la porte vitrée donnant sur le jardin; c'était M. le vicomte de Chalux!

Régine, toujours assise dans son fauteuil, fut assez maîtresse d'elle-même pour ne pas jeter un cri. Le marquis de Pampelone, debout et le chapeau sous le bras, eut l'air de continuer un récit commencé... M. de Chalux ébahi, gourmé et piqué au vif, fit six pas en avant et vint saluer respectueusement Mme de Réalmont, qui lui rendit le salut de la meilleure grâce. Le marquis tournait sur ses talons cherchant à éviter de se trouver en face de son ami acharné, et à qui probablement il eût ri au nez de grand cœur; M. de Chalux, de son côté, tenant absolument à voir le visage de M. de Pampelone, faisait des contre-manœuvres et cherchait à surprendre son adversaire. Toute cette scène se passait en silence, et en vérité Régine en eût été fort divertie en toute autre occasion.

— Ah! ah! dit enfin le vicomte en se cambrant devan une glace.

— Eh bien! cher ami? lui demanda Pampelone, avez-vous rangé de votre avis M. le vice-légat au sujet de la *Cité de Dieu?* J'ai cru, ma parole d'honneur, que vous alliez lui citer tout Saint-Augustin.

— Oui, et tandis que je citais et récitais, reprit le vicomte, vous galopiez, cher ami. .

— Dame! Je n'ai jamais lu la *Cité de Dieu*, moi, et ne suis pas de force à discuter avec des légats du saint Siège!

— Non, dit le vicomte, mais vous êtes bien de force, cher ami, à sauter le Rhône à cheval pour venir ici, comme Roger sur l'Hippogriphe n'est-ce pas?

— Oui, cher ami, répondit Pampelone, mais avec la certitude de vous voir arriver, après moi, une demi-heure après tout au plus.

— Il est certain, monsieur de Chalux, reprit Régine, que je vous attendais si bien, que je vous avais demandé à monsieur de Pampelone. Vous êtes le bienvenu je vous assure.

— Diable! se disait Chalux, est-ce que je l'aurais sauvée d'un danger? Ah! marquis, vous me payerez cher ce tour-là!

— Et la preuve qu'on vous attendait, monsieur le vicomte, reprit Pampelone, c'est qu'on avait laissé ouverte la porte du parc... par laquelle vous n'avez pas manqué d'entrer.

— C'est la porte des amis de la maison, dit Régine. Monsieur de Chalux a tous les droits du monde d'arriver par là.

— Madame! répondit le vicomte en s'inclinant.— C'est égal, reprenait-il en lui-même, elle est trop douce et elle me fait trop de complimens pour que je puisse me rassurer. Evidemment le marquis a eu des succès...

— Ma foi, se disait de son côté M. de Pampelone, il en sera ce que Dieu voudra. En attendant, j'ai baisé la main de Régine, et j'en emporte un parfum et un souvenir pour toute la vie.

Un coup de cloche retentit à la grille du château. Ces messieurs allèrent jusqu'au vestibule et vinrent annoncer à la comtesse que M. d'Ambert entrait à cheval dans la cour. Cette fois, Régine jeta un cri. Elle se leva avec une vivacité surprenante et elle courut au-devant du comte-abbé qu'elle trouva montant l'escalier du grand perron. Ah! ce furent des exclamations, et des sourires et des paroles douces et joyeuses comme si M. d'Ambert arrivait des Indes.

— Eh! vous voilà donc? Quel ouragan vous avait emporté, monsieur le comte? Et comment avez-vous trouvé votre vieil ami l'archi-prêtre d'Aix? Et arrivez donc!... et comment vous portez-vous?... Ah! déserteur! quelle dissimulation profonde, inouïe!...

C'est ainsi, c'est avec de telles paroles que la comtesse, heureuse et riante, rentrait au salon en donnant le bras à M. d'Ambert. Celui-ci retrouvait sans surprise les deux gentilshommes à Sarzane. Il leur serra la main et ce rendez-vous tacite, mais bien imprévu des trois côtés, fut trouvé charmant et du meilleur goût. Mme de Réalmont donna des ordres pour le dîner, qui fut improvisé avec ce lyrisme étincelant et cette fécondité d'imagination dont était douée le *cordon bleu*, Marthon Deux heures sonnaient à peine, et on vint annoncer que madame la comtesse était servie. Ce fut à M. d'Ambert qu'elle donna le bras pour passer dans la salle à manger. Quant à M. de Chalux, il faisait de grandes politesses, au seuil d'une porte, à M. de Pampelone, qui les lui rendait à la porte suivante.

Pendant le dîner, la conversation fut étincelante; il semblait que chacun s'évertuait à égayer la scène. Rien de mieux en effet que l'imprévu. Il est d'autant plus le bienvenu dans le monde, que ce monde des convenances et des précautions est ordinairement hérissé de difficultés et torturé d'embarras. Mais qu'un bel imprévu arrive tout à coup et éclate comme une étoile lumineuse au milieu des sévérités rembrunies d'un salon, chacun respire à l'aise et tous les visages s'éclairent d'un reflet de joie.

Régine ne pouvait se lasser d'admirer la sérénité de son ami, M. d'Ambert, dont elle savait, ou plutôt dont elle croyait connaître depuis vingt-quatre heures la terrible position. Elle le voyait, sur le point d'être ruiné totalement, aussi calme, aussi bienveillant, aussi dégagé de toute préoccupation que si le comte-abbé venait de recevoir la plus agréable nouvelle du monde. Et cependant, aux yeux de Mme de Réalmont, la terre de Saint-Cernin, tombée au pouvoir de créanciers impitoyables, devait être vendue dans quelques jours... Oui, mais avec quelle joie naïve et enivrante Régine se disait: Il n'en sera pas ainsi; j'ai là, dans une armoire solide, de quoi chasser l'horrible créancier, et je pourrai dire à M. d'Ambert: Vivez en paix sous le toit de vos aïeux.

Cette idée lui donnait des élans de gaîté qui n'échappaient point aux convives, et plusieurs fois chacun lui demanda s'il était vrai qu'elle eût reçu d'heureuses nouvelles.

— De fort heureuses nouvelles, oui, sans doute, répondit Régine. Oh! la journée a été excellente. D'abord, hier, j'ai appris qu'un de mes amis les meilleurs ayant les affaires les plus graves sur les bras pouvait décidément se relever de toutes ses pertes de fortune; aujourd'hui, ce matin, j'ai été assez heureuse pour sauver du désespoir, de la mort peut-être, une charmante jeune fille, étrangère, et que la providence a amenée justement sur mon chemin au retour de la promenade. Monsieur d'Ambert, ajouta-t-elle, je vous dois cela en quelque sorte, je revenais précisément de Saint-Cernin, où, par parenthèse, on vous attend comme l'enfant prodigue.

La curiosité et l'intérêt des convives furent très-vivement éveillés par ces paroles. Régine garda le silence au sujet de l'ami qu'elle pouvait sauver de la ruine, mais elle donna sur Catarina des détails attendrissans. Toutefois elle trouva moyen de tout dire à demi-mots. Rare et délicate habileté et qu'on retrouve surtout chez une femme de haute compagnie. Chacun plaignit la belle *Fornarina*, et chacun trouva indigne la conduite du séducteur.

— Non, dit le fougueux marquis, ce drôle-là ne peut-être un gentilhomme.

— Dans tous les cas, reprit M. d'Ambert, on peut assurer que cet homme n'est pas chrétien.

On passa dans le grand salon, où le plus excellent café attendait les convives. Régine, à qui l'on demandait des nouvelles de Mlle Isane, l'Hébé de M. Salvador, répondit que la bonne fille ne quittait pas l'appartement de la pauvre Catarina.

— Madame, dit M. de Chalux, serons nous privés de voir par nous-mêmes à quel point est intéressante cette jolie *Fornarina?* Peut-être nos conseils ne seraient pas inutiles...

— Nos conseils? répondit le marquis. Eh! monsieur le vicomte, de quelle couleur seraient-ils? Quant à moi, je n'aurais qu'un mot à dire à Catarina pour toute consolation.

— Et ce mot, monsieur? demanda le comte-abbé.

— Oh! parbleu! le voici: Votre étoile vous amena à Sarzane, ma pauvre amie. Restez dans ce sanctuaire de grâce et d'honneur. Si c'est là un purgatoire d'expiation, il vaut presque le paradis.

— Eh! marquis, s'écria Chalux, vous prêchez, mon enfant.

— Monsieur de Pampelone prêche du cœur, dit Régine; je lui en sais bien bon gré.

— Hum! hum! se disait à lui-même le vicomte, notre ami, notre rival, a fait, je crois, bien du chemin!

La conversation en était là lorsque Mlle Isane arriva au salon, fort émue, fort empressée:

— Madame, dit-elle, madame la comtesse, qu'allons-nous faire? Catherine prétend qu'elle est beaucoup mieux, qu'elle a recouvré ses forces... Elle veut nous quitter... Partir, reprendre son chemin...

— Comment donc, nous quitter, répondit Régine? Mais c'est impossible. Je veux la garder..... Cette pauvre enfant doit avoir la fièvre...

Mme de Réalmont parlait encore, lorsque parut sur le seuil de la porte du salon, une jeune fille, d'une tournure svelte, pâle, mais belle, les yeux brillans, le geste animé, portant un petit paquet sous le bras, et regardant çà et là autour d'elle. Régine accourut. Catarina s'avança au-devant d'elle comme pour lui baiser la main.

— Ah! quel type merveilleux! dit M. de Chalux.

— Oui, reprit le marquis; une véritable figure étrusque!

— Cette pauvre fille est bien pâle, reprit M. d'Ambert. Oh! il est impossible qu'elle parte.

Catarina baisait avec transports les mains de la comtesse, qui la suppliait de remonter dans son appartement; ajoutant qu'elle s'opposerait formellement à ce qu'elle quittât Sarzane.

— Non, non, madame, reprenait la Catarina d'un accent étrange, il faut que la pèlerine aille jusqu'au but de son pèlerinage... Il faut que la pauvre fille aille reconquérir son honneur..... Il faut que la malheureuse mère aille demander compte de la mort de son enfant ..

Et en parlant ainsi elle continuait à jeter autour d'elle des regards inquiets et comme étincelans de folie.

— Ma chère enfant, disait Régine, calmez-vous... Nous saurons tout réparer.

— Vous, madame! s'écria Catarina. Oh! non. Ce sera moi, moi seule. Quand vous m'avez rencontrée j'étais anéantie de fatigue, mais, allez, je savais bien encore mon chemin. Le château de mon séducteur n'est pas loin d'ici... grâce à Dieu!

— N'est pas loin d'ici, Catarina! s'écria la comtesse.

Mais sans lui répondre, l'étrangère s'était avancée jusqu'au milieu du salon, et là à six pas de distance, elle fixait avec audace le groupe des trois gentilshommes qui la regardaient avec étonnement. Tout à coup elle jeta un cri et se couvrit le visage de ses deux mains.

— Juste ciel! dit Régine. Qu'avez-vous, Catarina? Parlez, je vous l'ordonne.

— Madame! répondit-elle d'une voix altérée, il est là!

— Lui! s'écria la comtesse.

— Que signifie cela? demanda M. de Chalux. Cette fille est folle.

— Venez, Catarina, dit Régine en cherchant à l'entraîner hors du salon.

— Non, madame, reprit-elle, le regard fauve et le front indigné. Non... car il est là!

— Qui donc, mon Dieu?

— Expliquez-vous, Catarina, dit M. d'Ambert. Au nom de votre bienfaitrice, je vous ordonne, moi, de vous expliquer...

— Oui, s'écria Pampelone, désignez celui que vous reconnaissez...

Catarina, se dégageant des bras d'Isane, fit quelques pas en avant, raide, effrayante comme une statue qui marcherait, et, le bras étendu, elle alla droit se placer devant M. le comte d'Ambert. Là s'arrêtant :

— C'est lui! dit-elle, le doigt dirigé au visage du comte.

Un cri déchirant retentit tout à coup. Régine tombait entre les bras de MM. de Chalux et de Pampelone, qui la portèrent sur le canapé.

M. d'Ambert, grave, immobile, les bras croisés, regardait en face celle qui l'insultait si audacieusement. Il ne changea pas de couleur ; mais finissant par sourire avec dédain :

— Ceci est sérieux, dit-il. Savez-vous ce que vous faites-là, jeune fille?

La Catarina ne répondait pas, le bras toujours étendu et désignant le comte d'un doigt accusateur.

— De deux choses l'une, reprit M. d'Ambert, ou vous avez le délire de la fièvre, Catarina ; où vous jouez une indigne comédie. Dans les deux cas, vous ne devez pas rester ici.

Alors se dirigeant vers la cheminée, il tira un cordon de sonnette. Pyrénée parut suivi d'un domestique.

— Allez, leur dit le comte avec dignité, ramenez cette fille dans l'appartement qu'on lui a donné. Elle est malade. Et vous, Isane, ajouta-t-il, suivez-là et continuez à la soigner.

L'étrangère se prit alors d'une colère imposante et s'adressant encore à M. d'Ambert.

— Monsieur, lui dit-elle, n'étiez-vous pas en Italie, il y a deux ans?

— J'y étais. Après, répondit le comte.

— N'avez-vous pas quitté l'Italie, il y a quinze mois?

— Vous avez raison; après..... ajouta le comte.

— Eh bien! c'est vous! Monsieur le comte d'Ambert, au nom de mon pauvre enfant mort abandonné, rendez-moi mon honneur... Je suis celle que vous avez perdue... Vous le niez, malheureux! s'écria-t-elle. Ah! vous le niez!..... regardez donc l'anneau que je porte et osez dire qu'il ne me fut pas donné par vous...

— A ces mots elle montrait une grosse bague quelle avait à la main gauche. Régine ranimée, folle de douleur, s'élança vers Catarina, et lui prenant la main avec transport elle regarda l'anneau. C'était un camée entouré d'émeraudes.

— Ah! mon Dieu! mon Dieu! s'écria Mme de Réalmont.

Sans vouloir un mot d'explication de plus, elle saisit l'étrangère par le bras, et aidée de ses gens elle l'entraîna hors du salon, la fit monter dans son appartement à elle, et s'enferma avec l'étrangère et Isane, laissant dans la stupeur ceux qui restaient au rez-de-chaussée.

Les deux gentilshommes s'approchèrent de M. d'Ambert et lui tendirent la main. Mais lui, avec toute la sérénité d'un homme fort de sa conscience :

— Messieurs, dit-il, est-ce que vous voulez me consoler et me soutenir dans cette épreuve? L'aventure est étrange, j'en conviens. Je trouve même que cela devient un vrai malheur par la peine profonde qu'en éprouve Mme de Réalmont. Quant à moi...

— Mais enfin, comte, avez-vous reconnu cette bague? demanda Chalux.

— Oui, dit M. d'Ambert. Elle m'a appartenu..... On me l'aura volée. A moins que ce ne soit une imitation de l'anneau que je portais, en effet, il y a deux ans, et que je tenais de ma mère.

— Madame de Réalmont a elle-même reconnu cette bague, à ce qu'il paraît? reprit M. de Pampelone.

— A ce qu'il paraît, répéta M. d'Ambert. Cet anneau est fort beau. La comtesse me l'avait vu souvent.

— Mais alors, monsieur... dit Chalux.

— Alors, monsieur, répliqua le comte, on se tait devant tant d'effronterie. On laisse à la vérité le temps de se faire jour ; on accepte même les soupçons injustes de ses amis; on se soumet à l'idée écrasante qu'une femme comme madame de Réalmont ne daigne pas à l'instant même provoquer une explication et qu'elle nous fuit..... On se retire avec la mort dans le cœur, mais avec une foi inébranlable en la justice et la bonté de Dieu. Voilà, messieurs, ce que l'on fait, ou du moins ce que je crois devoir faire en pareil cas. Je quitte cette maison; je retourne à Saint-Cernin, où je vous offre l'hospitalité. Si vous me faites l'honneur d'accepter, j'espère, Dieu aidant, arriver à vous convaincre que je n'ai pas démérité de votre estime.

— J'accepte de grand cœur! dit Pampelone.

— Moi, reprit Chalux, je vous suis de toute mon âme. Juste ciel! quel événement! et qu'il me tarde, monsieur le comte, de voir la fin de cette aventure qui est venue gâter une si bonne journée!

Ils sortirent ensemble. Tous trois montèrent à cheval et prirent la route du château de Saint-Cernin. Pendant le trajet, M. d'Ambert, beaucoup moins préoccupé que ses deux compagnons, parla comme un poète et un sage des divers paysages que l'on rencontrait, de quelques ruines historiques, du temps passé et des événemens qui semblaient poindre à l'horizon de l'avenir.

— De deux choses l'une, pensaient les amis du comte, ou cette liberté d'esprit est du cynisme, ou bien elle prouve une angélique sérénité.

IV.

LE VOEU DE PAUVRETÉ.

M. le comte d'Ambert avait invité ses hôtes à l'accompagner le lendemain à Avignon, où leur présence, leur disait-il, lui était nécessaire dans une affaire du plus haut intérêt. MM. de Pampelone et de Chalux promirent de suivre le comte, et il fut décidé qu'on partirait à cheval dans l'après-midi.

La scène de Sarzane avait singulièrement attristé les trois amis. Devant les gens du château, à souper, on garda le silence sur ce sujet. Dans la soirée, M. le comte d'Ambert, qui d'abord avait eu le projet de démontrer à ses hôtes que tout cela n'était qu'un odieux guet-apens, changea subitement de résolution, et comme M. de Chalux paraissait vouloir ramener la conversation sur cette triste scène, M. d'Ambert, d'un air très-digne et même dédaigneux, lui répondit par ces paroles :

— Toute réflexion faite, messieurs, je crois qu'il serait au-dessous de moi et de vous-mêmes de revenir sur cette injurieuse accusation qui m'a profondément blessé dans le moment, je l'avoue, mais que je mets sous les pieds maintenant avec tout le mépris qu'elle mérite. Si cette fille est payée pour me nuire, je lui laisse le champ libre ; demain, je serai à l'abri de tout. Si elle est folle... pourquoi m'occuper d'elle?

— Ma foi! dit Pampelone, je suis de cet avis. Ce que je regrette cependant...

— Je vous comprends, reprit M. d'Ambert. L'idée que j'ai pu perdre un moment l'estime de Mme de Réalmont est accablante pour moi. Enfin, ajouta-t-il avec un soupir, si la volonté de Dieu est que je me détache avant de quitter le monde de cette dernière et chère illusion, pourquoi me révolter? Dans vingt-quatre heures l'humilité sera pour moi une vertu plus obligatoire que vous ne pensez, messieurs.

— Ainsi, monsieur le comte, dit Chalux, vous prononcez vos premiers vœux demain, décidément?

M. d'Ambert ne répondit qu'en s'inclinant. M. de Pampelone le regardait avec un étonnement mêlé d'admiration. M. de Chalux se récriait encore en protestant contre une résolution qui lui paraissait d'une folie sublime.

La nuit avançait. M. d'Ambert engagea ses hôtes à aller prendre du repos, et il les accompagna lui-même jusqu'à l'appartement d'honneur du château. Il prit congé d'eux, revint dans son cabinet du rez-de-chaussée et passa la nuit à mettre de l'ordre dans ses papiers. Il en brûla beaucoup. Il ferma et scella soigneusement plusieurs cassettes. Cela fait, il appela Michel, se fit débotter, donna des ordres et se coucha sur un lit de campagne avec la tranquillité héroïque d'un brave à la veille d'une bataille, ou plutôt avec le calme d'un saint qui remet à Dieu, avant le sommeil, le soin du lendemain et de toute sa vie.

Dans la matinée du jour suivant, M. d'Ambert réunit ses

fermiers et régla avec eux toutes les affaires domestiques concernant son domaine. Ces braves gens portaient tous sur leur physionomie une empreinte d'inquiétude qui n'échappa ni au comte-abbé ni à ses deux compagnons. Nul n'osait cependant interroger le maî re ; on était si habitué à Saint-Cernin à le regarder comme un père, dont la sollicitude veillait aux intérêts de tous! Cependant le plus âgé des fermiers, assis à l'écart près de la fenêtre et jusque-là rêveur et taciturne, se hasarda à adresser cette simple question à monsieur le comte :

— Mon âge, dit-il, ne me donne-t-il pas une sorte de privilége, monseigneur? Ne me permettrez-vous pas, à moi qui vous ai vu naître, de vous faire part de mes inquiétudes?

M. d'Ambert comprit le but de ces paroles ; il voulait éviter toute explication; mais le vieillard se tenait debout au milieu du groupe des autres paysans, il avait la voix attendrie et ses mains tremblaient Le comte-abbé lui répondit :

— Mon brave Bernard, quel service voulez-vous de moi?

— Oh! un bien grand service, monsieur le comte, dit cet homme. Je vous supplie de faire cesser d'un mot mon inquiétude et celle de mes bons compagnons que voici. Monseigneur veut-il me dire s'il est vrai qu'il vend sa terre patrimoniale de Saint-Cernin?

M. d'Ambert s'approcha de Bernard, et, prenant son bras, il emmena avec lui le vieillard dans son cabinet. Là, ils eurent ensemble un entretien secret. Quand Bernard revint au salon, il avait encore les larmes dans les yeux, mais son attitude était plus ferme et son visage plus éclairé, plus calme. Que lui avait dit le comte? On l'ignora toujours. Bernard s'adressa à tous ses amis de la ferme et leur dit en souriant :

— Allons, mes enfans, ne poussons pas plus loin nos indiscrétions. Puisque monseigneur est content nous devons l'être aussi. Monseigneur nous aime, j'en ai une nouvelle preuve, je n'en avais jamais douté. De près ou de loin, il veillera toujours sur nous. Allons, enfans, midi sonne; allons dîner. Nous boirons à monseigneur notre meilleur verre de vin.

En ce moment, un cavalier assez étrange entrait dans la cour du château. Chacun s'approcha des fenêtres par curiosité. Le cavalier était fort jeune et de fort bonne mine, bien que son costume ne fût pas des plus élégans. Il portait une sorte de souquenille courte, de couleur grise, des culottes noires, des bas bleus. Il était chaussé de gros souliers, dont un seul était armé d'un éperon. Il était coiffé d'un petit tricorne, ayant une mentonnière par précaution contre le vent. Pour cravache, il avait à la main une longue gaule de peuplier fraîchement coupée dans les bois. Quant à sa monture, c'était une petite mule, très-proprement enharnachée, d'une allure douce et d'une finesse de sabots très-remarquable. Les assistans reconnurent dans ce messager un clerc de tabellion. En effet, le cavalier arrivait à Saint-Cernin, dépêché par M. Salvador.

Il sauta de sa monture qu'il livra aux soins des jeunes gens de la ferme, et il entra dans le salon, le tricorne sous le bras, le jarret tendu, le corps droit, la main passée dans la veste, aussi résolument qu'un jeune conseiller qui vient prendre ses grades au parlement.

— Pardieu, dit M. de Chalux, voilà un petit gaillard bien bâti et qui ferait un fort joli chevau-léger!

Le clerc de M. Salvador salua de la meilleure grâce du monde, mit la main à la poche et en tira une lettre qu'il présenta à M. d'Ambert.

— Vous venez d'Avignon? dit celui-ci.

Le clerc s'inclina.

— Mon cher comte, reprit le marquis de Pampelone en s'adressant au comte-abbé d'un air riant :

. . . . . C'est une lettre
Qu'entre vos mains, seigneur, on m'a dit de remettre.

M. d'Ambert adressa un sourire à Pampelone comme pour le remercier de chercher à égayer un peu cette scène, dont le sujet était au fond très-sérieux. Il ouvrit la lettre et la lut des yeux.

— Monsieur le clerc, dit-il ensuite au messager, vous allez dîner avec nous. Nous partirons tous ensemble pour Avignon où l'excellent M. Salvador nous attend ce soir. Messieurs, imitez-moi, et allons vider quelques vieilles bouteilles des caves de Saint-Cernin. Vous jugerez vous-même de la prévoyance de mon aïeul. C'était un digne gentilhomme qui pensait au bien-être de sa race jusqu'à la quatrième génération.

Quatre heures sonnaient à l'horloge de la tour carrée, lorsqu'on amena les chevaux de selle dans la cour du château. C'était le moment fixé pour le départ. Les fermiers et leur famille, qui étaient sur le qui vive, accoururent spontanément. A la vue de ces braves gens, qui venaient prendre congé de lui, l'air inquiet et la tristesse dans le cœur, M. d'Ambert éprouva une si vive impression que son visage pâlit un moment. Les femmes, les jeunes filles pleuraient : les enfans cherchaient à baiser les mains du comte. Le vieux Bernard, le chapeau à la main, l'attitude aussi ferme que possible, tâchait de jouer son rôle d'homme rassuré, on le voyait bien. Il engageait ses enfans et ses amis à ne pas faire une scène inutile, assurant que ce voyage n'était qu'une promenade. M. Bernard avait le mot d'ordre; chacun devinait cela, car le vieux fermier, avec toute son apparente sécurité, avait de l'inquiétude dans les yeux.

— Mes enfans, dit le comte un pied à l'étrier, mes bons amis, je vous remercie; mais en vérité, vous me croyez bien imprévoyant. Regardez mon bagage ; le cheval de Michel n'a qu'un porte-manteau, et qui ne contient que quelques papiers. Croyez-vous qu'on puisse aller bien loin avec ce leste équipage? Allons, allons. Adieu mes enfans. Nous allons souper à Avignon, ces messieurs et moi. Je vous recommande le château, et ne m'oubliez pas ce soir à la prière, n'est-ce pas?... Du reste, ajoute-t-il, cette recommandation est bien inutile; vous priez pour moi chaque jour, je le sais. Adieu.

En prononçant ces dernières paroles, la voix du comte avait faibli. Mais le cœur était grand, le courage angélique ; il s'élança à cheval avec une sorte d'insouciance affectée, comme s'il partait pour une promenade. MM. de Chalux et de Pampelone étaient déjà en selle. Le clerc, monté sur sa petite mule, avait pris rang à quelques pas de distance, et les trois piqueurs, au nombre desquels étaient Michel, mettaient le pied à l'étrier.

— Messieurs, dit le comte-abbé à ses deux compagnons, je suis à vos ordres.

On partit au pas, et au bout de trois minutes on prit le grand trot. Arrivé sur un monticule boisé de jeunes chênes verts, et d'où l'on découvrait tout le versant des montagnes et le château de Saint-Cernin sur la pente, le parc, les terres de labour et la forêt, tout le domaine seigneurial, M. d'Ambert, qui n'avait pas dit un mot jusque-là, arrêta son cheval après lui avoir fait décrire un quart de cercle. Ses compagnons s'arrêtèrent aussi, mais à quelque distance, par discrétion. Alors on vit le comte d'Ambert porter çà et là des regards sur tout les points du paysage du lieu natal, sourire, lever le front vers le ciel, et mettre le chapeau à la main. Ce moment-là fut court mais saisissant. C'était le salut du dernier adieu. Quand M. d'Ambert revint vers ses compagnons toute empreinte de douleur était effacée de son visage.

— Messieurs, leur dit-il d'un air cavalier, il commence à être tard et je ne sais trop à quoi nous rêvons ici.

On repartit au galop. Cette allure allait très-bien à chacun dans ce moment-là ; elle rendait impossible toute conversation, brisait la rêverie et faisait diversion avec le chagrin. Oui, nous l'avons éprouvé nous-même et le lecteur peut-être aussi, si ce bon lecteur a l'habitude des chevaux ; une violente émotion demande quelquefois une course violente. On a dit très-spirituellement : « Le chagrin monte en croupe et galope avec *nous*. » Cela est vrai jusqu'à un certain point : Quand on va à fond de train, quand on fend l'air sur un cheval échevelé, on ne pense plus ; on s'enivre de brise, de folie, de la volupté même d'un danger; le chagrin ne monte pas en croupe... il nous suit essoufflé, mais comme il faut bien s'arrêter quelque part, l'impitoyable arrive d'un pied boiteux, je le sais, et il nous reprend de plus belle..... Je le sais encore.

Bientôt les croupes des collines de Ville-Neuve se déroulèrent sur la rive droite du Rhône ; tous ces versans couverts de forêts d'oliviers ondulaient comme des vagues au souffle du vent frais du nord. On passa le bac sur les deux branches du fleuve et six heures sonnaient à la tour gothique du carillon, lorsqu'on entrait dans Avignon-la-Catholique par la porte de l'Oule.

La maison de M. Salvador était située sur la place même du palais des Papes ; elle faisait face à ce grand monument apostolique, alors dans toute sa riche ornementation. Sur les tours flottaient les bannières du Saint-Siége. Les carabiniers montaient la garde à la porte d'honneur ; les longues fenêtres ogivales étincelaient des lueurs pourpre et or d'un beau soleil couchant.

L'honorable logis de M. Salvador était une maison carrée d'assez bonne apparence. Elle avait ses fenêtres basses garnies de grilles de fer ouvragé et un lourd balcon aux croisées du centre. Une porte massive s'ouvrait sur un porche voûté et à nervures ; un large escalier, dans le fond, orné d'une forte rampe jadis dorée, conduisait au premier étage et s'arrêtait là, comme on en voit beaucoup de la sorte dans les villes du midi.

Vers les huit heures du soir, M. Salvador entendit des bruits d'éperons sur son escalier. A ce son argentin il reconnut nos cavaliers et se hâta d'aller les recevoir. M. d'Ambert et ses amis traversèrent l'antichambre, un salon meublé encore comme il l'avait été sous Louis XIV, et furent introduits dans un grand cabinet au milieu duquel était une large table couverte d'un tapis vert à franges de soie et chargée de papiers. Une caisse d'une ferrure formidable était scellée au mur en face de la porte.

— Vous arrivez les premiers, dit M. Salvador. L'exactitude est une qualité de bonne compagnie.

Mais un lourd coup de marteau retentit à la porte cochère de la maison.

— Oh! oh! dit M. de Pampelone. Voici une grosse main qui cogne à ce logis. Je ne serais pas étonné que cette main-là appartînt à un marchand de bestiaux. Elle a de la corne, cette main.

Trois minutes après entrait dans le cabinet, introduit par deux clercs, M. Thomas Ducrey, suivi de deux énormes confrères en habit gris comme le sien, et armés de bâtons gancés d'un cuir classique.

— Tudieu! dit M. de Chalux! A qui en veulent ces messieurs?

— A personne, j'espère, reprit M. Salvador. Messieurs, ajouta-t-il en s'adressant aux nouveaux venus, *remisez* vos bâtons derrière la porte. Ici on ne fait usage que d'une plume.

Les trois marchands de troupeaux obéirent sans se faire prier. Ils avaient tous les trois le chapeau à la main, ce qui permettait de juger du ton chaud et coloré de leur crâne et de l'économie d'apparat de leur formidable chevelure. Le catogan, ficelé d'un cordon de soie, ornait d'une façon assez originale leur encolure nuqueuse. Ils saluèrent la compagnie sans trop d'effronterie et allèrent s'asseoir sur des chaises à l'angle du cabinet.

— Nous voilà au grand complet, dit M. Salvador. Les deux parties intéressées et deux témoins de part et d'autre.

— Quel singulier cartel! dit Pampelone à M. d'Ambert.

Celui-ci, debout comme ses amis et la main dans la veste, était silencieux, grave, mais d'un calme à toute épreuve.

M. Salvador s'assit dans un fauteuil, vis-à-vis de la table entre deux énormes candélabres chargés de bougies.

— Messieurs, dit-il, en vertu d'un acte passé à Paris, et dont j'aurai l'honneur de vous donner lecture, il s'agit d'un paiement d'une somme de quatre cent mille livres tournois qui doit être effectué en espèces, cejourd'hui, par mon ministère, entre les mains de M. Thomas Ducrey surnommé Tamerlan...

— Tamerlan! diantre!... dit M. de Chalux.

— C'est un sobriquet, reprit une grosse voix.

— Monsieur le vicomte, ajouta M. Salvador, pour la régularité de l'acte je dois préciser toutes les dénominations des parties et ayans droit.

— C'est que monsieur ne comprend pas les affaires, reprit une autre voix d'un fort calibre.

— Cela est peut-être vrai, dit M. de Chalux. Mais passons ; je m'attends à tout... On ne rencontre pas souvent un Tamerlan sur son chemin, vous en conviendrez.

M. d'Ambert fit un signe au vicomte, qui, par un geste, promit de ne plus interrompre.

— Ce paiement est obligatoire, reprit M. Salvador. Il est effectué par madame la comtesse de Réalmont, Régine de Valbonne, représentée ici par monsieur le comte Ramon d'Ambert, son procureur fondé. En vertu duquel paiement en espèces, M. Ducrey est tenu de donner quittance d'une créance de ladite somme, et de faire abandon de tous les droits qu'il peut avoir sur la propriété de la terre de Sarzano. Je vais vous donner lecture de l'acte qui rend M. Ducrey créancier, et de l'acte qui libère madame la comtesse de toute dette privilégiée et hypothécaire. Prêtez-moi un moment d'attention.

La lecture eût lieu à haute et intelligible voix, au milieu du plus grand silence. Seulement, pendant que le notaire lisait, MM. de Pampelone et Chalux échangèrent plus d'un regard étonné et très-significatif.

— Voilà qui est entendu, dit M. Salvador en déposant des papiers sur la table. Maintenant procédons au paiement. Messieurs les clercs, ouvrez la caisse, tirez en les sacs et vous compterez les espèces sur cette table. M. Ducrey reconnaîtra son argent, signera l'acte de la quittance et emportera ses quatre cent mille livres...

— En écus! s'écria maître Thomas.

— L'acte dit en espèces sonnantes, riposta M. Salvador.

— Mais vous allez écraser la table et enfoncer le plancher, dit une voix de basse-taille.

M. de Pampelone fila un éclat de rire auquel un triple écho répondit par des murmures.

— Si j'ai bien entendu et compris la lecture de l'acte, reprit M. de Chalux, Tamerlan doit emporter son argent. Je suis assez curieux de voir ce tour d'acrobate.

— Me prenez-vous pour un portefaix? demanda Ducrey la tête haute.

— Je ne vous prends pour rien du tout, riposta le vicomte. C'est vous qui devez *prendre* votre argent pour ce qu'il vaut et ce qu'il pèse. Et vous l'emporterez, mordieu! ou je refuserai ma signature comme témoin.

Cependant les deux clercs avaient engagé les grosses clefs dans les serrures de la caisse. Ils poussaient des ressorts, faisaient sauter des verroux, enlevaient des cabestans... Il en résultait un bruit de fer très-formidable Enfin le dernier tour de clef cria, grinça, et comme une gueule de four, la porte cintrée de la caisse s'ouvrit, béante, rougeâtre, laissant à découvert ces cavités profondes, mais garnies de sacs de cuir serrés et empilés.

— Rangez les sacs sur le pavé, dit aux clercs M. Salvador, et ne craignez rien pour la solidité du sol, quoi qu'en disent ces messieurs. Nous sommes ici sur une voûte.

Les deux aspirans tabellions prirent à bras d'énormes sacoches contenant chacune dix mille livres en écus de six francs, et ils les rangèrent en bataille sur les dalles du cabinet. L'opération terminée :

— Comptez, monsieur Ducrey, reprit le notaire.

— Impossible, répliqua maître Thomas. Il faudrait pour cela quatre heures. Nous sortirions à minuit. Je serais assassiné....

— Et volé? dit le marquis de Pampelone en parfilant sa moustache. Franchement, monsieur Tamerlan, est-ce probable?

— Pourquoi non, monsieur? demanda Thomas assez inquiet de la riposte.

— Dame! répartit Pampelone, j'ai vu rarement les loups se manger entre eux.

Les deux gros témoins de Ducrey firent quatre pas en avant, les poings serrés et l'œil d'un rouge ardent. A ce regard de sanglier, le marquis répondit par un mouvement de tête fort décidé, la main à la poignée de l'épée et le corps sur la hanche. M. de Chalux prit position à côté de son ami. M. d'Ambert intervint, mais sans laisser échapper une parole, faisant signe de la main qu'il réclamait le calme et la paix. Les deux confrères de maître Thomas grommelèrent entre leurs dents et retournèrent à leur place.

—Si vous ne voulez pas compter votre argent, reprit le notaire, signez cette quittance, monsieur Ducrey, et emportez vos sacs. Ils ont chacun leur valeur exacte, je vous en préviens.

— C'est entendu, dit maître Thomas. Je les tiens pour bons ; monsieur Salvador est comme moi ; il ne vole jamais personne.

M. d'Ambert laissa tomber sur Ducrey un regard écrasant de dédain. *Tamerlan* rougit et baissa les yeux. Sur l'invitation du notaire, il prit une plume, et d'une main brutale, mais qui tremblait de colère, il signa et parapha une quittance formulée d'avance selon toutes les règles du droit, par le sévère et intègre M. Salvador. Celui-ci apposa sa signature à son tour. Vinrent les témoins. Ici ce fut un échange de politesse assez bizarre entre les gentilshommes et les marchands de bestiaux.

— Signe donc, Touchebœuf! cria Ducrey à l'un de ses compagnons. Et signe aussi à ton tour, Cornillard! reprit-il. Pourquoi tant de façons?

A ces noms caractéristiques le fou rire gagna les deux témoins de M. d'Ambert, et il fallut toute l'autorité magistrale de M. Salvador pour maintenir l'ordre et le sérieux de l'opération. Mais il n'y eut pas moyen d'obtenir de MM. de Pampelone et de Chalux d'apposer sur le papier leur signature avant celle de MM. Cornillard et Touchebœuf. Les deux gentilshommes y mettaient une urbanité traîtresse et une importance des plus comiques. Ils signèrent enfin de leur titre et de leur nom, ayant bien soin chacun de son côté de se placer sur l'acte immédiatement et perpendiculairement au-dessous des deux noms pittoresques et *vénérés*. Maître Thomas avait la rage dans le cœur; ses yeux brûlaient, et dans ce moment-là il eût tué raide ses adversaires persifleurs si la scène eût pu avoir lieu dans un bois. Tel était son caractère.

— Maintenant, reprit le notaire, puisque vous avez devant ma porte une solide *carriole* qui vous attend, qu'on nous débarrasse de cette masse d'écus à l'instant même.

Touchebœuf retroussa ses manches, et d'un bras de fer il enleva un sac et le chargea sur son épaule. Cornillard se piqua au jeu; saisissant de son côté une *sacoche* de dix mille francs, il l'emporta dans ses bras comme un gros nourrisson. M. Thomas Ducrey, dont la position sociale était supérieure à celle de ses compagnons, et qui se respectait trop pour s'abaisser à ramasser de l'argent, ne daigna pas toucher à un sac. Il surveilla l'opération du transfert de ses capitaux, de la maison au chariot, en véritable fermier-général.

Mais la nouvelle de ce paiement extraordinaire avait fait du bruit dans la ville d'Avignon, et la lourde carriole, chargée d'un si riche butin, était entourée d'un cercle considérable de curieux au nombre desquels se distinguaient bon nombre de marchandes de poissons, d'herbagères, de fileuses de soie, de vendeuses de volailles, soutenues par des députations de *portefaix* (maîtrise célèbre du pays). C'était le vrai peuple d'Avignon. Il était là avec toute sa verve éloquente, son attitude fière et moqueuse, sa gaîté mordante et originale. Maître Thomas suait de dépit et se mordait la lèvre sous une nuée d'épigrammes acérées, qui le piquaient jusqu'au sang; tandis que M. d'Ambert et ses amis, accoudés au balcon du premier étage, contemplaient la scène en véritables amateurs de parades aux flambeaux.

La *carriole* à quatre roues était une sorte de chariot des plus solides. Elle ne cria point sous le poids. Mais il fallut doubler l'attelage. La chose étant faite non sans embarras, MM. Touchebœuf et Cornillard prirent place sur le siège et attendirent leur opulent confrère, qui était remonté chez M. Salvador.

Une scène touchante avait lieu dans le cabinet du notaire. M. Salvador, qui pendant toute la séance avait conservé une impassibilité obligatoire en pareil cas, mais dont l'émotion avait été d'autant plus vive qu'elle avait été comprimée, l'excellent Salvador, se voyant libre des entraves officielles de ses fonctions, avait ouvert les bras à M. d'Ambert, et le pressait contre sa poitrine en pleurant comme un enfant, lui, l'homme des affaires! lui, voué par état à l'impassibilité la plus rigide!

— Mon cher comte, disait-il d'une voix chevrottante, ce que vous avez fait est magnifique. Et vous voulez que je garde le secret, que nous gardions le secret de ce dévoûment incomparable? Vous voulez que celle dont vous avez sauvé la fortune ignore...

— Absolument, répondit M. d'Ambert. C'est une grâce dernière que je vous demande, cher et bon notaire, ainsi qu'à ces messieurs.

— Monsieur le comte, reprit le marquis de Pampelone, serait-il vrai décidément qu'il ne vous reste plus rien? Que vous ayez vendu cette terre de Saint-Cernin?...

— En voilà le prix dans le chariot de cet usurier, répondit le notaire.

— Ah! comte d'Ambert, dit vivement M. de Chalux, j'ai une grande fortune et je suis à vos ordres...

— Doucement, répliqua Pampelone avec une charmante indignation, j'ai la priorité sur vous, monsieur le vicomte; j'ai questionné déjà M. d'Ambert sur sa position, et c'est à moi qu'il voudra bien s'adresser pour réparer sa fortune... diantre! comme il est pressé ce monsieur de Chalux!

Pour toute réponse, le comte-abbé leur prit la main à tous deux et les regardant l'un après l'autre avec une expression ravissante d'aménité et de gratitude:

— Nobles amis, dit-il, et que j'avais crus d'abord mes ennemis!... merci, du fond de l'âme. En devenant bénédictin, en entrant au couvent des *Frères-Prêcheurs*, on doit faire vœu de pauvreté... Vous le voyez, ajouta-t-il, quel mérite ai-je donc eu de sauver de la ruine celle que vous aimez... celle que nous aimons?

— Oh! quant aux *Frères-Prêcheurs*, répliqua avec colère M. Salvador, je m'en charge, et je saurai bien parler à monseigneur le vice-légat.

En ce moment la porte s'ouvrit discrètement. M. Ducrey parut, au grand étonnement de la compagnie.

— Eh bien? dit le notaire. Est-ce qu'il manque un écu?...

— Pardon, honorable M. Salvador, reprit maître Thomas. Je voulais prendre congé de vous et de ces messieurs. Je sais mon monde.

— Adieu donc, monsieur Ducrey! lui répondit-on.

— Et puis, ajouta le terrible importun, j'avais une question toute naturelle à adresser à M. Salvador. Serait-il assez bon pour me dire le nom de l'acquéreur de la terre de Saint-Cernin.

— C'est ce que je ne vous dirai pas, répliqua le notaire. Devinez, si vous voulez. Emportez votre argent, et allez où bon vous semblera.

— Ah! dit maître Thomas d'un ton de bonhomie à se faire rompre les os, ah! c'est que si l'acquéreur de Saint-Cernin avait été l'un de ces deux messieurs (et il désignait le vicomte et le marquis), j'aurais pû par la même occasion lui proposer de lui céder une certaine créance à laquelle, j'en suis sûr, l'un et l'autre de ces messieurs attacheraient beaucoup de prix...

— Que voulez-vous dire par là, maître Thomas? répliqua le notaire.

M. d'Ambert et ses amis avaient fait quelques pas en avant, fort étonnés de la proposition de Ducrey, dont on pouvait à bon droit soupçonner la méchanceté.

— Monsieur Tamerlan, dit Pampelone, nous n'avons pas acheté la terre de M. d'Ambert, malheureusement, mais nous sommes fort curieux de connaître l'affaire que vous nous proposez... De qui est la créance?...

— Elle est à moi, monsieur, répondit Thomas assez effrontément.

— Et sur qui cette créance? demanda le notaire.

— C'est mon secret, jusqu'au moment où je trouverai à la céder.

— Eh bien! je vous l'achète, moi, dit M. de Chalux.

— Vrai! dit Ducrey en riant comme un loup qui va mordre. Avez-vous là, sur vous, deux cent mille livres, monsieur le vicomte?

— Je puis les avoir quand bon me semblera, répliqua Chalux.

— Je n'en doute pas, dit maître Thomas. Eh bien! monsieur le vicomte, si nous faisons affaire, vous pourrez vous vanter de posséder un titre considérable et signé d'un nom ravissant; ce qui vous constituera des droits (puisque je vous passerai les miens) sur la plus noble et la plus étourdissante personne qu'on puisse rencontrer... Vrai! je m'y connais...

Il allait continuer lorsque M. d'Ambert bondit comme un lion, et s'élança sur lui. On arrêta le comte, et M. Salvador s'adressant à Ducrey avec sévérité:

— Maître Thomas, dit-il, si c'est une plaisanterie, elle pourra vous coûter cher. Sortez. Faut-il vous chasser?

— Maître Tamerlan, ajouta Pampelone, il n'est que deux façons de descendre dans la rue. Le savez-vous? Et j'ai grande envie de vous apprendre le plus court chemin.

En même temps il lui montrait la fenêtre ouverte.

— Mais il faut qu'il s'explique! s'écria M. d'Ambert, l'œil en feu et la voix fiévreuse.

— A quoi bon? reprit M. Salvador. Soyez certain, mon cher comte, que je connais ce monsieur-là; c'est un drôle chez qui l'orgueil tient de la folie, et qui, dans un accès de vanité, se vanterait d'avoir conquis la Hollande ou tourné la tête à la plus grande dame de la cour.

— Monsieur, répondit maître Thomas avec un sourire diabolique, sans avoir de hautes prétentions on peut bien reconnaître que le hasard est quelques fois bizarre et qu'il nous apporte certaines bonnes fortunes fort imprévues. Mais la question n'est pas la. Monsieur le vicomte de Chalux se présente comme acquéreur de ma créance, je la lui céderai, à une condition seulement. La voici: monsieur le vicomte (il faut être discret) s'engagera à ne faire qu'à moi seul ses confidences au sujet des perfections qu'il découvrira chez sa débitrice, qui n'aura rien à lui refuser si elle ne paye sa dette en numéraire. Ces confidences seront faites en échange de celles que je lui communiquerai moi-même sur le même sujet.....

— Misérable! s'écria M. d'Ambert.

— Eh! monsieur le comte-abbé! répliqua Ducrey. Comme vous vous emportez pour un homme à la veille d'entrer en religion! D'ailleurs, Messieurs, je vous le demande, ai-je nommé quelqu'un! Comment! je viens ici en toute loyauté vous proposer une affaire, fort délicate, j'en conviens; je vous explique les conditions et les avantages ravissans de ma créance et vous me mal menez? vous m'injuriez! vous me menacez de me jeter par la fenêtre? Holà! Messieurs les gentilshommes, vous laisserez-vous dépasser en urbanité par un roturier?...

— Si je lui cassais les reins! dit Chalux.

— Vous agiriez en étourdi, répondit M. Salvador devenu très soucieux. Monsieur Ducrey, ajouta-t-il, veuillez continuer.

— Oui, dit maître Thomas, et le moyen de continuer? mon acquéreur veut commencer par me rompre l'échine.

— Ah! satané usurier, répliqua Pampelone, vous faites aussi métier de perdre de réputation les femmes de bonne compagnie!

— Les perdre! dit Thomas. Convenez, dans tous les cas, qu'en se perdant ces dames n'oublient pas leurs petits intérets. Deux cents mille livres sont deux cents mille francs.....

— Maître Thomas, reprit le notaire qui restait calme pour arriver à ses fins, avez vous là votre créance? Voulez vous me la montrer?.... à moi seul?....

— J'ai beaucoup de confiance en vous, monsieur Salvador, dit Ducrey, mais j'en ai plus encore dans ma prudence, cette bonne femme qui m'a toujours si bien guidé.

— Monsieur, reprit le notaire, on ne traite jamais une affaire quelconque avant de commencer par voir les titres.....

— Eh! que vous êtes donc candide, monsieur le Tabellion, malgré votre belle expérience! est-ce que vous vous imaginez, ajouta Thomas, que ces trois messieurs ne devinent pas parfaitement la signature de ma créance? et qu'ils ne sachent pas tout aussi bien que moi-même à quelles extrémités folles, mais pardonnables, peut se porter une femme de qualité lorsque d'irritans besoins d'argent, d'irrésistibles tentations viennent l'assaillir?.... Allons donc, monsieur le notaire, vous êtes bien jeune!

La fenêtre donnant sur le balcon était ouverte. Après les dernières paroles de maître Thomas, M. d'Ambert sentit que le grand air lui était nécessaire, l'indignation l'étouffait. Il se mit sur le balcon et aspira la brise fraîche du soir, les yeux fixés sur la croix dorée qui surmontait le fronton de l'église apostolique de Notre-Dame-des-Doms, située en face de la maison de M. Salvador. Cependant une cloche vint à tinter d'une note grave et douce et des lumières étincelèrent aux vitraux de la métropole. M. d'Ambert rentra dans le cabinet du notaire, le visage calme, pâle encore, mais éclairé d'un sourire mélancolique. MM. de Chalux et de Pampelone, au dernier degré de l'irritation, étaient au moment de maltraiter rudement l'effronté calomniateur. Le comte-abbé les arrêta d'un geste et demanda à dire quelques mots. Il se plaça devant la table, et là, debout, le front haut et le regard paisible il s'adressa à ses amis en ces termes:

— Messieurs, dit-il, la cloche de la prière vient de sonner. C'est l'heure à laquelle les vénérables chanoines du chapitre métropolitain se réunissent au chœur pour l'office du soir. Il serait mal à nous, en face de l'église de Notre-Dame et au moment où de saints prêtres prient pour la ville et le monde, il serait bien mal à nous de nous livrer ici à des actes de colère. L'homme que voilà (il désignait Ducrey debout au milieu de l'appartement) mérite certainement un rude châtiment. Remettons à Dieu le soin de le punir.....

Quant à vous, reprit-il en s'adressant à maître Thomas, vous venez de commettre une mauvaise action. Après avoir ruiné le père vous cherchez à déshonorer la fille.... Je vous préviens, monsieur Ducrey, que vous jouez avec le feu.... Du fond du cloître où je serai bientôt, j'aurai l'œil sur vous. Comment? c'est mon secret. Vous avez ma fortune dans votre chariot; emportez-la, je vous l'abandonne. Mais si vous tentez la moindre témérité contre la personne ou la réputation de madame de Réalmont (pourquoi ne pas la nommer?) monsieur Thomas Ducrey, vous êtes un homme perdu....

Je ne vous menace pas; je vous préviens. Maintenant allez. Que Dieu prenne pitié de vous.

Après ces graves paroles, M. Salvador se leva, et prenant par le bras le riche marchand il l'amena jusqu'au pallier de l'escalier. Là il lui dit à voix couverte quatre paroles qui durent avoir une très-énergique vertu, car, maître Thomas, remettant brusquement son chapeau sur la tête, se hâta de descendre l'escalier.

Quand il arriva sur le seuil de la porte cochère, il trouva la rue dans une vive agitation. Les groupes le reconnurent. On forma le cercle autour du chariot. Alors commencèrent des feux croisés d'apostrophes aussi vives que cruelles. Chacun lançait son plomb brûlant. Maître Thomas reçut avec audace ce crible d'injures et d'ironies. Les bras croisés, l'attitude haute, il jetait çà et là sur la foule des regards insolens. Ses compagnons campés sur le siége lui criaient à tue-tête de monter, dans le chariot; *Tamerlan*, comme un lion entouré d'assaillans, cherchait des yeux le côté par lequel il ferait rêche pour s'élancer.

— Cœur de juif! disaient des poissardes, oseras-tu bien emporter tout cet argent?

— Gibier d'enfer, criaient les portefaix, quand seras-tu pendu à la crémaillère du diable?

— Tête de tarrasque, reprenaient les femmes, faudra-t-il te traîner jusqu'au Rhône pour te débarbouiller?

Et les chœurs de se répondre sur ce ton-là et le cercle de se resserrer. Il n'y avait plus un moment à perdre. Maître Thomas baissa la tête à la manière d'un taureau qui attaque, il creva les rangs de la foule et d'un bond prodigieux il sauta sur son chariot. Toucheboeuf fit tomber sur les mules deux vigoureux coups de fouet. Le chariot partit au galop au milieu d'un immense et formidable *houra* de malédiction et emporta à tra vers la ville l'usurier couché sur ses sacs d'écus, écumant de rage et menaçant du poing. Dix minutes après, il courait sur la route d'Orange en pleine campagne.

M. Salvador et ses hôtes, qui avaient été témoins de cette scène ardente, rentrèrent dans l'appartement. Le notaire dit aux trois gentilshommes :

— La bourrasque est passée, mais il me reste une mission à remplir. Je serai demain dans l'après-midi au château de Sarzane.

V.

LES DEUX SAULES.

Il était à peine quatre heures du matin, lorsqu'un homme enveloppé d'un large manteau brun arrivait au couvent des Frères-Prêcheurs, situé près des remparts de la ville d'Avignon. Il fut introduit au cloître par le frère tourrier, et il demanda à parler au père supérieur. On lui répondit que les religieux étaient tous au chœur pour l'office des matines. L'homme au manteau se dirigea vers l'église, et alla se placer dans une nef latérale. Le lieu était solitaire. Les chants de *laudes* s'élevaient du chœur comme un beau cantique saluant l'aurore. La messe fut célébrée par le père supérieur lui-même, qui, après la lecture du dernier évangile, prononça ces paroles devant l'assistance :

« Je vous annonce, mes très-chers frères, que ce soir, après l'office, nous tiendrons un chapitre solennel pour la réception d'un novice, illustre selon le monde, humble et méritant selon Dieu. Il n'a prononcé encore aucun vœu qui puisse l'engager; il est parfaitement libre; son noviciat même n'a pas été commencé; mais d'après les dispenses extraordinaires venues de Rome même, le novice sera admis parmi nous en qualité de frère dès son entrée au cloître. Sa science et sa haute piété le placent ainsi immédiatement au rang des religieux de l'ordre de Saint-Benoit, dont il sera un des fermes soutiens et une des gloires: *Ad majorem dei gloriam!* Cela étant ordonné de la sorte, nous allons chanter le *Veni Creator* à l'intention du nouveau frère que nous attendons avec joie et que nous recevrons avec charité.

Après ces paroles, l'hymne de l'*Invocation* retentit avec solennité au milieu des vapeurs de l'encens. A cette voix du chœur l'orgue répondait comme un chant triomphal. Les religieux, prosternés sur les dalles du sanctuaire, priaient pour le frère inconnu dont ils devaient ignorer toujours et le nom et la vie, mais avec qui ils allaient bientôt partager le pain du cloître et l'œuvre de l'apostolat.

Comme eux prosterné, loin du chœur, derrière un pilier de l'église, l'homme au manteau répandait son âme devant Dieu, Le premier rayon du matin arriva dans la nef comme une longue gerbe d'or; il illumina tout l'édifice et fit étinceler l'autel. C'était presque un saint présage aux yeux de l'inconnu; voyant l'office terminé, il se leva, et sans être aperçu regagna la porte latérale par où il était venu. Il traversa la cour à la hâte, et quand il se trouva à la porte d'entrée du cloître il dit au frère tourrier:

— J'ai vu le père supérieur à l'office, et j'ai entendu ce qu'il a dit aux religieux. Cela me suffit. Assurez de ma part le père supérieur, que ce soir, au coucher du soleil, je serai ici pour la cérémonie qu'on prépare. Adieu, mon frère.

Le frère tourrier salua en croisant les bras sur sa poitrine. Il ouvrit la lourde porte du couvent et l'homme au manteau sortit à pas précipités, se dirigeant vers le quartier de la ville qui avoisine le Rhône.

PAYSAGE.

Vers les dix heures du matin, dans la même journée, M. le comte d'Ambert montait à pied la pente douce des collinc qui bordent la rive droite du fleuve. Il avait pris un chemin de traverse avec la double intention d'abréger la route et de jouir du beau point de vue des îles sur le Rhône et des plaines riantes du comtat se déroulant comme un tapis de verdure et de fleurs jusqu'à l'horizon bleuâtre des premières Alpes. Le sentier que suivait le comte était taillé en partie dans le roc, en partie creusé dans les terrains plantés d'oliviers. Il serpentait au flanc des collines, et souvent passant sur des plateaux de roches qui surplombaient, il dominait les eaux du fleuve à une grande hauteur. Ce sentier n'était praticable que pour les piétons et pour les mulets du pays. Pour oser le prendre, il fallait avoir le pied sûr, l'œil virgilant et la tête forte. M. d'Ambert, en sa qualité de chasseur, avait tout cela. D'ailleurs, nous l'avons dit, le comte, ce jour-là, était avide de grand air et voulait rassasier ses yeux des beautés de la nature. Etait-ce un adieu qu'il allait adresser au pays natal? Etait-ce un dernier enivrement qu'il allait chercher? Etait-ce un danger qu'il s'était décidé à aller braver encore, et dont il se donnait la joie douloureuse? Lui-même peut être nous le dira à la fin de ce récit.

M. d'Ambert suivait à pas lents le sentier agreste, portant çà et là sur l'immense tableau de longs et mélancoliques regards.

A mesure qu'il gravissait les collines, l'air devenait plus frais et les senteurs des genets lui arrivaient par bouffées. Il aspirait les brises, et rêveur, il souriait. Quelques troupeaux de chèvres broutaient le serpolet sur la montagne, et de jeunes pâtres qui les gardaient chantaient des refrains se répondant d'une colline à l'autre. M. d'Ambert s'arrêta un moment pour les écouter. Ces chansons interminables étaient d'un idiôme provençal bien connu du voyageur; il remarqua ce couplet entre autres, car il revenait comme la note d'un écho après cinq ou six stances. Hélas! nous sommes obligé de traduire dans notre langue française cette naïve poésie, si pittoresque et si originale dans son beau dialecte roman :

De la montagne du Ventoux
Dans les vallons de la Durance,
Taille légère et les yeux doux,
Quelle est donc celle qui s'avance,
Reine et bergère parmi nous?...
C'est la Provence.

— Oui, mon ami, dit M. d'Ambert au petit chevrier qui s'était rapproché, *reine et bergère*, c'est bien la Provence. Tâche toute ta vie de l'aimer comme une bergère et de l'honorer comme une reine. Tiens, ami, voici pour ton couplet.

Et il lui jeta un écu de trois livres que le chevrier ramassa et emporta en courant, poussant des cris de joie. M. d'Ambert prévit les suites de sa libéralité; et comme il avait plus à cœur de rêver et d'arriver à son but que d'écouter de la musique, même des chansons de chevriers, il doubla le pas, évitant ainsi un chœur tout entier, qui, en son honneur, recommençait à grand orchestre la ballade en quarante couplets.

Arrivé hors de portée des chanteurs et sur un versant de la colline qui faisait le coude, M. d'Ambert s'arrêta pour jeter un dernier regard sur le paysage. Le sol, dans cette partie du chemin, était une roche énorme et dont les pentes gigantesques baignaient leur base dans les eaux mêmes du Rhône, tandis que son couronnement surplombait l'abîme. Le voyageur, comme d'un balcon élevé et sans rampe, remarqua pour la première fois peut-être le danger de ce passage souvent fréquenté cependant par les habitans des campagnes voisines. Le gouffre hurlait sous le rocher et l'onde, en se heurtant sur un contrefort de granit, tournoyait en vaste spirale. M. d'Ambert, debout sur la corniche à trois cents pieds d'élévation, se dit à lui-même:

— Voilà certainement un saut de Leucade tout trouvé... Il y a beaucoup de gens qui, voulant en finir avec la vie, ne pourraient rencontrer une plus favorable occasion... En prenant un élan de six pas on se lancerait dans ce gouffre sans fond peut-être et dans l'éternité. J'ai certainement bien assez de chagrins pour prendre cet élan de six pas en arrière..... Pourquoi donc y suis-je si peu décidé? Est-ce la peur de mourir qui me retient? Je ne le crois pas. Est-ce l'amour de la vie? Je le crois moins encore. Est-ce l'espoir d'un avenir tel que mon pauvre cœur et mon cerveau malade l'avaient rêvé? Non, non; rien de tout cela. Qu'est-ce donc qui me retient?... ô religion divine, c'est une parole, une seule parole de ton livre!...

Le voyageur reprit son chemin d'un pas tranquille, et arrivé sur les plateaux supérieurs, il reconnut tout à coup dans un lointain vaporeux, à l'ouest, les collines verdoyantes de Saint-Cernin, et les grands bois de Sarzane.

— Ah! dit-il, il fallait donc vous revoir, douloureux et ravissans paysages! Je croyais pourtant vous avoir dit un dernier adieu.

Alors M. d'Ambert, passant à travers des champs d'oliviers, alla rejoindre une route qui lui était bien connue. Il marcha encore pendant une demi-heure, et il arriva enfin à un carrefour où le chemin se bifurquait devant une croix de pierre, plantée sur un lourd piédestal tout enveloppé de lierre. Quelques giroflées sauvages se montraient à l'entour au milieu des pervenches et des lavandes. Le lieu était ombragé et solitaire; M. d'Ambert, un peu las de sa route, s'assit sur un tertre en face de la croix et de l'embranchement des deux chemins. Or, l'une des deux routes menait à Saint-Cernin... Mais l'autre conduisait à Sarzane!

— C'est par là qu'est le domaine de mes pères, cet héritage que je n'ai plus, dit le comte; c'est par ici qu'est mon cœur... Allons où le cœur nous attire.

Sa détermination était prise. Il s'achemina à travers les bois et au bout d'une heure il arrivait à la grille du château de Sarzane. Quand Pyrénée vit le costume du comte, il baissa la tête et joignit les mains. M. d'Ambert, le frappant doucement à l'épaule, lui dit avec un sourire :

— Eh bien! monsieur le garde-chasse, est-ce que vous ne me reconnaissez plus?

Ce pauvre Pyrénée, attendri, désolé, voulut prendre la main du voyageur et la lui baiser. Le comte la retira en ajoutant :

— Mon cher Pyrénée, je ne suis pas archevêque d'Avignon. Une cordiale poignée de main de votre part me rendra fort heureux, je vous assure.

Puis, il s'informa de Mme de Réalmont, et pria le garde-chasse d'aller l'annoncer. Pyrénée n'hésita point, il courut au château où il trouva Mlle Isane, seule, au rez-de-chaussée. Isane leva les yeux au ciel; elle rougissait, elle tremblait; tout à coup elle s'échappa par la porte vitrée du parc pour prévenir sa maîtresse qui lisait à l'ombre des maronniers. A la nouvelle de l'arrivée de M. d'Ambert, Régine fut saisie d'une émotion fébrile; elle se leva de son banc, fit trois pas et s'arrêta tout à coup; les forces lui manquaient. Mais douée, dans les occasions solennelles, d'une énergie peu commune, et comprenant d'ailleurs toute l'importance de la démarche du comte, elle fit, pour ainsi dire, appel à toute sa volonté, et dit à Isane qu'elle recevrait à l'instant même M. d'Ambert.

Le comte arriva par la petite porte du parc. Isane ne le suivit pas. Il se dirigea vers le quinconce des marronniers, situé à cent pas du château, et là, se trouvant en face de Régine, il la salua en silence. La comtesse, assise sur le banc de pierre et les yeux baissés, s'inclina à son tour. Elle n'osait regarder celui qui venait si courageusement lui rendre une visite qu'elle avait ardemment désirée et qu'elle n'espérait plus.

— Madame, dit enfin M. d'Ambert, il eût été impardonnable de ma part de ne pas venir prendre congé de vous avant de quitter à tout jamais ce pays-ci. Vous m'avez honoré de tant de confiance que je suis resté votre obligé. D'ailleurs, madame, je vous avais laissée très-souffrante et je tenais à savoir par moi-même...

Régine, à qui le saisissement ne permettait pas de prononcer une parole, pour toute réponse, prit une lettre cachetée qu'elle portait dans son sein, et la tendit à M. d'Ambert. Le comte saisit cette lettre; elle lui était adressée.

— Oui! dit-il, je reconnais bien là une noble femme qui fut longtemps ma pensée la plus chère...

Alors décachetant la lettre, il s'éloigna de quelques pas et il la lut avec un calme apparent, mais auquel Régine était loin de croire. Le comte revint auprès de Mme de Réalmont. Il lui indiqua de la main une longue allée comme pour lui demander un entretien plus confidentiel et hors du voisinage du château. Ce fut dans ce moment-là que Régine, pour la première fois depuis son arrivée, jeta les yeux sur M. d'Ambert. Sa surprise et son saisissement furent extrêmes à la vue du changement opéré sur toute sa personne. Elle pencha la tête et se couvrit le visage.

— Madame la comtesse, dit le voyageur, quand les sentimens sont restés les mêmes, qu'importe le costume? Daignerez-vous accepter le bras de celui qui bien souvent vous servit de guide et même de protecteur dans vos promenades?

Régine passa son bras charmant, ce bras si blanc et si rose sous la mitaine noire, autour du bras vêtu d'un drap grossier qu'on lui présentait. Elle suivit le comte dans l'allée des tilleuls avec la douceur et la docilité d'une pensionnaire, qui ne sait trop démêler jusqu'à quel point sa conduite est justifiable. Ils allaient ainsi, tous deux en silence, d'un pas lent et les yeux rêveurs, le long des arbres, dont les feuillages murmuraient à la brise; M. d'Ambert comprenait aux battemens du cœur de celle à qui il donnait le bras combien ce pauvre cœur était ému Lui-même tremblait un peu, et cette faiblesse nerveuse n'échappa point à sa compagne. Arrivés au bout de l'allée, on ne s'était parlé encore que par ce merveilleux langage de l'âme, qui n'est ni le son ni la pensée, mais une sensation magnétique et pénétrante. Après les tilleuls, on trouvait dans l'enceinte du parc une jolie prairie traversée par un cours d'eau murmurant. De ce point là, la vue s'étendait au loin dans la campagne par-dessus les charmilles basses servant de clôture circulaire. La prairie était dans tout son luxe d'herbage et de fleurs. Ceinturée par les futaies du côté du château, elle était comme une floride perdue au bout du monde. On pouvait se croire là dans une savane, tant il y avait de senteurs odorantes et de solitude à l'entour. Or, près du ruisseau, vers le milieu de la prairie, deux arbres, deux saules aux longues branches ondoyaient mollement au souffle d'un vent frais; séparés par l'eau cristalline ils enlaçaient cependant leurs rameaux. Ces deux saules étaient jeunes encore, mais venus en pleine prairie, ils s'étaient élevés d'un jet vigoureux, et d'ailleurs on devinait à la culture d'alentour qu'on avait veillé à ce qu'aucune plante parasite ne vînt à croître sous leur ombrage.

M. d'Ambert dit alors à Régine:

— Je vous remercie, madame, d'avoir pensé constamment à protéger ces deux arbres... Vous en savez l'histoire. Vous aurez le droit toute la vie d'en garder le souvenir... Quant à moi, je tâcherai d'éloigner cela de ma mémoire désormais.

— Monsieur, répondit Régine, qui s'était ranimée, avant de chercher à l'oublier, puisque vous le voulez ainsi, laissez-moi vous la dire une dernière fois, cette histoire, vous verrez si elle m'est bien présente.

— Parlez, madame, j'écoute, dit M. d'Ambert.

— Il y a près de douze ans, reprit Régine, un jeune homme, à peine dans sa dix-huitième année, traversait cette prairie en compagnie d'une petite folle courant après les papillons, par une belle journée de printemps comme celle-ci. L'enfant avait à la main une longue baguette de saule fraîchement coupée, et son guide, son compagnon, en tenait une autre semblable. Ils allaient par ces bois et ces prés, lancés comme deux chevreuils en pleine liberté; ils étaient insoucians, fous de gaîté, enivrés de grand air, aspirant les arômes des champs et les brises rieuses de l'avenir..... Or, après bien des courses et des rires extravagans, ils arrivèrent au bord de ce cours d'eau. Le jeune homme, comme s'il eût voulu marquer d'un souvenir la belle matinée en question, planta sa baguette de saule dans le terrain de la prairie, tout près de l'eau, et dit ces paroles: « Tu prendras racine, tu grandiras, tu fleuriras et tu te nommeras Ramon d'Ambert. »

Alors la jeune fille, saisissant l'à-propos, vive et joyeuse, sauta le courant d'eau, et planta à son tour sa baguette de saule sur la rive opposée, mais vis-à-vis celle de son compagnon, elle se mit à dire, comme une folle qu'elle était: « Tu prendras racine, tu grandiras, tu fleuriras et tu te nommeras Régine. »

— Ah! s'écria M. d'Ambert, depuis douze ans ces deux saules, grandissant ensemble, ont vécu du même air et du même soleil! Dieu les a bénis, madame, et vous les avez protégés...

— Protégés? Oui, dit Régine, car j'ai toujours pensé que si l'un deux venait à mourir l'autre mourrait aussi.

— Aujourd'hui encore, madame, avez-vous la même pensée? reprit M. d'Ambert.

— La lettre que vous avez lue tout à l'heure, répondit Régine, peut-elle vous laisser aucun doute à ce sujet?

— Il est vrai, dit le comte, que cette lettre est adorable de bonté; elle me pardonne tant de choses!... Mais si cette lettre, madame, se trompait; si en me pardonnant des torts chimériques, des fautes imaginaires, elle oubliait mon crime réel...

— Eh quoi! reprit Régine, un manque absolu de confiance, une ruine totale non avouée, une malheureuse passion qui eut un résultat si fatal..... Votre dissimulation envers moi, Saint-Cernin vendu pour dettes, la pauvre fille de Rome arrivant dans nos bois comme un ramier blessé à mort... N'est-ce rien tout cela?

— Régine! Régine! cria tout à coup le comte d'Ambert d'une voix étrange, et en saisissant les mains de sa compagne, chère et adorable Régine, vous avez été dupe de votre cœur; et dans votre pitié si touchante et pour mes prétendus malheurs de fortune, et pour les malheurs d'une étrangère que je n'ai connue de ma vie, vous m'avez fait plus de mal que vous ne pensez. Si j'ai vendu ma terre, c'est que j'entrais au cloître; si l'étrangère est venue se jeter à vos pieds et m'accuser, c'est qu'elle est subornée par un être pervers qui veut votre perte et la mienne...

— Que dites-vous là? s'écria la belle comtesse pâle et tremblante comme si une louve lui apparaissait.

— Je dis, Régine, reprit M. d'Ambert en la soutenant d'un bras amical, je dis, madame, que mon crime véritable vous l'ignorez.

— Eh! quel est-il, mon Dieu? demanda Régine.

— Vous le demandez, vous? reprit d'Ambert. Eh! ne voyez-vous pas la lâcheté de ma conduite? Depuis cinq ans, depuis votre veuvage et votre retour à Sarzane, avoir gardé dans le plus secret de mon cœur toute une folle passion; m'être cru assez fort pour aller ensevelir au cloître mon amour et ma vie... et aujourd'hui, au moment même où ce cloître va s'ouvrir pour moi, au moment même où de saints religieux m'attendent pour recevoir mes vœux... aujourd'hui seulement, Régine, arriver ici comme un homme poussé par le vent de la folie, vous surprendre dans votre retraite, tomber à vos genoux, et vous dire que votre image me suit et me dévore, que je vous aime plus que jamais et que je suis perdu dans cette vie et dans l'autre, si vous me repoussez... N'est-ce pas là mon crime véritable, madame? Et pourrez-vous jamais me pardonner cela, Régine?

— Ah! Ramon, s'écria Régine hors d'elle-même et folle de joie, comte Ramon d'Ambert, nous nous trompions l'un et l'autre et à notre insu. Regardez les deux saules au bord de l'eau.

M. d'Ambert était aux pieds de la belle jeune femme qui lui livrait ses mains et se penchait vers lui avec abandon et une inexprimable tendresse, lorsqu'on entendit des voix dans les allées du parc, et une sorte de tumulte comme si on était à la poursuite d'une bête dangereuse. D'Ambert, sans quitter la main de Régine, s'avança vers le point des massifs d'où venait le bruit.

VI.

L'ORAGE ET L'ARC-EN-CIEL.

M. d'Ambert et Régine s'arrêtèrent à l'entrée de l'allée des Tilleuls. Les cris ne cessaient de se faire entendre. Bientôt on vit une femme poursuivie par Isane et les gens de la maison. Cette femme courait avec une légèreté et une vigueur qui annonçaient un danger. Le comte fit quelques pas au devant elle; il reconnut Catarina. Mais celle-ci, bien loin de l'éviter, s'élança vers lui; et elle fut devancée par Régine, qui se plaça résolument devant le comte comme pour le protéger.

— Madame, dit M. d'Ambert, laissez-moi, de grâce, parler à cette folle. Ne voyez-vous pas qu'elle a le délire?

Catarina s'était arrêtée à quatre pas de la comtesse; immobile et pâle, elle la regardait fixement. Tout à coup tombant à genoux et tendant les mains:

— Grâce! s'écria-t-elle. Oh! grâce, madame!

Isane arrivait, menaçante, indignée, l'œil en feu, et pouvant à peine articuler une parole, tant elle avait de colère. Les gens du château arrivèrent aussi. Isane courant à sa maîtresse lui dit ces mots:

— Non, madame la comtesse, chassez-la, ou plutôt faites-la jeter en prison; c'est une scélérate.

— Grâce! grâce! répétait l'Italienne.

M. d'Ambert intervint et dit à Pyrénée:

— Voyons, parlez! Qu'a donc fait cette femme?

— Monsieur le comte, répondit Pyrénée, jugez vous-même et prononcez. Mlle Isane depuis hier avait de graves raisons pour se défier beaucoup de la sincérité de cette fille ou de cette femme qu'un vent de malheur amena au château. Ce matin Mlle Isane l'a surprise écrivant une lettre que la Catarina a cachée subitement dans sa poche. Isane n'a rien dit, mais elle s'est mise à épier l'étrangère; elle l'a vue sortir du château, gagner la cour de derrière et le petit bois. La Catarina semblait attendre quelqu'un. En effet, un homme a paru bientôt, un bandit sans doute. Isane m'avait prévenu; je la suivais pour la protéger en cas d'événement. Mais au moment où le bandit s'approchait de Catarina qui l'avait appelé du bois par un signe convenu, Isane, comme une lionne, s'est jetée sur l'Italienne, et lui a arraché des mains la lettre qu'elle tenait. J'ai couru sur le bandit... il était jeune et plus leste que moi. Il a pris la fuite à travers les clairières et il court encore. Quant à Catarina, nous l'avons ramenée de vive force au château, et nous l'avons enfermée dans l'office, lorsque tout à coup (cette fille a le diable au corps) nous l'avons vue s'élancer dans le parc d'une fenêtre qui a près de quinze pieds d'élévation, la fenêtre haute de l'office, et qui n'est pas grillée. Vous savez le reste, monsieur le comte. Nous poursuivions cette coquine...

— Un moment, dit M. d'Ambert, et donnez-moi cette lettre.

Isane remit à M. d'Ambert le papier qu'elle avait surpris. Le comte le lut et dit ensuite à Régine :

— Cette Catarina est une malheureuse. Elle a été payée pour jouer l'indigne scène qui a eu lieu ici avant-hier. Elle rendait compte à son embaucheur de tout ce qui est arrivé.

— A qui écrivait-elle? demanda Régine.

— A un misérable que je livrerai à la justice, dit le comte, à un nommé Thomas Ducrey...

— Ah! mon Dieu! mon Dieu!... s'écria la comtesse avec l'accent du désespoir.

— Grâce! répétait Catarina toujours à genoux. Grâce pour moi, dame comtesse!

— Relevez-vous, dit Régine. C'est devant Dieu qu'il faut vous prosterner et implorer votre pardon.

Catarina se releva, et s'adressant au comte d'Ambert avec une expression déchirante :

— Eh bien! oui, dit-elle, je suis une malheureuse créature. Tuez-moi, si vous voulez. Je vous ai calomnié... vous. J'ai cherché à vous perdre dans l'esprit de madame la comtesse. Tuez-moi. J'irai en enfer, car le démon lui-même m'a soufflé cette abominable action. Je me suis vendue à lui pour de l'argent... ce démon, c'est bien Thomas Ducrey; celui qui...

— Pas un mot de plus, dit M. d'Ambert. Catarina, ajouta-t-il, vous vous êtes jetée aux pieds de madame, vous avez demandé grâce... c'est un bon mouvement que vous avez eu là. Si votre repentir est sincère, je connais trop le cœur de la noble comtesse pour ne pas espérer beaucoup pour vous. Quant à moi, je n'ai même pas à vous pardonner; votre injure ne m'a pas atteint.

— Catarina, reprit Régine, je ne veux pas savoir qui vous êtes... j'ai trop peur d'apprendre votre nom véritable. Mais l'aveu de votre crime me désarme. Je ne vous livrerai pas à la justice. Vous irez dans une maison de religion que je vous désignerai et où je vous ferai amener. Il y a des femmes *repenties*, des femmes bien coupables, mais qui obtiennent miséricorde par leur conduite. Plus tard, dans quelques mois, si les sœurs sont contentes de vous, je vous placerai dans une de mes fermes.

— Ah! ah! signora! se mit à crier l'italienne, que Dieu vous entende et vous maintienne, dame comtesse, dans ces bontés pour moi! Oui je pleurerai, oui je ferai pénitence..... et un jour je viendrai ici, non pas pour vous servir, illustre et noble dame, mais pour être la servante de vos servantes, pour garder le bétail de vos fermes... Ah! ah!... répétait-elle, je suis une misérable créature!... Tenez, monsieur le comte, dit-elle à M. d'Ambert, reprenez votre bague; Thomas Ducrey, ou plutôt le démon, vous l'a fait dérober il y a huit jours par le petit domestique nègre que vous aviez et qui vous a quitté...

M. d'Ambert reprit son anneau en souriant de pitié. — Cela est vrai, ajouta-t-il, mon nègre s'est enfui il y a huit jours, le malheureux!

Ce désespoir et ce violent repentir, cette humilité soudaine, cet abaissement, ces paroles entrecoupées de pleurs, ces cris de la conscience, ces élans de l'âme vers une vie meilleure, tout cela arracha des larmes à ceux qui entouraient Catarina. Mme de Réalmont ordonna qu'on la traita avec douceur et qu'on la reconduisît au château. Pyrénée se chargea de veiller sur elle. Il la prit par le bras et il l'emmena, fort attendri comme un brave homme qu'il était. Isane elle-même était désarmée; mais encore sous le poids de son indignation, elle avait beaucoup de peine à modérer ses paroles. Elle suivait du regard la Catarina qui s'éloignait. Tout à coup, cédant à un dernier mouvement de vivacité :

— Monsieur Pyrénée, s'écria-t-elle, ne la quittez pas d'une seconde. Elle vous échapperait, la couleuvre!

Régine, heureuse, rassurée, souriante, plus belle que jamais, prit le bras de M. d'Ambert, et tous deux, suivis des gens de la maison et de la ferme accourus en assez grand nombre, revinrent au château, comme deux fiancés entourés de leurs meilleurs amis.

— Ah! disaient entre elles les femmes, ceci est bien changé! Le comte ne sera ni abbé, ni moine.

— Et il épousera la belle dame qu'il ramène si galamment chez elle, ajouta un jeune fermier en regardant Mlle Isane.

—

Après une violente émotion, dans l'enivrement d'une de ces joies inespérées qui changent toute une existence, quel est celui de nous qui n'a pas ressenti comme une soif irrésistible de grand air? Quel est celui de nous qui ne s'est hâté de gagner la pleine campagne et d'aller en toute liberté mêler les vibrations de son âme aux divines harmonies de la nature! Pour moi, je me souviens que, dans ma jeunesse, en pareille occasion, c'était aux arbres, au lac, aux nuages que j'allais confier mes tumultueuses pensées, jetant au vent de folles paroles et forçant l'écho à répondre à ma voix.

Ne nous étonnons pas de rencontrer dans les villes des gens qui causent tout haut avec eux-mêmes. Souvent nous les prenons pour des fous parce que nous sommes calmes; mais souvent ce sont de pauvres âmes qui ont besoin d'expansion et qui s'en vont à l'aventure, poursuivant une chimère, rêvant d'une espérance et cherchant la solitude pour confidente à défaut d'un ami.

M. d'Ambert, de retour au château avec Régine, n'avait pu tenir longtemps à ce bonheur immense et si soudain. Il avait ressenti le violent désir d'aller respirer à pleine poitrine cet air libre des champs, qui calme le cœur et rafraîchit le cerveau. Le comte, d'ailleurs, un peu inquiet de ne pas voir arriver son fidèle domestique Michel, à qui il avait des ordres à donner, était allé au devant de lui au bout de la grande avenue. Tout en rêvant d'un rêve inespéré, tout en causant de ses folles espérances avec la nature entière, il fit beaucoup plus de chemin qu'il ne se l'imaginait et voilà qu'au bout de trois quarts d'heure il arriva précisément à cette croix de pierre au pied de laquelle il s'était arrêté dans la matinée. Que de changemens dans sa destinée depuis quelques heures!

M. d'Ambert se prit à dire à lui-même :

— J'étais bien à plaindre en passant ici il y a quelques heures! et quand je regardais le gouffre qui est là-bas, du haut du chemin de la corniche de rocher, quelle misère était la mienne! Dieu m'a soutenu, il m'a préservé de toute infernale tentation... Si j'allais revoir le Rhône au même endroit et remercier Dieu! Allons, ajouta-t-il. D'ailleurs, Michel aura pris le chemin de traverse, et je le rencontrerai probablement.

Et, comme entraîné de ce côté, il s'avança à grands pas vers les pentes de la colline. Arrivé au chemin de la corniche, il entendit les refrains des chevriers; ces mêmes refrains tantôt si mélancoliques pour lui et qui lui paraissaient si gais dans ce moment. Bientôt M. d'Ambert se trouva précisément sur ce plateau rocheux qui surplombe le gouffre des eaux, sorte d'hémicycle creusé dans le roc, et d'où, comme d'un balcon, on domine toute la plaine du Comtat. Le chemin serpentait au-delà sur les flancs de la montagne, s'inclinant et allant se perdre jusqu'aux grèves du fleuve. Michel ne paraissait pas sur le chemin; le comte songeait à reprendre la route de Sarzane, lorsqu'il crut distinguer un cavalier qui montait la colline par le sentier dangereux.

— Il faut, se dit-il, que cet homme ait un fier courage ou une monture bien sûre pour oser se risquer ainsi à cheval sur cet étroit chemin sans parapet. . un vertige, un faux pas sur le rocher pourrait le perdre... la chute serait inévitable, et les eaux sont si profondes!...

Le cavalier approchait gaîment. Il sifflait même un air de chasse, fort insoucieux qu'il était du danger. M. d'Ambert distingua bientôt que la monture de l'inconnu était une mule. Un étrange pressentiment vint le saisir. Il fit deux pas rétrogrades et voulut s'en aller. Mais il eut une espèce de honte de céder à un sentiment qui pouvait ressembler à de la peur. Il attendit le cavalier.

Celui-ci avait cessé de siffler. Il n'était qu'à vingt pas du comte. On le vit alors chercher à se mettre en selle solidement, serrer les brides de la mule et agiter assez fièrement une longue cravache. M. d'Ambert, fort calme, mais fort étonné de le rencontrer, reconnut maître Thomas Ducrey.

— Ah! dit-il, c'est fatal! ou plutôt ceci est providentiel, certainement. N'importe. A tout événement je suis prêt.

Maître Thomas, de son côté, avait parfaitement reconnu le comte. Il approchait au petit pas comme un éclaireur prudent qui cherche à bien reconnaître l'ennemi. Cependant, arrivé à deux toises de M. d'Ambert, il arrêta sa mule. Là il y eut une minute d'un silence solennel; ces deux hommes se regardaient aussi fièrement que s'il se fût agi d'un combat à outrance. M. d'Ambert n'avait certainement pas l'idée de la moindre provocation; il céda même le passage et se rangea du côté du rocher formant le mur à pic. M. Ducrey piqua sa mule, qui fit six pas, et puis il l'arrêta de nouveau; l'œil animé, la cravache haute, la mine insolente, il s'adressa le premier au comte d'Ambert.

— Eh bien! lui dit-il, je vous retrouve ici?... je vous croyais cloîtré à l'heure qu'il est. Nous avons donc jeté déjà le froc aux orties?... Ah! ah! monsieur le comte, la vie du monde a des charmes.....

— Monsieur, répondit celui-ci sans impatience, vous voyez que je vous cède le passage. Je vous conseille de reprendre votre chemin.

— Pardieu! dit maître Thomas, je sais fort bien que vous ne voulez pas me jeter dans le Rhône, surtout de cette hauteur, oh! vous n'êtes pas assez méchant pour cela. Mais puisque l'occasion se présente si belle, seigneur comte, ou seigneur abbé, ou seigneur moine, faites-moi la grâce de me dire comment il se fait que vous soyez ici rêvant sur ce plateau dangereux. Est-ce que vous revenez de Saint-Cernin... vendu; ou bien, mon cher frère, revenons-nous de Sarzane qui est à vendre?...

— M. Ducrey, passez votre chemin, répondit d'Ambert.

— Oh! vous m'avez très-bien payé, ajouta celui-ci, que son mauvais destin poussait à la folie, mais ce n'est pas une raison, très-cher frère, pour aller sur mes brisées... Entre nous, vous savez bien que j'ai quelques droits encore à faire valoir...

— Je vous dis, monsieur, de passer votre chemin, répondit pour la troisième fois M. d'Ambert, dont les yeux commençaient à briller de colère.

— La! là! ne nous fâchons pas, répliqua maître Thomas avec un sourire atroce. La princesse est charmante, je le sais; elle vaut bien le prix d'une terre comme Saint-Cernin; mais enfin, votre parti était pris, vous renonciez... vous épousiez la haire et la discipline; c'était affaire convenue, et je vous avoue, mon très-cher frère, que, moi, j'y comptais. Pas du tout! vous voilà encore sur le chemin de mes amours... Ah! ah! nous sommes donc toujours enclin aux belles tentations?...

M. d'Ambert vint se camper au milieu du chemin à deux pas de la mule de maître Thomas, et là, croisant les bras et regardant en face son adversaire :

— Écoutez-moi, monsieur, lui dit-il, car je viens vous donner un bon conseil; ce sera le dernier. Vous êtes du nombre de ceux que la fortune a pervertis. Vous avez servi un grand seigneur débauché et vous n'avez pris que les vices de la société élevée au milieu de laquelle vous avez vécu comme valet. A force d'usure vous êtes devenu millionnaire. au lieu de grandir et d'épurer votre nature, l'or vous a corrompu. Impitoyable pour vos égaux restés pauvres, vous êtes devenu insolent et haineux envers les classes élevées. Vous étiez un serviteur infidèle, vous vous êtes fait spéculateur criminel, et comme tout bourgeois enrichi d'une manière illégitime, l'argent a tout justifié à vos yeux. Les ambitions gloutonnes vous ont affolé, et les passions perverses vous ont brûlé. Vous vous dites l'ami du peuple; vous en êtes le tyran, et au besoin vous en seriez le bourreau. Vous le méprisez autant que vous détestez la noblesse; car vous sentez bien qu'il existe un lien sacré, une parenté réelle et illustre entre la noblesse et le peuple de France, ces deux élémens primitifs de la nation qui seuls constituent la grande famille française; car vous savez bien qu'entre le peuple et la noblesse, le milieu est une classe parasite, exubérante et comme un bâtard introduit dans la maison. Revenons à vous. Voici mon dernier conseil. Je consens à pardonner le mal que vous avez voulu me faire; j'oublierai vos menées perverses à mon égard, mais, monsieur Thomas Ducrey, je vous le répète, il est un point sur lequel je suis inflexible : s'il vous arrive jamais de chercher à nuire par vos paroles ou par vos actes à la réputation ou à la personne de la noble femme dont je vous défends ici de prononcer le nom, maître Thomas, regardez-moi bien en face, je vous le dis haut et franc, si vous recommencez, vous êtes un homme perdu. Maintenant, allez, passez votre chemin.

Des applaudissemens retentirent tout à coup, et M. d'Ambert vit avec surprise, sur le rocher qui dominait le sentier, des groupes de laboureurs que les chevriers avaient appelés pour être témoins de la scène violente qui s'engageait entre le comte et maître Thomas, ce *Tamerlan* bien connu et bien détesté de tous les paysans de la contrée. Ducrey leva la tête, et, à la vue des laboureurs et des chevriers, il haussa les épaules avec dédain.

— Tas d'imbéciles! dit-il.

Puis s'adressant à M. d'Ambert d'un air narquois :

— Mon très-cher frère, reprit-il, vous voulez que je renonce à mes projets au sujet de la belle dame? et mon argent donc, pourquoi l'ai-je donné si généreusement? Qui me le rendra, l'argent mignon au moyen duquel j'ai obtenu tant de promesses et les assurances si douces d'une reconnaissance qui ne finira qu'avec la vie? Vous voulez que je renonce...

— Je veux langue perverse, te châtier comme on châtie la calomnie, s'écria le comte en lui barrant le passage cette fois, et en levant son bâton d'un bras terrible...

A ce geste menaçant, maître Thomas n'hésita plus. C'était là qu'il voulait en venir. On le vit mettre vivement la main aux fontes de sa selle et en retirer un pistolet qu'il arma, et dont il dirigea le canon à la poitrine de M. d'Ambert.

— Frappe donc, moine défroqué, cria-t-il en même temps à son adversaire dont la main tenait haut le bâton, frappe si tu as du cœur. Je soutiens, moi, que la noble comtesse...

A cette dernière parole, et au moment où le bâton allait frapper, un coup de feu retentit. Maître Thomas, atteint d'une grêle de pierres que lui avaient lancé les chevriers, venait de lâcher un coup de pistolet sur M. d'Ambert. La balle mal dirigée alla frapper le rocher.

Mais la mule épouvantée du bruit de l'arme à feu et des cris de paysans qui menaçaient le Tamerlan, la mule effarée se cabrait et reculait vers l'abîme. Le comte courut à elle et la saisit par le mors, voulant la ramener sur le sentier. Soit délire, soit par un dernier accès de haine, Thomas fit siffler sa cravache et sangla un coup violent à travers le visage de celui qui voulait le sauver. Le comte atteint cruellement lâcha la bride, et la mule plus effarée que jamais se cabra de nouveau, se dressant comme un fantôme, et reculant jusqu'à la filure coupante du plateau rocheux qui dominait le gouffre...... C'en était fait de Thomas Ducrey. On vit tout à coup cavalier et monture rouler l'un sur l'autre dans le vide; un cri lamentable retentit; l'eau profonde s'ouvrit et sauta avec un horrible clapottement..... Le gouffre tournoyant avala dans sa spirale les deux corps qui venaient de tomber, et bientôt, reprenant leurs ondulations régulières, les flots du Rhône continuèrent à former au pied du rocher dangereux de grands cercles d'une transparence bleuâtre.

Le temps était à l'orage. Des coups de tonnerre allaient roulant dans les bois, et de larges gouttes de pluie tombaient sur les feuillages. Des bouffées d'un vent tiède rasaient le sol, couchant les blés verts qui ondulaient comme des vagues, et soulevant sur le chemin des tourbillons de poussière.

Il était près de quatre heures de l'après-midi, lorsque M. d'Ambert arrivait dans l'avenue du château de Sarzane. Le comte marchait d'un pas lent, s'apercevant à peine du gros temps qui menaçait d'éclater. Il était abattu, profondément ému de la scène terrible qui venait d'avoir lieu. Quand il fut arrivé vers le milieu de la grande avenue, il entendit des cris tumultueux et il vit plusieurs personnes accourant au devant de lui. Bientôt il fut entouré de ses deux amis, MM. de Chalux et de Pampelone, arrivés par la grande route une heure auparavant, de Régine pâle et dans une anxiété extrême, d'Isane et des gens de la ferme. M. Salvador se hâtait d'accourir aussi. M. d'Ambert ne comprenait pas toute cette agitation. Il croyait savoir seul, à Sarzane, ce qui s'était passé.

— Venez, mon cher comte, dit M. Salvador en lui tendant les bras, venez, nous savons tout. Voici des chevriers témoins des dangers que vous avez courus et qui vous ont devancé; ils sont venus nous raconter la fin misérable, mais bien méritée, de votre agresseur. Venez, évitons l'orage.

Quand on fut réuni dans le grand salon du château, Régine, en proie à une indicible émotion, se jeta dans un fauteuil comme si les forces lui manquaient. M. d'Ambert était à ses pieds, souriant avec des larmes dans les yeux.

— Monsieur le comte, dit M. de Chalux, vous nous voyez, monsieur de Pampelone et moi, tout émerveillés de votre bonheur et prêts à jurer entre vos mains une loyale, une éternelle amitié à la noble femme qui vous aime. Cette journée nous coûte cher; elle emporte avec elle bien des espérances folles peut-être, mais charmantes et à jamais regrettables..... Comte d'Ambert, soyez heureux!

— Soyez heureux, cher ami, ajouta M. de Pampelone. La paix est signée entre M. de Chalux et moi. Vous avez tranché la question, aimable et impitoyable comte; nous relirons la fable de l'huître et des plaideurs.

— Très-bien! dit M. Salvador, voilà qui est d'une excellente et spirituelle philosophie. Mes enfans, ajouta-t-il en s'adressant à Régine et à d'Ambert, laissez-moi vous le déclarer ici avec l'autorité que me donne mon affection paternelle pour vous; oui, mes enfans, vous avez été l'un et l'autre d'une haute imprudence; cruels envers vous-mêmes jusqu'à la folie, obstinés à ne vouloir pas lever les yeux au ciel pour y voir la belle étoile qui brillait pour vous. La Providence a tout arrangé, l'adorable qu'elle est. Madame la comtesse, vous avez remis entre mes mains la somme de deux cent mille livres que vous aviez si fatalement empruntée au risque de compromettre votre honorable réputation et dans le but si noble de sauver de la ruine M. d'Ambert. Mais il n'était ruiné que volontairement, et par l'acte le plus généreux, le dévouement le plus angélique.

Madame, je rendrai les deux cent mille livres à qui de droit, aux héritiers du malheureux qui s'est noyé, frappé justement par la main de Dieu ; s'il ne laisse pas d'héritiers, je remettrai cet argent à l'Etat, qui en disposera à son gré. Quant à vous, monsieur le comte Ramon d'Ambert, qui avez vendu la terre patrimoniale de Saint-Cernin pour conserver Sarzane intact à votre noble amie (sacrifice que madame connait seulement depuis une heure) ; quant à vous, mon cher ami, apprenez que vous n'avez pas eu affaire à un acquéreur impitoyable. Il consent à déchirer l'acte de vente. Il est heureux de vous rendre l'héritage de vos pères..... Comte d'Ambert, rentrez en maître à Saint-Cernin. Je suis assez riche pour vous dire d'en garder la propriété pendant ma vie et d'en hériter sans obstacles après moi. Je suis vieux garçon, sans parens collatéraux, ce qui est fort rare lorsqu'on a de la fortune. Quant à vous, monsieur le vicomte de Chalux ; quant à vous, monsieur le marquis de Pampelone, recevez ici les témoignages de la plus haute estime. Arrivés dans ce pays avec les apparences de l'étourderie la plus folle, vous avez été d'une conduite parfaite. Rien ne me surprend de la part de deux gentilshommes de votre distinction ; rien ne me surprend surtout de la part de la bonté de Dieu, qui se sert de tous les moyens pour le bonheur de ceux qui souffrent avec courage et qui espèrent avec résignation. Messieurs, vous avez été l'accident providentiel ; Régine et Ramon vous doivent leur bonheur.

Mais il est temps que j'achève mon homélie, ajouta le bon notaire en souriant, nous avons de graves affaires à terminer. D'après les ordres de Mme la comtesse, il est décidé que nous partons tous ensemble pour Paris et Versailles, demain dans la journée. Le mariage aura lieu sous les auspices de S. M. la reine. J'assisterai mon collègue de la cour en qualité de notaire. Messieurs, reprit-il en s'adressant aux deux amis, vous signerez comme témoins, n'est-ce pas?

Puis se tournant vers M. d'Ambert, il lui dit :

— J'ai vu ce matin monseigneur le vice-légat, il est fort en colère contre vous, non pas parce que vous renoncez au cloître, mais parbleu bien parce que vous vous obstiniez à vouloir y entrer avec une très-sérieuse passion dans le cœur. M. le vice-légat se charge d'arranger l'affaire de votre rendez-vous manqué ce soir chez les frères prêcheurs. Vivez en paix et recevez, par mes mains, les bénédictions de son Eminence, heureux comte, et vous, belle et sage comtesse.

En ce moment, on vit l'arc-en-ciel déployer sa courbe radieuse sur les collines de Sarzane et de Saint-Cernin.

Nous terminerons là notre récit. Nous craindrions de gâter le tableau aux yeux de notre lecteur, dont le cœur et l'imagination sauront, bien mieux que notre plume, compléter la scène, éclairer le paysage, ouvrir les riantes perspectives de l'avenir.

Le lendemain de ce jour, trois chaises de poste, attelées chacune de quatre chevaux, arrivaient à la ville de Pont-Saint-Esprit. Elles devaient y séjourner pendant deux heures et reprendre la route de Paris. Dans la première voiture se trouvaient MM. de Chalux et de Pampelone, comme guides de la caravane; dans la seconde voyageaient M. d'Ambert et l'honorable M. Salvador; la troisième était la berline de Mme la comtesse de Réalmont. Régine emmenait avec elle sa chère Isane.

Cette belle et grande compagnie soupa à l'auberge du *Faisan royal.* Quand elle fut sur le point de remonter en voiture, à huit heures du soir, l'honorable hôtelier, M. Bonnafous, accompagné de ses deux nièces si jolies, MMlles Josette et Madelon, vint saluer les nobles voyageurs, et il ne put se défendre de dire aux deux gentilshommes qu'il avait reçus à leur arrivée en Languedoc :

— Monsieur le vicomte, monsieur le marquis, c'était donc pour arranger le mariage de monsieur d'Ambert et de madame de Réalmont que vous étiez venus de Versailles à franc étrier?

— Précisément, répondirent-ils en riant avec toute la compagnie. Comment, monsieur Bonnafous, n'avez-vous pas deviné cela plus tôt?...

La nouvelle de ce mariage s'accrédita ainsi dans tout le pays; MM. de Pampelone et de Chalux eurent le bon goût de ne jamais nier leur coopération diplomatique à cet heureux événement, et la chronique romanesque, sur ce point là, donna la main à l'histoire.

Comme eux prosterné, loin du chœur, derrière un pilier de l'église, l'homme au manteau répandait son âme devant Dieu. Le premier rayon du matin arriva dans la nef comme une longue gerbe d'or ; il illumina tout l'édifice et fit étinceler l'autel.

Paris, imp. Briere
rue Ste-Anne 55.

MOINS CHER QUE LES JOURNAUX REPRODUCTEURS ; MEILLEUR MARCHÉ QUE LA CONTREFAÇON.

180e ANNÉE. **LE MERCURE DE FRANCE** 180e ANNÉE.

REVUE UNIVERSELLE DE LA LITTÉRATURE ET DES BEAUX-ARTS.

(FRANCE, 22 FR. PAR AN. — 6 MOIS, 12 FR. — 3 MOIS, 6 FR. — ÉTRANGER, LE PORT EN SUS.)

est la seule Revue littéraire et artistique *entièrement inédite* paraissant le 1er et le 15 de chaque mois, par livraisons de 128 colonnes de texte grand in-8°, — soit, par an, la valeur de plus de 100 vol. ordinaires, — qui ait osé défier la contrefaçon par la réduction de son prix d'abonnement, sans pour cela nuire à l'intérêt ni à l'importance de sa rédaction (6 fr. *par trimestre* ; — *un an*, 22 fr. ; — Étranger, *selon le tarif des postes*). — Toutes les sommités littéraires et artistiques de l'époque concourent à sa rédaction. Les travaux contenus dans les 4 derniers nos sont signés de MM. MÉRY, EMILE et ANTONY DESCHAMPS, LATOUR DE SAINT-YBARS, Ach. JUBINAL, BARTHELEMY, LACAUSSADE, Paulin NIBOYET, O. LACROIX, J. CANONGE, Aug. GUYARD, COSNARD, Ed. JOANY, LESGUILLON, GEORGES BELL, A. BOURDON, Vte H. HEGUERTY, A. DELALANDE, MARSUZY DE AGUIRRE, LACOMBE, P. NIBELLE, etc., et de MMmes Csse DASH, S. GAY, H. LESGUILLON, E. NIBOYET, ROGER DE BEAUVOIR, DENOIX-DE-VERGNES, CLÉMENT née HEMERY, Vve SEGUIN, etc. — *Courrier de Paris*, par BACHAUMONT (le petit-fils de), ainsi qu'on en peut juger par l'indication suivante des principaux travaux publiés depuis le 1er janvier 1852 : *Le Génie de l'homme*, par M. MÉRY ; *la Statuomanie*, par M. AUG. BARBIER ; *M. Dubius*, par M. E. DESCHAMPS ; *Voyages dans l'Inde*, par le prince A. SOLTIKOFF ; *un Médaillon du temps passé*, par Mme ROGER DE BEAUVOIR ; *Régine*, roman en 2 vol., par M. J. DE SAINT-FÉLIX ; *Mademoiselle Contat*, par Mme E. ACLOCQUE ; *Promenades dans les ateliers*, par M. ACH. JUBINAL ; *Hugone*, par M. J. CANONGE ; *De l'Achèvement du Louvre*, par M. P. DE LA GARENNE ; *les Bohémiens*, traduits de Pouschkine, par M. A. STARZINSKI ; *Un Mariage à St-Thomas-d'Aquin*, 1 vol., par Mme E. ACLOCQUE ; *Pélérinage au tombeau de Paul et Virginie*, par M. A. LACAUSSADE ; *Marine aérienne*, par M. A. COSNARD ; *Espagne et France*, par M. O. LACROIX ; *Biographie d'un Lampion par lui-même*, par M. E. DESCHAMPS ; *Stibert*, par M. MÉRY ; *la Famille de Kervoren*, 1 vol., par M. P. NIBELLE ; *Une Page des Souvenirs de Madame de Caylus*, par Mme la comtesse DASH ; *le Télescope*, par M. J. LESGUILLON ; *Pradier*, — *Feuchères*, par M. G. BELL ; *Montataire-Saint-Leu*, par Mme FANNY-DENOIX-DE-VERGNES ; *le Retour de l'Aigle*, par M. MÉRY ; *les Amours d'Arlette*, par M. A. DELALANDE ; *le Gouverneur de la Samaritaine*, par M. E. DESCHAMPS ; *Lettres sur la Touraine*, par Mme VICTOIRE SÉGUIN ; *Anniversaire de l'indépendance de l'Amérique*, par MM. MÉRY et LATOUR DE SAINT-YBARS ; *Congrès archéologique de Dijon, compte-rendu* ; *le Perroquet de Théaulon*, par Mme H. LESGUILLON ; *Raymond Lulle*, par M. le vicomte H. O-HEGUERTY ; *le Mariage au Calembour*, par A. BOURDON ; *le Louvre* ; — *Les derniers travaux de M. Duban*, par M. MARSUZY DE AGUIRE, etc. — Poésies par MM. MÉRY, BARTHELEMY, AUG. BARBIER, LATOUR DE SAINT-YBARS, E. et A. DESCHAMPS, LACAUSSADE, COSNARD, O. LACROIX, ED. JOANY.

En cours de publication : *Les Mondes nouveaux, voyage en Océanie et en Californie*, 2 vol., par M. P. NIBOYET ; *les Fils de la Fée noire*, roman en 2 vol., par M. AUG. GUYARD, qui seront suivis sans interruption de : *La Dernière Favorite*, 2 vol., par Mme la Csse DASH ; *les Mémoires d'un chercheur d'or en Californie*, 2 vol., par M. BOUTILLIER-CASSIN ; *Mémoires de la princesse de Monaco* ; — *un Roman Indien*, par M. MÉRY ; *Voyage en Orient*, par Mme la Csse DASH ; *un Roman fantastique*, par M. GÉRARD DE NERVAL ; *l'Élève de Mignard*, 2 vol., par A. BOURDON ; *l'Hôtel de Bourgogne*, 1 vol., par M. G. BONNEFONS ; *Une Vie obscure*, 1 vol., par M. P. NIBELLE ; — *Mlle de Robespierre*, 4 vol., par Mme la Csse DASH. — ARTICLES PÉRIODIQUES : *Revue des Beaux-Arts et de Ventes artistiques*, par MM. ACH. JUBINAL et G. BONNEFONS. — *Revue Lyrique*, par M. L. LACOMBE. — *Le Monde scientifique*, par M. H. MÈGE. — *Revue des Théâtres*, par M. A. LACAUSSADE. — *Courrier de Paris*, par BACHAUMONT (pseudonyme d'une de nos plus piquantes plumes féminines). — **POUR PARAITRE DU 20 AU 30 SEPTEMBRE :** *Mémoires d'un chercheur d'or en Californie*, 2 vol., par M. EUG. BOUTILLIER-CASSIN.

BUREAUX : RUE SAINTE-ANNE, 55.

Envoyer *franco* un bon sur la poste ou sur une maison de Paris ou s'adresser, *sans augmentation de prix*, à tous les libraires et dans tous les bureaux des Messageries.

Primes extraordinaires offertes aux trois premiers mille Abonnés nouveaux.

On reçoit *gratuitement* et *franco* : 1° Un exemplaire de l'édition illustrée du roman inédit en deux volumes intitulé : RÉGINE, le plus beau succès de l'auteur de *Sylvanie*, *des Officiers du roi* et des *Soupers du Directoire*, M. JULES DE SAINT-FÉLIX ; 2° Deux portraits d'artistes ; 3° un Album de musique inédite, par MM. Gounod et L. Lacombe ; 4° et un Billet de la grande *Loterie Picarde* donnant droit à un lot de **CENT MILLE FRANCS** ; à 1 lot de 25,000 fr. ; à 4 lots de 10,000 fr. ; à 4 lots de 5,000 fr. ; à 10 lots de 1,000 fr. ; à 50 lots de 500 fr. ; à 50 lots de 200 fr. ; et à 200 lots de 100 fr. ; — en tout : 321 lots, en s'abonnant au

PASSE-TEMPS DES DAMES ET DES DEMOISELLES

JOURNAL DES MODES FRANÇAISES,

LE PLUS LUXUEUX, LE PLUS COMPLET ET POURTANT LE MOINS CHER,

(PARIS, UN AN, 10 FR., PROVINCE, 12 FR., ÉTRANGER, LE PORT EN SUS.)

de tous les journaux de Modes et de Salon, rédigé par MM. MÉRY, Émile DESCHAMPS, COSNARD, et MMmes Csse DASH, H. LESGUILLON, ROGER DE BEAUVOIR, FANNY DENOIX-DE-VERGNES, Vve SEGUIN, E. ACLOCQUE et LOUISE D'ORVAL, édition de luxe, format petit in-quarto à 2 colonnes (la valeur de 2 volumes ordinaires par numéro), paraissant du 5 au 10 de chaque mois, avec des gravures et des portraits, et publiant par an 12 gravures de modes ; des patrons de Mantelets, de Robes, de Lingerie de toute espèce ; plus de 2,000 dessins de broderies (de la maison GILET, rue de Lancry, 22), de tapisseries, d'ouvrages au crochet, en un mot de travaux de dames en tous genres ; et plus de 60 morceaux de Musique inédite des principaux auteurs, etc., etc.

BUREAUX, RUE SAINTE-ANNE, 55. — Envoyer *franco* un bon sur la poste ou sur une maison de Paris ou s'adresser, *sans augmentation de prix*, à tous les libraires et dans tous les bureaux des Messageries.

LES MONDES NOUVEAUX *Voyage anecdotique dans l'Océan pacifique*, par M. **PAULIN NIBOYET**. — 1 beau vol. in-12, format Charpentier. — **PRIX 2 FR. 50 CENT.**

A l'Administration, rue Sainte-Anne, 55, Paris.

Paris. Imp. E. BRIÈRE, rue Ste-Anne, 55.

79

www.ingramcontent.com/pod-product-compliance
Ingram Content Group UK Ltd.
Pitfield, Milton Keynes, MK11 3LW, UK
UKHW020433230726
13925UKWH00004B/1715